漫時光 005

長公主 一

墨書白　著

高寶書版集團

◆目錄◆

第一章　雙殺

冬末時候，正是華京最冷的時節，冰雪悄然化去，帶來陣陣寒意。

長公主府中，李蓉躺在床上，她蓋著厚厚的錦被，屋裡放著許多火盆，把整個屋子烤得溫度極高，猶如炎炎夏日。

房間裡站著許多人，但沒有一個人說話。

李蓉整個人暈暈乎乎，這感覺說不上舒服，但相比較前幾日忽冷忽熱、咳血不止的情況，也算是好受許多。

「再換一條帕子。」

一個清雅的男聲響起來，旁邊侍女「喏」了一聲，便聽到水聲。

而後李蓉便感覺有人在替她擦著額頭上的汗，那人動作輕柔，似乎是在擦拭一個瓷娃娃一般，就怕不經意就碰碎了。

李蓉恍惚睜開眼，入目便見到一位白衣男子。

那男人看上去四十出頭，氣質高雅，眉目俊朗溫和，舉手投足，都帶著說不出的優雅，光這麼看著，便覺得好看極了。

他察覺她睜了眼，抬眼迎上她的目光，見李蓉盯著他看，他愣了片刻後，便笑起來，溫和道：「公主醒了？」

李蓉得了這話，恍惚了片刻，男子伸手扶她起來，替她背後墊了靠枕，從侍女手中端了一碗吊梨湯，送到她唇邊，輕聲道：「先喝點，潤潤嗓子。」

他一口一口餵著她，恰到好處的甜湯進了口中，讓她慢慢清醒過來。她終於認出面前人，這是侍奉她多年的公主府管事，蘇容卿。

這是她最信任的幕僚，也是最親近的人。

李蓉正想說什麼，便感覺喉嚨一陣癢意，她抬手推開了他餵湯的手，用帕子捣住自己的嘴，急促咳嗽起來。

蘇容卿輕拍著她的背替她順氣，許久後，她才緩過來，張口便問朝堂上的事，直接道：「儲君之事，如何了？」

「還在膠著。」蘇容卿緩緩說著她擔心的事，平和道，「裴丞相不肯鬆口，執意要扶大皇子為儲，我這邊已經讓人抓了大皇子手下人一件醜事，明日就會參奏。」

「他真是不死心。」李蓉喘過氣來，蘇容卿讓她靠在自己身上，李蓉感覺著這人的溫度，輕輕咳嗽著道，「他要立李平，為的不就是秦真真嗎？人都死了這麼多年了，還記掛著不肯放。言兒是正宮皇后所出的嫡子，儲君之位，哪裡輪得到李平？」

「妳也是說氣話了。」

蘇容卿輕笑，抬手替她揉著太陽穴，李蓉舒服了許多，她靠著蘇容卿，聽著對方輕聲道：「裴文宣要扶大殿下，自然有他的意圖。大殿下身後母族不盛，又自幼與裴文宣交好，日後若是大殿下成了皇帝，只能依仗裴文宣。對於裴文宣來說，他就可以繼續手握大權，安穩到老了。」

「陛下現下如何？」

李蓉聽著蘇容卿的話，冷靜了許多，蘇容卿接著道：「陛下還是老樣子，昏迷不醒，怕是熬不了幾日了。皇后昨日從宮裡捎信出來，讓妳早做準備，立儲之事，不能再耽擱了。」

李蓉沒說話，她靠著這個人，好久後，她才慢慢道：「容卿。」

「嗯？」蘇容卿應了聲。

李蓉沉默著，許久後，她才道，「我覺得，我也熬不了多久了。」

蘇容卿幫她按著穴位的手頓了頓，李蓉沒說話。

她是真心這麼覺得的，今早她睜開眼，便覺得自個兒已經不行了。

「其實我這一輩子，倒也過夠了。」李蓉緩緩出聲，「我就是擔心皇后和言兒，我若不在了，裴文宣便一手遮天，他們怕是鬥不過他。」

「妳別擔心。」蘇容卿聲音沉下去，「若妳死了，他也活不了。我會殺了他，為妳陪葬。」

李蓉得了蘇容卿這話，低低笑起來，她抬起頭，看見面前這人的臉。

其實他已經快五十一歲了，可是他卻完全不顯老態，若不是額間幾縷白髮，根本看不出他的真實年齡，站出去，仍舊是滿大街小姑娘喜歡的模樣。

三十年前，年過弱冠的蘇家嫡子蘇容卿，便是這華京所有女子夢中的情郎。而如今哪怕他老了，他依舊是許多人心中的舊夢。

「我竟然不知道，」李蓉笑著瞧著他，「我們蘇大人，也有會生氣的時候。」

「我有許多生氣的事。」

蘇容卿笑起來，正要說什麼，就聽外面侍女道：「殿下，裴丞相求見。」

得了這話，李蓉看了蘇容卿一眼，頗有些奇怪：「他這時候來，是來做什麼？」

「殿下若不想見，」蘇容卿神色平靜，「可以不見。」

李蓉想了想，片刻後，她笑了：「罷了，畢竟夫妻一場，還是見一面吧。說不定這一面，就是最後一面了呢？」

蘇容卿沒說話，他靜靜坐著，李蓉轉頭看他，有些疑惑：「容卿？」

蘇容卿似乎是回過神來，他站起身來，恭敬道：「那屬下去請裴丞相。」

蘇容卿扶穩了李蓉靠在枕頭上，又替她拉好衣衫，便起身離開。

李蓉讓人拿了銅鏡過來，稍稍補妝，沒了一會兒，蘇容卿便領著裴文宣走了進來。

裴文宣尚還穿著黑色朝服，寬袖束腰，紅色卷雲紋路印在廣袖之上，搭配著紅色內衫，讓他整個人顯得越發清瘦。他年輕時便生得極好，如今人到知天命的年歲，雖不如年輕時那般清俊，但卻有了幾分少年難有的沉穩。

他走進屋來，朝著李蓉見禮，舉手投足之間，帶了一股清香，隨著他的動作鋪面而來。

李蓉不由得多看了幾眼，裴文宣這人慣來內斂，哪裡會用這樣味道明顯的香囊？她心覺有異，面上不顯，眉眼彎起來，正要說讓他坐下，又忍不住輕咳起來。

蘇容卿忙上前來替她拍背，裴文宣冷眼看著，許久後，李蓉才緩過神來，抬頭看向裴文宣，笑道：「無事不登三寶殿，裴丞相已經多年沒回過公主府，今日來，想必是有要事。」

裴文宣不說話，一雙眼靜靜看著蘇容卿，蘇容卿假作沒看見裴文宣的目光，站在一旁一動不動。

許久後，裴文宣終於開口，冷著聲道：「讓他出去。」

李蓉得了這話，也不奇怪，裴文宣不喜歡蘇容卿，沒有直接把人罵出去，已是裴文宣給她臉面。她如今與裴文宣畢竟還算名義上的夫妻，哪怕早已分開多年，也算是盟友，便也沒有為難，抬眼看了蘇容卿一眼，溫和勸道：「容卿，你出去等一等吧。」

李蓉發話，蘇容卿才朝著兩人行了個禮，起身退了下去。

他一走，屋中所有人便跟著離開，只留下裴文宣和李蓉兩個人。

李蓉輕輕咳嗽，裴文宣沉默不言。

許久後，李蓉才道：「有什麼事，你說吧。」

「關於立儲一事，」裴文宣抬眼看她，張口便是政事，「我今日是來找妳商量的。」

「商議什麼呢？」李蓉假作不知道朝堂的事，輕描淡寫道，「言兒乃正宮嫡出，溫良恭謙，還有什麼好考慮的嗎？」

「咱們合作多年，我不想與妳繞彎彎。」裴文宣眼中帶了幾分冷意，語氣重了許多，

「三殿下性子驕縱，不適宜儲君之位，況且他母族太盛，若是妳我出了事，日後朝堂之上，外戚怕是壓不住。」

「外戚和你我，又有什麼區別？」李蓉嘲諷一笑，「你把話說得這麼冠冕堂皇，為的是什麼，你自個兒心裡清楚！你與其和我商議，倒不如同我說說，若是我不答應，你要怎麼辦？」

「妳一定要讓李言登基？」

「廢話！」李蓉提高了聲音，「言兒乃正宮嫡出，難道還要讓給一個嬪妃之子登基不成？」

裴文宣不說話，許久後，他才道：「妳是不是記恨真真？」

「你能不能叫一聲秦貴妃？」李蓉忍不住提醒：「真真這名字是你能叫的？」

裴文宣又安靜下去，許久後，他站起身來：「妳還能這麼大吵大嚷，身子骨倒也還算不錯。既然妳不同意，那便罷了。日後各有各的手段，莫怪我沒提醒妳。」說完，裴文宣便轉身離開。

李蓉看著他的背影，氣血往上翻湧，冷聲道：「我倒想知道，你說的手段，是怎樣的手段。」

「妳覺得是怎樣，」裴文宣背對著她，冷聲道，「那就是怎樣。」

李蓉沒說話，她冷笑出聲來：「你還能殺了我不成？」

「妳以為我不會嗎？」裴文宣回頭看她，眼神中帶了幾分肅殺。

李蓉看著他的目光，有一瞬間晃神。

那目光太冷，讓她一瞬間清醒過來，裴文宣這個人，為達到目的，那是什麼都能做的。

他們之間本也沒什麼，不過是夫妻的名頭束縛著，一起合作罷了。

利益相同，裴文宣便什麼都能容得她，如今針鋒相對，那他自然手段百出，也不奇怪。

李蓉看他砸門出去，急急喘息起來。

蘇容卿走進來，見她氣得狠了，忙上來替她順氣，讓人去替她端藥。他一面輕拍著她的背，一面道：「他如今來必然沒什麼好事，妳正病著，又見他做什麼？」

李蓉沒說話，靠著蘇容卿咳嗽，侍女端著藥上來，蘇容卿先讓人試了藥，確認沒事以後，端給了她。

李蓉喝了一口藥，正想說什麼，藥剛入腹，她便察覺腹間劇烈絞痛，而後血氣上湧，她抓著蘇容卿的袖子，整個人撲上前去，一口血噴了出來。

蘇容卿愣了片刻，震驚出聲，大聲道：「李蓉！」

李蓉趴在床邊急喘，她腹間翻天覆地，蘇容卿抱著她大喊著御醫，同時將手搭在李蓉脈搏之上。

片刻後，蘇容卿的手顫抖起來。

「是香美人。」

他脫口而出，李蓉聽到這個毒，腦海中瞬間浮現出裴文宣身上那股香味。

香美人，當年秦真真在後宮，就是死於這種毒。

香美人一般放在香爐中，透過日積月累的香味引人毒發，但也有另外一種用法，就是在聞過香美人後，用藥引直接催化。

李蓉忍著腹痛，將血咽了下去。

是裴文宣。

她咬牙切齒想，這個狼崽子，終究還是對他下了手。

他要扶李平登基，如今朝堂之上，陛下沉迷修仙聞道，皇后手段不及他，她就是他最大的阻力。

過往他看在她長公主的身分上忍她多年，如今皇帝要死了，他不需要駙馬的身分去得到皇帝的眷顧，她又成了他的政敵，他自然是要除掉她的。

能在她府中這麼自然而然地下毒，也就和她相識三十年的裴文宣能做到了。所以他身上那股異香是香美人，而如今這碗藥，怕也是他的人煎下。如果方才她答應了他，這碗藥便不會送到她手上。

可是她沒有，於是他殺了她。

他竟然真敢殺她！

李蓉意識到這一點，又忍不住嘔了一口血。

她隱約聽見外面傳來太醫的腳步聲，她腦子前所未有清醒。

她不能留他。

疼痛令她格外冷靜——就算他死，也要讓他陪葬！

「你拿著我的權杖……」太醫湧上來，開始替李蓉行針，李蓉艱難抓著蘇容卿的手，急促道，「召集公主府精銳，立刻出發，在白衣巷設伏，以刺殺公主之名，斬了裴文宣。」

鮮血從口中嘔出來，李蓉用帕子摀住嘴，含糊著吩咐：「他的人一定會瘋狂反撲，你做完事，通知幕僚，立刻就走，裴文宣死了，餘下的事，皇后會處理。你們不能當靶子。」

「妳別說了！」蘇容卿抱住她，顫抖著聲道：「我知道，我會處理，妳先看大夫，妳沒事，妳沒事的……」

「我若死了，」李蓉眼前慢慢黑了下去，「裴文宣，不能活。」

第二章　回憶

李蓉死前最後一句話，就是關於裴文宣的，這個以她丈夫身分活了三十年的男人。

說完之後，她便再沒了意識。

她想著自己是死定了，香美人何其猛烈的毒藥，以她那久病的身子，哪裡熬得住？

可未曾想，不知過了多久，她又醒了！

她醒來的時候，睡在溫軟的床上，有陽光暖暖撒進她的寢殿，周邊燒著她年少時最愛的蘭花熏香。

她迷迷糊糊睜眼，便聽見一個熟悉中又帶了幾分遙遠的聲音輕喚：「殿下，您醒了？」

李蓉聽到聲音，轉過頭去，面前露出一張嫻靜溫和的笑臉。

那面容算不上美麗，但也算清秀，看上去快二十五、六的模樣，端莊沉穩，和她記憶裡一個人映照起來。

她不可思議喚了聲：「靜蘭？」

對方笑著伸手，扶她起身，柔和道：「如今已是巳時，陛下剛下朝，讓人來吩咐，說是午膳宣公主一道用膳，奴婢本想喚公主起身，不想公主就醒了。」

李蓉聽著靜蘭的話，看著周遭，心裡頗有些震驚。

她隨著靜蘭的動作站起身來，一面洗漱一面打量周邊，等她洗完臉，終於確定，這是長樂宮。

長樂宮是她未出閣前居住的地方，而靜蘭是當年她身邊的貼身侍從，靜蘭從長樂宮一直伴隨她到出嫁，後來位任公主府掌事。

她年少時不太喜歡靜蘭，覺得她一板一眼，說話不大中聽，反而偏愛討巧的靜梅多一些，只是她母后喜歡靜蘭，所以修建公主府後，靜蘭還是當了公主府的掌事。

直到她三十歲那年遇刺，靜蘭為她擋劍死在她面前，她才明白，有些人做事無需言語，並非她無功績可說。

看著活生生的靜蘭，還有這年少時的舊殿，李蓉收整了心情，終於承認，她似是重新活過來了。

而且，還回到了她年少時候。

她需要盡快確定如今是什麼時間，但她並不想讓人察覺，她洗著手，回想著靜蘭先前說的話，試探著詢問：「父皇宣我用膳，可打聽了是為了什麼？」

她這位父皇雖然看似對她十分寵愛，但很少宣她用膳，每一次去，都是一樁鴻門宴，比如說，當年指婚，也是先讓她去吃飯。

「奴婢不知。」靜蘭說著，但想了想，她又補充了一句，「但聽聞前些時日，陛下讓各家將適婚青年的畫像都呈遞了上去。」

哦，那的確就是指婚這頓飯了。

李蓉從靜蘭手邊接過帕子，擦乾淨手後，抬手讓侍從替她換了衣衫，穿戴好後，她從旁邊取了一把小金扇，提步坐上轎輦，乘轎朝著太和殿趕了過去。

前塵往事回憶起來有些艱難，但在轎輦嘎吱嘎吱的聲音中，也慢慢變得明晰。

她記得十八歲之前，她和她父皇李明的感情還是不錯的。

她是正宮嫡出的大公主，是李明第一個孩子，打小李明就對她很好，甚至於還好過她的太子弟弟李川。

她很珍惜李明對她的好，因她年少時不知哪裡來的念頭，早早就明白，一個帝王願意對你好那是極為難得，也極為珍重的，於是她就盡力討好李明。

其實她本性頑劣，但是因為李明常對她說女子當嫻靜有德，於是她一直壓著性子，好好偽裝一個「嫻靜有德」的公主。

她裝得越好，李明越愛誇讚她，常說她是他眾多子嗣中最好的一位，若非女兒身，社稷當得。

當年李明一誇她，她就更加努力，直到後來她才明白，什麼叫捧殺。

她對李明有著無條件的信任。

一般的公主，十五歲就該有一門親事，而後順理成章成親，出宮，有封地，建起公主府。可她十五歲的時候，李明說不捨得女兒出嫁，便讓她再留了幾年，她就信了這樣的說辭。

一留留到十八歲，她母后開始生病，李明終於決定給她指婚。他拿了四個公子的畫像讓她選，這些公子都身分高貴，面容清俊，她左挑右選，選了看上去最俊的裴文宣。

等回來一查，她就被裴文宣的身世震驚了。

裴文宣這個人，看上去倒是不錯的。長相俊美，性情溫和，乃貴族裴氏正房嫡長子，甚至和華京第一貴公子蘇容卿都可以比一比。

可問題是，他沒有父親。

聽聞他十七歲時就高中狀元，誰知父親裴禮之突然病逝，他就被他二叔裴禮賢以守孝名義趕回了金陵老家，三年時光不長不短，等他守孝回來，如今裴家上下都是他二叔的人，隨意給他安排了一個八品小官，在刑部看著牢房，只要長了眼睛的人都知道，裴文宣的日子，不好過。

甚至於，嫡出這個身分，就能讓他過不久。

這相當於貴族裡的破落戶，嫁給這樣的人，她自然不肯接受。

於是她趕緊又打聽了其他三位候選人。

這三位候選人，分別是寧國侯世子盧羽、楊元帥的次子楊泉、新科狀元崔玉郎。

不打聽不知道，一打聽嚇一跳。

那個盧羽，傳聞中他天生癡傻，只是他娘一直對外遮掩，等寧國侯一去，這個世子之位早晚是沒了的。

那個楊泉，他就是個瘋子，從小到大都在軍營泡著，七歲提刀殺人，性情暴戾，身邊的侍女沒一個活下來的。

而崔玉郎寒門出身，按道理也沒什麼太大的缺點，可問題就是，這人生平一大愛好就是上青樓，給那些青樓女子寫點詩，人倒是不壞，也算瀟灑，可這在官場上有什麼前途？

她這個夫婿候選人的名單，四個人裡，竟然沒有一個不是金玉其外、敗絮其中的，也不知她父皇是費了多大的心力，才能搞出這麼一份人間至爛的夫婿候選名單。

打聽完四個人的身分，她心裡就涼了，當夜去找了她母后。

她本是想悔了和裴文宣的婚事，誰知她母后聽到的第一句話，就是告訴她：「妳得和他過下去。」

李蓉當時愣了，而後聽著母后平靜道：「如今太子在朝中風頭太盛，妳父親忌憚，外加外戚母族太強，若妳再嫁給一個有權有勢的，妳父皇怕就忍不住了。所以妳得嫁過去，和他過下去。等到妳弟弟登基，妳就是長公主。到時候，妳願意和離就和離，不願意和離，覺得不喜，養幾個面首，也沒什麼。」

母后的話驚得李蓉整個人是懵的，她從小到大，頭一次聽見有人告訴她，養幾個面首沒什麼。

母后探出手來，輕輕放在她面容上，溫和道：「兒啊，這世上女人皆苦，唯一不苦的辦法不是學會賢良淑德，而是要掌握權力。妳得去爭，去搶，去把權力握在手裡，妳不能指望命運由他人給妳，無論是妳的父親、丈夫、兄弟，妳都不能指望。」

「妳年紀不小了，」母后的目光平靜又蒼涼，「我也沒有多少時候，護不住妳，妳自幼聰明，嫁了裴文宣，他不行又如何？妳能行。妳要的不是他這個人，妳要的只是這一場婚姻，給妳避禍。」

「若妳不嫁，妳父皇，怕就容不下妳了。」

於是她嫁了。

嫁給裴文宣之後，她本已經做好了拋下裴文宣這個窩囊廢，自己一個人去當長公主的打算。誰知成婚之後，見到這個傳說中性情溫和、軟弱不堪、可能隨時被家族人幹掉的男人之後，她才知道什麼叫笑面虎。

她得了一個好盟友，他們互相利用、互相輔佐、互相猜忌，她成了長公主，他成了丞相，他們的婚姻就是最強的契約，是他們在朝堂上結盟的誓詞。

他們打著最好的配合，這種配合令她有些愉悅，在早期的時候，她甚至還想過，或許他們可以真的當一對夫妻，一起生活，生子，終老。

直到有一天，她突然發現，原來這個人，心裡有另一個人。

這其實也不怪裴文宣，他們的婚姻本就是身不由己，哪能心也要強行歸屬呢？

她對裴文宣也算不上喜歡，只是有了希望，發現的時候，就帶了幾分失望。

她這個人慣來是驕傲的，容不下自己婚姻裡有半分不純。如果這是一場婚姻，那就得兩個人恪守一心一意的誓言，誰都不能有半分其他心思。

若是有了其他心思，這份婚姻也不該是婚姻，就該僅僅只是盟約。

於是從那一刻，她成為了長公主李蓉，而裴文宣，在她心裡，就成了永遠的裴大人。

裴大人有自己的白月光，小心翼翼呵護了對方過一生。

而她也找了自己的樂子，她看戲聽曲，玩樂人間，後來在蘇家落難後，她拚死把年少時也仰慕過的那位蘇容卿從牢獄裡救出來，安置在公主府，也有了眾人口中第一位，也是唯一一位「客卿」。

他們各有各的日子，這一場婚姻無關風月，只有朝堂上刀光劍影、乾脆俐落的廝殺。開始是如此於朝堂，結束於朝堂。

李蓉愣愣想著，轎輦落到地上，她聽到外面傳來靜蘭的聲音：「殿下，到了。」

她握著金扇，抬眼看向太清殿的牌匾。

如今一切重頭再來了……

她想，這一次，還要不要選裴文宣呢？

第三章 選夫

如果不選裴文宣，她還有什麼選擇？

一個傻子、一個瘋子、一個浪子，相比下來，哪怕裴文宣餵了她一碗香美人，她竟然也覺得……沒那麼難以接受？

畢竟，裴文宣這個人有一個致命優點——長得好看。

一個長得好看的人，無論男女，看著都賞心悅目，做什麼事，她都能原諒許多。

不過上一世和裴文宣過日子，說不上有多堵心，但也的確沒有多少開心，勾心鬥角太多，想著就覺得累。重活一輩子，還要按照上一世的過，似乎有那麼幾分沒意思。

另外三個人她都沒瞭解過，不如這一次……親眼見見？

李蓉一面琢磨著，一面走進太清殿。這時候李明早已在座上，換了一身常服，正一面同大太監德松聊天，一面用帕子擦著剛剛洗過的手。

李明今年不到四十歲，正值壯年，看上去頗顯精神，有著不同於老年的豪情和少年沒有的沉著，正是一個男人一生最風光的時候。他本生得英俊，為顯莊重，特意蓄了鬍子，便有了種獨屬於長輩的沉穩氣質。

李蓉走進屋來，看了一眼李明，面上不顯，內心卻有些恍惚。

畢竟，她已經快三十年沒見過李明了，驟然見到自己生父，不管上一世發生過什麼，都不由得有些感慨。

她回憶著少時的舉動，恭恭敬敬行了禮，李明笑著讓她坐在自己旁邊，李蓉拿了筷子，眨了眨眼，撒著嬌道：「父皇今日怎麼有了興致，讓女兒來吃飯啊？」

李明聽李蓉女兒家嬌俏的音調，就算是說正事，也軟了語氣，看著太監先試毒，慢悠悠道：「今個兒朝中說起妳的婚事來，朕想著妳也不小了，便叫妳過來談談。」

「婚事？」李蓉故作驚訝，隨後低下頭去，似是不好意思道：「這事，不當同母后商議嗎？」

「妳是朕的女兒。」李明嘴上不滿，眼裡卻頗為欣賞女兒這份聽話道，「妳的婚事，當然得自個兒做主，妳得挑個喜歡的。」李明轉頭吩咐德松：「把畫像拿上來。」

德松應了聲，讓人拿了四幅畫像上來，而後將畫像打開，露出四個男子的面容。

李蓉下意識看了過去，隨後又覺得不妥，她如今是十八歲的小女兒家，見著男子畫像，當回避才是。於是她努力做出嬌羞的樣子，扭過頭去，輕咳了一聲道：「這四位是……」

「是父皇給妳挑選出來的夫婿，妳看看，選一個吧。」

「是。」李蓉低聲應了，這才回過頭去，看向四張畫。

她對當年幾位人選的模樣其實都記得不大清楚了，畢竟那麼多年過去，也就記得一個豔驚四座的裴文宣。當年她不好意思細看，就匆匆掃了一眼，一眼相中了裴文宣，也就算了。如今她倒沒什麼不好意思，盯著這四位的畫像，就認認真真看了起來。

不得不說，她父皇也不算虧待他，雖然這四個人集齊了傻子、瘋子、浪子以及落魄貴公子四個非常選項，但統一有一張好臉，或許當初李明就考慮過長相問題，怕太醜了她鬧起來，所以這四位公子，皮相上雖說有些許差距，但也算各有千秋。

寧國侯世子盧羽生得溫潤，看上去乾乾淨淨的，似是鄰家小弟，一派爛漫天真。

楊將軍次子楊泉星眉劍目，自帶沙場風霜，拋卻他是個嗜殺的瘋子，皮相上倒也擔得上英俊二字。

新科狀元崔玉郎，面帶桃花、笑含春風，一看就是一副風流郎君的模樣，是個招女人愛的。

至於裴文宣，畫像其實難摹他風姿十分之一，鳳眼薄唇，清俊如仙，一雙眼在畫像上便已是俊美至極，真人更是勾魂攝魄，尋常人難脫的謫仙之姿。

當然，要能真仙最好，可惜骨子裡是個瞎了眼的豺狼虎豹，終究失了幾分意境。

她懶洋洋掃過四個人，撐著下巴思索著，李明見她看了一會兒，撥弄著茶碗，忍不住笑了：「怎麼看了這麼久，是沒有中意的嗎？這些公子的家世朕都給妳把關過，妳只要選個有眼緣的，其他事，朕都會幫妳處理好。」

「倒不是沒有中意的。」李蓉懶洋洋直起身來，似有幾分憂慮道，「蓉兒就是覺得，都好看，都想要。」

聽到這話，正在喝茶的李明一口水嗆在嗓子眼兒，李蓉趕忙起身給李明順氣，慌忙道：「兒臣知錯，兒臣只是玩笑話！」

李明慢慢緩過氣來，他聽李蓉說是玩笑話，才冷靜了幾分，他有些無奈搖頭，笑著道：「妳也是無聊，這樣嚇唬父皇。」

「主要是當真不知道怎麼選，看著都好看。」李蓉說著，想了想，她湊上前去，替李明揉著肩，打著商量道，「父皇，要不給我個機會，見他們一見？」

李明聽她的話，目光頗有些幽深。

李蓉面上假作什麼都不知，似乎當真是天真無邪，隨口一說。

她說這話是有些冒險的。

她的婚事，對於李明來說就是一場測試，測試她這個被他親手培養的女兒，是否成了自己想要的樣子。

當年她什麼疑慮都沒有，面對這位父親沒有半點猜疑，李明才徹底放了心，又或者說，軟了心。

皇家之間，講的不僅僅是手段上的博弈，還有感情上的對壘，畢竟人非草木，權勢之下終究藏著那麼幾分可憐的真心，這也是她母后當年一面培養著她遇事靈巧變通，一面卻從不與她真的提及朝堂上帝后之爭太多的原因。

只要她永遠是那個天真爛漫的公主，她的父親就會多少給她留點情分。就像當年嫁給裴文宣，按著當年裴文宣的條件，娶公主當然不行，未來也沒有前程可言，但是平穩度日，也還算穩妥。

如今她沒有直接選，提出了反駁，李明自然會疑心，可這輩子直接嫁給裴文宣，她這心裡還是有幾分遺憾。

畢竟都是這麼英俊的公子，瞭解一下，萬一有個奇蹟呢？

傳言畢竟是傳言，萬一有失真的地方呢？

李蓉揣摩著李明的心思，抬手給李明揉著肩，嘟囔著道：「兒臣都等這麼多年了，成婚最重要的又不是長相，主要還是人品。兒臣覺得，不如把兒臣裝成一個普通姑娘，讓人介紹了，和他們見個面，聊一聊，先培養一下感情，最好能帶兒臣出宮遊玩一下。兒臣聽了，玲瓏閣的烤鴨最好吃，護國寺的桃花也好看，還有……」

「打住、打住，」李明被她說笑了，「妳這到底是要去看夫婿，還是想出宮玩啊？」

「我當然是認真看夫婿呀！」李蓉眨眨眼，伸手過去攬著李明撒嬌，搖著李明道，「父皇、父皇，求求你啦，我可是你最寵愛的小女兒，你可最疼我了。」

「好好好。」李明被李蓉連哄帶搖，無奈笑起來：「那就見一見。最近也到春宴時間了，朕不是在京郊給了妳一個宅子嗎？」

李蓉眨眨眼，片刻後，她假作才反應過來，驚訝道：「父皇是讓我開春宴？」

「妳姑姑年年在皇家園林擺宴席，妳也是公主，開個春宴怎麼呢？」李明笑了笑，拍了拍李蓉的手道，「父皇指派些人幫妳，到時候開了春宴，把這四個人都請過來，私下裡妳隔著簾子見一面，說說話。不過，」李明嚴肅下來，認真囑咐，「要矜持，別丟了皇家的臉面。」

「知道！」李蓉高興起來，她忙道，「就知道父皇對我最好了！兒臣最愛父皇！」

「那妳母后呢？」李明似笑非笑。

李蓉正色道：「我見著母后當然得說她好，可母后太凶，哪兒能比得上父皇對我好？」

聽這樣的話，李明大笑起來，輕輕刮了刮她的鼻子，笑著罵了聲：「小馬屁精。」

一頓飯吃得其樂融融，等走的時候，李蓉還讓人拿走了四張畫像，大搖大擺走了出去，一副驕傲小孔雀的模樣。

等一進入轎子，李蓉頓時失了笑容，整個人都癱了下來。

她畢竟不是真的十八歲，裝著嬌俏討喜，都裝得小心翼翼，就怕不經意做得太過，讓李明察覺。

李明和她之間不是真的只有皇家殺伐，她是他第一個孩子，又是個女兒，他對她的寵愛不是假的，只是權勢縱橫其間，她母后母族太盛，而李明年紀越上，就對權勢越有控制欲，加上她的弟弟太子李川，如今已經十六歲。

李明是個嚴酷好戰的君王，而李川卻主張仁德治世，朝中支持者甚重。一個有聲望、有能力、與自己政見相反、甚至開始接近弱冠的兒子，一個手握兵權的外戚，一個多疑善控的君王，毀掉了這個宮廷裡絕大多數信任。而她夾雜其中，只是過往她不曾知曉，直到十八歲一朝醒悟，於是十八歲，成了她有生以來最艱難的一年。

只是這樣的艱難，相對的是當年的李蓉，如今的李蓉倒還算遊刃有餘，她緩了片刻，朝著外面低喚：「靜蘭。」

靜蘭靠近轎子，低聲回應：「公主。」

「等一會兒陛下會把主持春宴的人派過來，妳接待一下。」

靜蘭愣了愣，隨後反應過來，低聲道：「明白。」

所謂派來幫忙，不過是派來監視，李明監視她，她就讓靜蘭監視著那些人。

她知道靜蘭是個聰明的，話不用說得太明白。

過了一會兒後，李蓉想了想，用金扇挑了簾子，朝靜蘭招了招手。

靜蘭湊過頭去，疑惑道：「公主？」

「找幾個人，」李蓉壓低了聲音，繼續道，「分別去這幾個人家裡盯著，他們所有行徑，十五一十朝我彙報。」李蓉頓了頓，隨後再一次囑咐，「尤其是裴文宣。」

第四章　春宴

李蓉的人悄無聲息潛到裴家時，裴文宣正站在一盆清水面前，靜靜打量著自己的容貌。竟然活過來了。

他看著將將二十歲的自己，有些難以置信。只是多年朝堂生涯讓他學會了內斂情緒，哪怕內心翻天覆地，面上也是一派鎮定。

旁邊侍從童業戰戰兢兢看著他，小聲道：「公子，您還好吧？」

打從清晨起來，他問了他一句今天是什麼日子，就一直發呆發到現在了。

裴文宣平日雖然也是個不愛說話的，但鮮少這麼沉默過，童業心裡不由得有些害怕，接著道：「公子，你要是不舒服，我去給你請大夫。」

聽了這話，裴文宣終於抬眼，回了一聲「不必」之後，洗了把臉，便直接出門。

他走出庭院，童業趕緊跟出去，憋了片刻後，他終於才道：「公子，有什麼事您別憋在心裡，說出來吧，或許好受些。秦小姐來退親，這也不能怪秦小姐，她對您也是真心的，就是……」

「不必說了。」裴文宣見童業越說越多，頓下步子，扭頭同童業吩咐：「這事，日後不必提及。」他雙手攏袖，站在庭院外，遙望著遠處宮城中的高塔。

高塔高聳入雲，紅漆金瓦，簷下懸著銅鈴，風吹起來時叮鈴作響，和他記憶中別無二致。

當年他在丞相府，偶遇煩心事，就喜歡站在庭院中抬頭仰望遠處高塔，而今這個習慣似乎保留了下來，此刻望著高塔，他內心慢慢沉靜下來，開始思考起自己的處境。

他記得自己二十歲的時候，剛在老家守孝完畢，回到華京，他二叔把持著裴家，他母親又軟弱可欺，終日稱病避禍，他雖然是裴家最順理成章的繼承人，卻飽受家族人排擠，身為華京盛族裴家的嫡長子，卻只能去刑部當一個小獄卒。

現下的日子，應當是他剛剛被退婚之後。

他父親當年還在時，為他與世交秦氏女秦真真定了一門娃娃親，年紀定的早，倒沒有什麼太過鄭重的儀式，互相交換了玉佩，便算定下了。於是他與秦真真自幼相熟相伴，一心一意想著求娶，誰知變故突生。

他父親早逝，而秦家如今又與他二叔裴禮賢交好，那麼秦真真退了他這門娃娃親，也是情理之中。

當年定親不夠鄭重，如今退親也十分簡單，把當年信物交回後，甚至連封書信都沒有，留了些銀錢，便離開了去。

當然，他是不怪秦真真的，他自己沒能力，沒有怪人家女子的道理。

後來呢？

裴文宣努力回憶著。

後來應當是自己這樣尷尬的身分，剛好讓皇帝看上，然後許給了李蓉。

以李蓉如今的身分，真給她找一個貧寒子弟，面子上過不去，天下怕是議論紛紛；給她找名門盛族，那就是如虎添翼，皇帝不得不懼。就他這樣的，看上去身分高貴，實則毫無前途，最合適李蓉。

有了駙馬身分，裴家才開始重新重視他，而他在朝堂上才有真正的靠山。

按著時間，賜婚的詔書應該很快就會下來，重來一次，他還是得娶李蓉。

想到這裡，他不由得苦笑。

他和李蓉，那就是前世的冤家。

合作了一輩子，猜忌了一輩子，他本以為李蓉對他就算沒有夫妻之情，也當有朋友之誼，沒想到最後權勢面前，她還是能眼都不眨對他痛下殺手。

不過他死了，她也活不了。

她送他利刃，他就送他一碗毒藥穿腸。

他們之間從來沒什麼虧欠，命也一樣。

人之怨恨，無非不公，他和她過往三十年，也沒什麼不公平。

他心有所屬，她身邊有人；她贈他刀劍，他予她砒霜。

如此想來，哪怕她殺了他，他竟然也沒有多少怨恨。

如今重來一遭，想到要再娶李蓉，竟然也沒多少憤恨。

甚至於，他還忍不住想，十八歲的李蓉，還是有幾分天真良善的。見到他偶爾會臉紅，挑起蓋頭那天抬頭盈盈一望，笑裡帶幾分真摯認真，拿了交杯酒同他說：「裴文宣，不管咱們是因著什麼在一起，既然成了夫妻，我還是想同你過一輩子的。」

如果這輩子，他沒有讓李蓉發現他在意秦真真，或者是他這輩子不要再去管秦真真，她就不會盛怒，不會和他分開，不會認識蘇容卿……

或許，他們還是能當一對普通夫妻，白頭到老。

上一世的猜忌和鬥爭，他也已經累了。如果可以，他也想有個普通家庭，安安穩穩過一輩子。至於秦真真……上一世求不得，護了她一輩子。一輩子走過去，責任大過愛情，遺憾大過想念，既然命中註定不能在一起，那也就罷了。

想通這些後，裴文宣平靜下來，他轉過頭去，同童業淡道：「回去吧。」

他如今什麼都不需要做，只要等賜婚聖旨就是。

然而他在屋裡等了幾天，賜婚聖旨沒來，一份平樂公主的春宴請帖卻送到了他府上。

平樂是李蓉的封號，看著那張花裡胡哨的請帖，裴文宣有了幾分不安。

他皺起眉頭，不由得開始回想——上一輩子，他參加過李蓉舉辦的春宴？是他年歲太大失憶了，還是現實和他記憶脫軌了？

裴文宣在家中反復揣摩思索著這場春宴是怎麼回事時，李蓉就在宮裡，興高采烈安排著春宴。

她喜歡這種熱鬧的場合，年少的時候還覺得喧鬧，年紀大了才知道，老年人就喜歡看年輕人一面嫌棄一面鬧的熱鬧，這讓她覺得朝氣蓬勃！

除了安排春宴，她還有許多事情做。

她先去重新挑選了一堆衣服，把自己以前那些個黑的、白的、冷色衣服全都送去壓箱底，專門弄了些紅的、金的這種豔色，將她整個人打扮得豔光四射，明媚動人！

而後她又將自己上一世那些個保養流程全都搬了過來，每天從早到晚按摩、泡澡、上香膏，不放棄一絲細節，充分享受著當公主的美好，最後她還得在有空的時候聽靜蘭跟她回報那四位公子的行程。

盧羽每天在家蹲著數螞蟻，已經數清了兩個螞蟻窩，和螞蟻當上了好朋友。

楊泉近來在練兵場打架，把三位同僚打入了醫館，然後自己被老爹抽倒在床上，已經在床上爬了兩天了。

崔玉郎最近在青樓酒興大發，寫了三十首詩，飽受好評。

至於裴文宣，每日上班，練字，年紀輕輕就活成了一個朝堂養老官員，每日最奇怪的事就是總站在自家門口，彷彿在等什麼。

當然，最後成功的等到了她的春宴請帖。

「這真是皇天不負有心人。」李蓉在花瓣池裡泡澡聽著靜蘭彙報這些事，忍不住問了一句，「當時他驚不驚喜、意不意外，有沒有想過自己一個八品小官，怎麼會接到平樂公主的帖子？是不是高興瘋了？」

「沒有。」靜蘭神色平靜，「當時裴大人臉色不太好，他身邊那個叫童業的小廝問他怎麼會收到帖子，是不是送錯了人。」

「他怎麼說？」

「裴大人說，」靜蘭一板一眼，「帖子沒送錯，他長得好看，這帖子肯定是妳送他的。」

一聽這話，李蓉忍不住一口水噴了出來。

她頭一次知道，裴文宣對自己的臉，竟自信至此。

不過，李蓉很快有些疑惑——裴文宣怎麼知道自己喜歡長得好看的人的？

這個問題李蓉放在心裡。

時間過得極快，李蓉感覺自己剛適應長樂宮的生活，便到了春宴。

春宴頭一天，她提前先去了自己郊區的別院，錯開了第二日京中其他世家的行程。

等第二日清晨，各世家公子、小姐陸續趕了過來，院外一時香車寶馬，絡繹不絕，各家馬車都是華貴精緻，僕人前呼後擁，看上去十分體面。

沒了一會兒，兩架墜玉馬車前後而來，前方的馬車上墜著個玉刻的「蘇」字，而後方的馬車上則墜了一個「裴」字。

華京兩大盛族前後而來，所有人紛紛避讓開去。

沒了一會兒，馬車前後停下，前方蘇家馬車中率先探出一個人來，那人一襲白色錦袍，玉簪束冠，眉目清俊溫雅，氣質儒雅動人。

他剛一出現，便有人急急叫了出來，大聲道：「蘇公子，你也來了！」

「公主相請，」蘇容卿開了口，笑著道，「哪裡有不來之禮？」說著，他便下了馬車，讓僕人趕緊為後面馬車讓路。

蘇容卿一出現，所有人便都彙聚起來，大家熱熱鬧鬧同蘇容卿說著話，裴文宣下來的時候便沒有多少人在意。

裴文宣自己下了馬車，聽見蘇容卿的聲音，他忍不住抬頭看了一眼。

這是後面二十年一直陪著李蓉的人，他不喜歡他。

他對蘇容卿的厭惡，幾乎成了一種本能。

畢竟，就算他和李蓉都說得清楚，各自有各自的日子，可蘇容卿始終是對於他尊嚴的一種挑戰，就像秦真真之於李蓉。這種厭惡無關於情愛，而在於人心中那點自尊。

只是這畢竟已經是下一世，裴文宣覺著計較前世的事有些不理智，他迅速轉過頭去，領著童業一起往院子裡走去。

蘇容卿雖然和人說著話，腳步卻是沒停，和裴文宣一前一後走進庭院。

這時候李蓉也醒了過來，她梳妝完畢，打著哈欠往舉辦主宴的院子裡趕過去，才到院落門口，她就聽到一個熟悉的聲音。

那聲音和後來有些許變化，卻依舊是她刻在了心裡的。

她太熟悉那聲音了，下意識便回了頭。

而後她迎面就看見了兩個人。

一個白衣玉冠，含笑而立；另一個藍袍金冠，看著她呆愣出神。

他們一個儒雅溫和，一個清俊中正，兩個人相距不遠站著，可謂豔色驚人。

李蓉看著兩個人，有了一瞬間愣神，而這時候，蘇容卿最先回神，朝著李蓉行禮，唇齒之間，是他當年無數次念過的句子。

「微臣蘇容卿，見過公主殿下。」

第五章 留人

短暫愣神，在聽到蘇容卿的聲音後，李蓉終於回過神來。

同一個人，相似的話，不同的時間說出來，終究是不一樣的味道。

當年蘇容卿說這句話時，永遠帶著恭敬、謹慎，以及她猜不透、諸多不明的意義。而如今蘇容卿說這話，坦坦蕩蕩，君子風度，不過是按著禮節問好，遠沒有後來那麼多含義。

這正是蘇容卿最好的時光，蘇家還在鼎盛，蘇容卿是蘇家嫡長公子，又深得聖寵，哪怕面對公主，也有著不卑不亢的底氣。

見著這樣的蘇容卿，李蓉不由得笑了，她從未同這時候的蘇容卿說過話，便忍不住讚了一聲：「傳聞蘇公子乃華京第一公子，如今一見，果然名不虛傳。」

「承蒙諸位抬愛，」蘇容卿低頭輕笑，似是有了幾分不好意思，「玩笑罷了。」

「哪裡是玩笑呢？」李蓉不由得放低了聲線，「我一見公子，便覺非凡，若公子不敢說是第一，華京怕是沒人敢說第一了。」

「微臣裴文宣，」李蓉話音剛說，一個清朗的聲音就生生擠了進來，平靜道，「見過公主殿下。」

聽到裴文宣的聲音，李蓉轉過頭去。

裴文宣靜靜看著她，心跳竟不自覺快了幾分。

他許多年沒見到十八歲的李蓉了。

他記憶裡的李蓉，不知道從什麼時候開始，一直濃妝豔抹，暮氣沉沉。她身上總帶著酒味，每次見她，不是在聽曲，就是在看舞，整個人彷彿沒了骨頭，天天和蘇容卿膩在一起。

他不喜歡這樣的李蓉，而這樣的李蓉早已成了他對李蓉所有的記憶。直到如今突然見到十八歲的李蓉，一身大紅繡金鳳宮裝，金釵步搖，明豔的五官只是略施粉黛，亭亭玉立，笑意盈盈，回眸朝他一看，似是畫筆描的眉眼，便好似勾了人心。

當然，他的心不會被勾走，但這並不妨礙他欣賞李蓉的美麗。

只是他才稍稍一愣神，等反應過來時，李蓉已經和蘇容卿說上話了。

李蓉慣來是欣賞蘇容卿這樣的人的，裴文宣瞬間意識到情況有些不妙。

當年沒有這場春宴，李蓉似乎沒怎麼見過蘇容卿，如今見了蘇容卿，她還肯嫁他嗎？

如果是後來精於算計的李蓉，他倒還有幾分把握，可十八歲的李蓉，到底願不願意拿自己的婚事做算計，他便有些把控不住了。

萬一她犯傻一點，對蘇容卿一見鍾情了，抵死不嫁怎麼辦？

那李蓉可真得死了。

裴文宣腦子迅速過了一遍現下的情況，最後決定主動出擊，將李蓉的目光引過來。

他記得自己這位妻子，從年輕到死都是一個愛皮相的，而恰好的是，他最大的優點，或許就是這張臉不錯。

如果當年不是他主動讓她發現自己心裡有秦真真，蘇容卿也未必有這個機會。於是他鼓起了極大勇氣，在李蓉和蘇容卿的話題裡硬生生插了一句「拜見公主殿下」。

他本想著，李蓉見他的容貌，至少會同他說上幾句話，哪曾想他開口之後，李蓉沉默了片刻，隨後只道：「哦，免禮吧。」

隨後她轉過頭，笑意盈盈看向蘇容卿，聲音頓時放柔了幾分：「蘇公子，裡面請。」

蘇容卿察覺氣氛詭異，但他假作未聞，從善如流跟著李蓉，溫和道：「公主請。」

兩人便並肩朝著庭院走了進去，裴文宣抬起頭來，看著兩人並肩向前的背影，抿緊了唇，一言不發。

童業見著自家公子神色，不由得有些擔心：「公子？」

裴文宣深吸了口氣，隨後道：「沒事。」

說完之後，他便同眾人一起，提步跟著走了進去。

李蓉和蘇容卿慢悠悠往前走著，蘇容卿是個體貼的人，李蓉走得慢，他便放緩步子，始終只在李蓉身後半步。

如果是放在過去，這時候李蓉便已經是挽上這人的手，撒著嬌聊天了。可如今李蓉牢記自己的身分，只同蘇容卿聊些趣事。

蘇容卿世家出身，琴棋書畫無一不精，無論李蓉聊些什麼，蘇容卿都能立刻接得上來，聊天順暢至此，李蓉不免心情愉悅，重生而來這些時日，頭一次如此放鬆下來。

有那麼一瞬間，她感覺自己彷彿還在當年公主府裡，蘇容卿陪在自己身後，自己年華已逝，這個人卻始終相伴相隨。

其實她是說不清楚她和蘇容卿的關係的。

蘇容卿從未對她說過喜歡，而她也只是在某個雨夜，隱約同他說了一句：「容卿，你要是不高興的話，我可以和裴文宣和離的。」

蘇容卿沒說話，許久之後，他退了一步，跪在她面前，低啞了聲音，只道：「公主金枝玉葉，容卿不敢高攀。只願侍奉終生，生死相隨，死後公主身側，能留一坏黃土，撒骨於此，常伴身側，便已是大幸。其他之事，微臣不敢肖想。且，裴丞相乃公主一大助力，於名節、於情理、於利益衡量，都不可如此，還望公主三思。」

於李蓉而言，這便算是婉拒了。一個拒絕了她的人，她不敢付出太多真心。可相伴二十年，不付出些許感情，又不太可能。

有時候她覺得自己是習慣了蘇容卿，畢竟這一輩子，再沒有一個人，這樣讓她合意。可有時候她也會想，這一輩子，自己到底有沒有喜歡過人呢。

她想不明白，後來也不願意想了，畢竟人老了，許多事，也就不重要了，那個人陪在身邊，也就夠了。無論她是不是喜歡蘇容卿，這個人在她心裡，終究是不一樣的。

她敲打著金扇，同蘇容卿笑著聊天，心裡不免有些遺憾。

可惜了，她是嫁不了蘇容卿的。

如果她敢和李明說她想嫁蘇容卿，或許第二日，她就會收到和親的詔書，李明大概會給她送到蠻荒之地，然後不明不白死在路上。

想到這一點，李蓉收斂了心神，笑著和蘇容卿進了庭院，便各自分道開去，彷彿的確是再普通不過的一場遇見。

裴文宣在他們身後，一直默默盯著他們，坐下位置了，也看著沒挪眼。

童業給他倒茶，蹲在旁邊小聲嘀咕道：「公子，那是公主，再好看都別看了，被發現了要被罰的。」

「閉嘴。」裴文宣低聲輕叱。

童業縮了縮脖子，這時候李蓉和蘇容卿終於互相行禮散開，裴文宣才終於離開目光，端了茶杯，儀態端方道：「我沒看公主。」

童業：「……」

公子近來架子越來越大，腦子越來越壞了。

裴文宣自己一個人喝了會兒茶，人便來得差不多，李蓉在高處宣布春宴開始之後，便自己退到了後面的私院。

春宴這種事，以公主身分，願意同眾人玩樂，那叫與民同樂，自己退回去單獨宣人去見，這才是正常現象。

李蓉往後面一退，裴文宣心就安定了下來。

他隱約猜到了李蓉辦春宴的目的，雖然不算太確定，但也猜了個八九不離十。

他在自己位置上靜靜等候著，沒了一會兒，一個小太監便湊了過來，低聲道：「裴公子，公主宣召，煩請跟著奴才走一趟。」

聽得這話，童業頓時有些慌亂起來，他抬眼看向裴文宣，裴文宣放下杯子，只道：「在這裡等我，別亂跑惹事。」說完之後，他便站了起來，跟著小太監退出人群。

他什麼都沒問，小太監不由得有些驚奇，但也正好省了他的事。他不免對裴文宣多了幾分好感，領著裴文宣往後走去，笑道：「裴公子不必擔心，公主宣召公子，不是壞事。」

「得公主相請，是文宣大幸。」裴文宣平和道：「公公放心，文宣明白。」

小太監笑起來，只道：「公子是聰明人。」

裴文宣被領著進了後院，剛一進院子，便覺外面的喧鬧和後院分割開來。

李蓉這個別院，和一片桃花林連著，她的後院，便建立在桃花林和前院的邊界處，越往裡走，桃花越多，桃花花瓣落在木質長廊上，呈現出幾分靜謐之美。

太監領著裴文宣進了一間屋子，裴文宣一進去，便看見已經有三個人跪坐在地上等候，三個人聽見裴文宣進門的聲音，紛紛轉過頭來，目光落在裴文宣身上，有迷茫、有思量、有看好戲，一時之間匯成了個大舞臺，似乎就在等著看客坐定，就要敲鑼打鼓唱起大戲來。

裴文宣只是一掃，便知道跪在地上的人是誰。

他心中發悶，一時也不知道到底是惱是煩。他覺得這一世未免太過荒唐，賜婚這件事，李蓉直接在宮裡選了就好，難不成還要他和這些人爭一爭不成？

他心中有氣，面上不顯，在旁邊侍從指引下靠在崔玉郎邊上跪下。

崔玉郎搖著扇子，笑著道：「不想裴大人也來了，裴大人可知公主召我等是為何？」

「不知。」

裴文宣冰冷開口，崔玉郎低低一笑，似是好笑道：「裴大人是當真不知？」

「不知。」

「崔某可聽到了一個消息。」崔玉郎壓低了聲音，小聲道，「聽說陛下打算給公主選婿，你們說，公主叫我們前來……」

話沒說完，外面就傳來太監一聲高喝：「公主駕到——」

說話間，女子手握灑金小扇，身著金線繡鳳廣袖露肩宮裝，從門外婷婷嫋嫋而來。

裴文宣率先按著禮制低頭叩首，跪在地上恭候李蓉入屋，其他人見裴文宣跪了下去，也逐一低頭跪在了地上，只有崔玉郎還直著身子，伸著脖子朝著外面望著，小聲道：「公主這般美人，少見一眼都是罪……」

話沒說完，裴文宣一把就按住他的頭，給他砸在了地上。

崔玉郎痛呼一聲，這時候李蓉也到了門前。

她從裴文宣身前走過，裴文宣只能見到她散拖在地上的長裙，以及長裙上隱約露出的繡鳳紅色繡鞋。

她路過時，一陣香風帶起，那味道極為清雅，像是春風捲了花香，繚繞在人鼻尖。

而後李蓉坐到珠簾之後，懶洋洋往椅子邊上一靠，清脆的聲音中夾雜了一絲天生便有的柔媚，輕聲道：「請起吧。」

四個人慢慢抬起頭來，李蓉撐著下巴，看著跪在下方的四個男人。

盧羽跪在最裡面，一身白衣跪得端端正正，低頭不敢看她。他不如其他人俊美，但有幾分可愛，帶了幾分常人沒有的純淨天真，彷彿還在懵懂之中，不知世事。

他旁邊的楊泉一身黑衣勁裝，頭髮以布帶高束在身後，神色冷漠，只是跪著，便似如刀劍出鞘，帶著股子說不出的冷。但他眉目英俊，這份冷，便也成了種讓人遙望的好看姿態。

崔玉郎稍微活潑些，他穿了身淺綠色的錦袍，上面有著青竹暗紋，頭頂玉冠，手握紙扇，搗著額頭輕皺眉頭，看上去似如白玉雕琢，倒不負他華京玉郎的稱號。

而裴文宣跪在最門邊，他靜靜注視著她，藍袍繡鶴，神色平靜，人如孤鶴而立，驕傲中帶了幾分說不出的落寞。

四個人靜靜看著她，李蓉撐著下巴掃了一眼，輕輕敲著扶手。

今個兒她是得留下一個人來的。

畢竟她今日和蘇容卿說了這麼久的話，要今日沒有一個明顯的指向，怕李明心裡就要慌了。

那麼，今個兒她要先和誰說話，又要留下誰呢？

第六章　為難

李蓉打量著四個人，一直沒出聲。

珠簾之後是一塊輕紗，李蓉可以清晰看見他們的樣子，他們只能隱約看見李蓉的姿態。

雙方靜默了片刻後，李蓉朝著旁邊靜蘭揚了揚下巴。

靜蘭知道李蓉的意思，便在珠簾後朝著四個人行了個禮，隨後恭敬道：「公主聽聞四位公子在京中盛名，心中好奇，故而宣召各位，想同各位聊一聊，還請各位放鬆一些，不必太過緊張。」

本來不是很緊張，聽到這話之後，氣氛明顯更緊張起來。

之前搞不清楚是來做什麼，如今卻已經是確定了，哪個女子會無緣無故找幾個男子聊一聊呢？必定是與婚事相關。

楊泉和崔玉郎的神情頓時有些變了，而盧羽彷彿還不知道發生什麼事一般，就靜靜坐著，似是有些無聊；裴文宣慣來不會把情緒放在臉上，他淡淡掃了一眼旁邊三個人，從他們各自的神情上看出了些想法。

他看出來的東西，李蓉自然也看了出來。

她抱著茶杯，靜靜瞧著四個人。

楊泉的目光躍躍欲試，幾次似乎是想說話，但都又覺得不妥，忍了下去。

他是想娶公主的，而這其中目的，李蓉一想就知道。

楊泉名聲不好，在楊家多受排擠，若他能娶到公主，然後好好相待，過往他做過的那些事或許也就慢慢被人淡忘了。

本來他要是沒有這麼想娶她，李蓉或許還有幾分想同他再聊聊的想法，畢竟這個楊泉日後也算是個將才，後來死在了戰場上，如果他之前那些瘋子的傳說都是假的，那的確是頗為可惜。可如今見他野心勃勃的神態，那種隨時逼近的威脅感，讓李蓉倒是相信傳聞，怕是有三分真了。

崔玉郎則顯得有些慎重，他似乎是在斟酌什麼，手上扇子閒著沒事輕輕敲著手心。

李蓉差不多猜到他的心思，這個人是個真大膽的，怕是看了自己的容貌，覺得有幾分意思，又嫌棄自己公主身分，不想染上瓜葛。上一世他明明才華橫溢，但在官場待了一陣子便覺無趣，直接辭官回了揚州，從此在青樓寫詩寫了一輩子。

若說他無才，也當不了狀元，更不可能是這種脾氣，還在官場上待了許久才全身而退。他更多的只是天生瀟灑，就討厭朝政罷了。

裴文宣還是她記憶裡的老樣子，面上情緒鎮定，根本看不出喜怒，李蓉也懶得看他，最後便將目光落到盧羽身上，靜靜瞧了片刻。

盧羽是四個人中，長得最不出眾的。

雖然不出眾，但是卻極為耐看，看第一眼覺得只是不錯，多看些時候，雖然也不會說驚豔，但卻覺得像是清澈的水涓涓流過，極為舒服。

她注視了片刻後，開口出聲輕喚：「寧世子。」

她的聲音帶著少女的嬌俏，但天生又有幾分暗藏的沙啞，混雜在一起開口時，尾音稍長，落入人耳中，便感覺有種說不出的酥麻一路遊竄而入，可說是天給的嬌媚。

旁邊三個人神色各異，唯獨被喚道的盧羽還有些茫然，李蓉想了想，去了一個字，又喚：「世子。」

這次盧羽聽懂了，他看著李蓉，直直道：「妳叫我做什麼？」

這樣直言直語，讓李蓉不由得笑了，她溫和了聲音，繼續詢問：「世子今日做了些什麼？」

盧羽皺起眉頭，認真想了想，隨後道：「可多事情啦。早上起床穿衣服，阿蘭給我換了十套，一套黃色的、一套藍色的、一套……」

他說起話來，像小孩子一樣事無巨細，彷彿所有事都很有意思。

李蓉敲打著手中扇子，聽得十分有趣，銀鈴一般的聲音頻頻從珠簾後面傳來。

李蓉和盧羽說話，覺得十分有趣，另外三個人被晾在一邊，一時便有些尷尬起來。

裴文宣抬眼看了一眼珠簾後的人，內心有幾分慌亂。

現下的情況，和他記憶中相差似乎越來越大，李蓉對他彷彿一點興趣都沒有，這是為什麼？到底是中間出了什麼岔子，還是……其實他並不瞭解十八歲的李蓉？

想到這一點，他內心發沉。

李蓉和盧羽聊了一會兒後，轉頭同楊泉說了幾句，又同崔玉郎說了幾句，等到了裴文宣時，她問了兩句吃好喝好，隨後便打著哈欠道：「本宮累了，諸位自便吧。」她便讓人扶著她起身，直接退了下去。

等她走後，侍從又領著四個人離開，裴文宣故意放緩了腳步，打量了一下周遭，便見去給盧羽領路的人是靜蘭。

靜蘭在李蓉身邊的分量，他是知道的，而李蓉如今的境遇，他也清楚。

李蓉今日和蘇容卿說了那麼久的話，對於她來說其實十分危險，李明若是認為她對蘇容卿有意思，對於李蓉來說可就太糟了。如果李蓉聰明一些，一定會想辦法轉移目標，讓皇帝覺得她看上了他指派的四個人中的一個。

而如今靜蘭去找了盧羽，看來李蓉今日看上的是盧羽。

裴文宣心裡發沉，他想了想，疾步走了出去，便見到了站在門口等著他們的侍從。其中佩戴著寧國侯府玉佩的侍從最為焦急，太監剛一出來，那位侍從就迎了上來，忙道：「公公，奴才乃寧國侯世子身邊的貼身書童，您可見到我家世子了？」

「哦，你是寧世子的書童啊。」那太監將書童上下打量了一圈，隨後笑道，「公主喜歡世子，留了世子說話，一會兒靜蘭姑姑會讓人來接你，你不必擔憂。」

聽到這話，書童愣了愣，而太監轉過頭，同裴文宣道別道：「裴公子，奴才就送到這兒了，您自便。」

「謝過公公。」裴文宣十分知禮，拱手的時候，便將一塊銀子放到太監正似若無意抬在身前的手裡。

太監笑彎了腰，忙給裴文宣行禮告辭。

等太監走後，裴文宣看向一旁的書童，見書童神色著急，便走上前去，小聲道：「你可是不願意讓世子陪公主？」

書童聽到裴文宣的話，愣了愣，隨後他有些警惕道：「你是？」

「裴文宣，」裴文宣報了名字，迅速道，「方才我同你家世子一起面見公主，冒昧問一句，你家世子……可是容易得罪公主？」

裴文宣說得委婉，但書童卻也聽出來，裴文宣是看出寧世子是個傻子的。

盧羽鮮少出門，他娘將他藏的好，出了門也讓侍從隨時跟著打著轉，這事知道的人可不多。書童一聽裴文宣這話，便直接道：「裴公子既然已經知道奴才擔憂什麼，如今來問，可是有什麼辦法？」

「一會兒你進去見到你家公子，就讓他裝暈。」

「那公主會不會怪罪？」

書童急急詢問，裴文宣平靜道：「病了，有什麼怪罪？清醒著冒犯，那才是真的罪。」

聽得這話，書童沒說話，裴文宣轉過身去：「話我說到這裡，你自己想吧。」

說完之後，裴文宣便回了前院，他掃了一眼周遭，崔玉郎已經和一干女子坐在一起，其中還包括了一位郡主，正幫著郡主看著手相。

這人他不擔心了，躲著李蓉呢。

而楊泉還在和太監說話，皺著眉頭，似是氣惱。

裴文宣想了想，端了一杯酒去，趁著眾人不注意，直接灑在了楊泉的位置上。

春宴眾人正玩得熱鬧，裴文宣穿梭在人群中，隨意從一個醉酒之人身上抽了一塊玉佩，扔到了楊泉桌腳下。

做完這一切後，裴文宣便直接折身，回到後院入口處，靜靜等候著。

沒了一會兒，人群中便傳來了楊泉的吼聲。

「這玉佩誰的？」楊泉一吼，場面就鬧了起來。

丟失玉佩之人身分也不低，他瞧著楊泉手裡的玉佩，有些不高興起來：「你拿著我的玉佩吼些什麼？」

這人回應，兩邊頓時就吵了起來，裴文宣聽見吼聲，嘲諷一笑，轉過身去，雙手攏在袖間，恭敬站著。

後院裡，李蓉坐在湖邊，讓人拿了釣魚的東西，還準備了盧羽方才說喜歡的白水煮蛋，一面剝著雞蛋，一面等著盧羽換好衣服過來。

方才他的侍從不小心潑了他一杯酒，帶著他去換衣服了，李蓉心中猜著便該出點什麼事，但也不急，蛋殼被她剝在桌上，她慢悠悠對身後靜蘭道：「妳瞧我對他多好，我可沒親手給幾個人剝過雞蛋呢。」

正說著，靜梅就帶著人急急趕了過來，有些慌張道：「公主，不好了，寧世子暈了。」

「暈了就找御醫唄。」李蓉將剝乾淨的雞蛋放在旁邊裝飾的小瓶上，「找我做什麼？」

李蓉這副萬事不關己的樣子讓周邊人靜默下來，一時竟然也覺得盧羽暈了不是什麼大事了。

靜蘭緩了片刻後，她恭敬道：「公主，接下來您是自己垂釣，還是……」

李蓉沒說話，她拍了拍手上的蛋殼殘渣，又從靜梅手上拿過帕子，她低頭擦拭著手指，只道：「靜梅，妳出門去，把等在後院門口那個狗東西給我帶進來。」

靜梅愣了愣，過了一會兒後，她結巴道：「要……要門口沒什麼狗東西呢？」

「不可能。」李蓉抬眼，「裴文宣肯定在那兒。」

靜梅這次聽明白了，是要找裴文宣，她趕緊領著人出去。

等人都走了，靜蘭跪坐到李蓉身後，給李蓉一面倒酒，一面有些疑惑道：「公主似乎不喜歡裴文宣，為何還宣他？」

「盧羽都暈了，」李蓉嗤笑，「妳以為其他人還能來？」

靜蘭有些茫然，李蓉也沒多作解釋。

過了一會兒後，靜梅領著裴文宣走了進來。

裴文宣跪下來，恭敬朝著李蓉行禮，不卑不亢道：「微臣裴文宣，見過殿下。」

李蓉沒說話，她繼續剝著雞蛋，裴文宣就跪著，恭恭敬敬，沒有半分不耐。

過了許久後，李蓉才道：「我剝了個雞蛋，想把它放進瓶子裡，可瓶口太小了，我放不進去。」李蓉抬眼看向裴文宣，「素聞裴公子聰慧，不如來幫個忙？要是雞蛋不能完完整整的放進這瓶子裡，裴公子就對不起這聰明人的名聲，不如直接跳進這湖裡去，也算有點氣節。」

「公主的意思是，若我做不到，就得跳湖？」

「是啊。」李蓉直接道，「我就是這個意思。」

「公主，此舉頗為荒誕。」裴文宣勸說。

李蓉撐著下巴，欣賞裴文宣跪著和她周旋的樣子，心裡突然有了些暗暗的高興，竟覺得此刻的裴文宣十分賞心悅目，帶來了某種難言的快感。

於是她明知裴文宣是在和她周旋，還是理直氣壯地胡攪蠻纏：「是啊，可我是公主，我想任性一點怎麼了？」

「公主，您貴為公主，不該這麼為難下臣。」裴文宣繼續勸。

李蓉撚了葡萄，吃著葡萄，繼續為難著他：「是啊，我是公主，為難為難你個八品小官怎麼了？」

「公主，若微臣做到了，是不是就不必跳湖，可以坐起來和公主好好說話了？」

「是啊……」李蓉下意識就開口，還沒說完，就見裴文宣直接起身，把雞蛋從小瓶上拿開，拿了旁邊放著的書撕了一頁，打開香爐點燃，隨後就扔進了瓶子，然後把雞蛋又放了上去，接著迅速退了下去，恭恭敬敬又跪在了地上。

他這一套動作行雲流水，李蓉才反應過來，他已經跪下了，李蓉大怒：「誰准你上前撕我的書的？」

話剛說完，原本放在瓶口的雞蛋，突然「咚」的一下掉進了瓶子。

李蓉和旁邊的侍從看向消失在瓶口的雞蛋，都睜大了眼。

裴文宣抬起頭，看向李蓉：「敢問公主，現在，我可以坐起來，和您好好說話了嗎？」

第七章　下棋

李蓉靜靜看著他。

二十歲的裴文宣比她記憶裡的要英俊許多，但是那份骨子裡的傲慢卻是沒有分毫變化。光是看著裴文宣的眼神，她便知道他是生氣了，以前他是裴丞相，生起氣來能和她吵嚷，她理解。如今裴文宣一個八品小官，哪兒來的底氣同她鬥氣？

李蓉輕輕笑了，她站起身來，看著跪在地上的裴文宣，溫和道：「行啊，本宮一言九鼎，恩怨分明，你要和我好好說話可以，可在此之前，你做錯的事，這得怎麼算？」

「微臣不知自己錯在何處？」

「你撕了我的書。」李蓉指了桌上被他撕了的書頁：「還有，這寧世子怎麼突然暈了，其他人怎麼來不了，想必裴公子心裡也清楚？」

聽到這話，裴文宣心裡「咯噔」一下，他竟然不知道，李蓉竟能聰慧至此。

難道她方才派人盯著？

裴文宣心裡一時有了諸多猜想，面上卻仍舊一派鎮定：「不知公主要如何處罰微臣？」

「跳下去。」

李蓉揚了揚下巴，裴文宣緊抿著唇，沒有說話。

李蓉見他不應，便知他是氣得厲害了，笑道：「想做我駙馬，這點委屈都受不得？」

「公主知道微臣想做您駙馬？」

裴文宣抬眼看著李蓉，李蓉覺得有些好笑了：「不然你在這裡做什麼？」

李蓉也不想和他多扯，直接道：「要麼跳下去說話，要麼滾，我可同你說好了，滾出去，你想要再回來，可就不容易了。」

裴文宣捏緊了拳頭，他氣得臉都白了。

一瞬之間，他彷彿是回到了上一世，他和李蓉吵架，李蓉慣來牙尖嘴利，每次都能把他氣得氣血翻湧。

怪得很，他同其他人向來氣定神閒，曾在朝堂上被人當臉吐了唾沫罵過，被人上家門罵過，在這些事情上氣人的事多得很，他鮮少失態，唯獨在李蓉這裡，同她吵一次架，他就覺得要短命十年。

這女人吵起架來又任性又不講道理，他曾經想這或許是婚後的生活改變了她，如今看來哪裡是婚後改變她，分明就是剛結婚的時候偽裝太好，他沒有察覺。

這個女人骨子裡就是潑婦，蠻橫無理，任性妄為。

裴文宣看出她討厭他，他也受夠了，他心裡清楚，李蓉今日是一定會留下一個人的，而這個人日後也就大機率是她的夫婿。外面幾個，誰都不如他合適，現下她也只能找他救急。

裴文宣深吸了一口氣，只說了一句：「那微臣滾了。」

隨後便叩首起身，轉身就往回走去。

李蓉沒想到他走得這麼乾淨俐落，倒有些愣了，忙道：「你不想同我說話啦？」

「不說了。」裴文宣頭也不回，大聲拒絕。

李蓉用金扇敲了敲手心，朝著靜蘭使了個眼色，朝著走在湖上長廊的裴文宣大聲道：「可本宮想和你說話了啊。」

「抱……」

一聲「抱歉」還沒出口，旁邊就驟然竄出一個暗衛，猝不及防一把拽住裴文宣，直直把人推進了池子裡！

周邊頓時一片笑聲，李蓉遙遙瞧著，笑著提步，慢慢走到了裴文宣跌落下去的地方。

裴文宣是知水性的，驟然落入水裡，他雖然有些驚慌，但還是極快反映過來，調整姿勢，從水裡探出頭來。

而後他就看見李蓉一身紅色繡鳳宮裝站在上方長廊邊上，正笑咪咪瞧著他道：「行了，咱們就這麼說話，本宮很滿意。」

裴文宣不說話，他死死盯著上方的李蓉。

旁邊侍從竊竊私語，有些婢女輕輕低笑，不知是笑些什麼。

李蓉看著裴文宣渾身濕透，清俊的面容上沾染了些許水草，這樣狼狽的姿態，反而給了他一種說不出的美來。

他彷彿是一隻從湖畔探出身子的湖妖，光憑著一張臉、一雙眼，就能蠱惑人心。

只是那雙眼裡，沒有誘人的虛情假意，只有憤怒與不甘，像火一樣，燃燒在裴文宣的眼睛裡。

當這樣的情緒流露出來的時候，李蓉先前那份歡快便慢慢散去了。

她忽地覺得沒什麼意思，如今的裴文宣畢竟不是後來那個人，她如今如此欺他，似若欺負一個孩童。

她居高臨下注視著裴文宣，神色化作一片冷漠，許久後轉過頭去，淡道：「行了，不鬧了，上來吧。」她吩咐了旁邊的靜蘭，淡道：「帶他換身衣服去。」

她囑咐完後，便轉身離開。她回頭看了一眼，便見裴文宣游到了岸邊，被人拉了起來。

春日湖水還有些冷，他上岸的時候打著哆嗦，旁邊侍從忙上去給他遞外套，每一個幫他的人他都低聲說著謝謝，沒有疏漏任何人，小心翼翼的謹慎模樣，倒讓人看出幾分心酸。

畢竟沒有任何一個世家公子，會如他這般忐忑做人。

李蓉久久注視他的目光讓裴文宣察覺，裴文宣轉過頭來，見李蓉在看他，他目光頓時一冷，隨後轉過頭去，疾步離開。

見他瞪她，李蓉忍不住勾起嘴角。

年紀挺小，脾氣挺大。

李蓉坐在湖邊，讓人溫茶，一面看書，一面等著裴文宣，等了一會兒之後，裴文宣終於又回來了。

他換了一身白色卷雲紋路錦袍，頭髮用玉冠高束，從遠處走來時，似從畫中走出來一般。

李蓉定定看了一會兒，等裴文宣來了，她便不著痕跡將目光挪了過去，裴文宣叩拜行禮，李蓉淡道：「坐著吧。」

裴文宣起身坐下，跪坐在李蓉旁邊。李蓉低頭看著書，沒有說話，裴文宣等了一會兒，聽李蓉平淡道：「要說什麼，你說吧。」

說什麼呢？

本來他來，也只是要和李蓉分析利弊，讓她知道自己是最好選擇，但幾次交手下來，他已明白，李蓉心裡怕是什麼都清楚得很。

「該說的，公主也都知道了。」裴文宣聲音平淡，沉默片刻後，他又道：「若要多加什麼，微臣只能同公主說，若公主願意下嫁，微臣必定以誠相待。」

李蓉聽到這話，抬起頭來，頗為玩味看著裴文宣：「以誠？」

李蓉靠在身邊小桌上，撐著下巴：「你倒是說說，怎麼個以誠法？」

「家中當以公主為尊。」

「難道還以你？」

「一生一世，文宣身邊只會有公主一人。」

這倒是真的，但他可不是為她守身如玉，而是為他心裡那個退了婚的前未婚妻。

李蓉笑容更盛：「這不是應該的嗎？你不但身邊只能有我一個，心裡也只該有我一個才對。」

裴文宣身上僵了僵。

他不是個會撒謊的，或者說，在感情這事上，他是不會撒謊的。他但凡願意撒一點謊，當年她就不會知道他心裡還有另一個人，或許也能被騙一輩子。

這樣的誠實，也不知該罵還是該誇。

李蓉端起杯子，她以為裴文宣會和上一世一樣坦坦蕩蕩和她承認這段姻緣就是一場聯盟，她笑咪咪等著裴文宣開口。

然而許久之後，裴文宣卻道：「公主說的是，文宣日後，也不會想著他人。」

李蓉有些愕然，片刻後，她不免有些嘲諷笑開。

她突然發現，相比生氣，她更噁心欺騙。

她將杯子「哐」一下放在桌上，冷聲道：「把雞蛋給我吃了。」

裴文宣有些茫然，他轉頭看著旁邊一盤子瑩白如玉的雞蛋，李蓉冷笑出聲來：「不是說當以我為尊麼？這雞蛋我剝得這麼辛苦，讓你吃你都不吃？」

裴文宣沒說話，他皺起眉頭，好久後，才道：「太多了。」

「那也給我吃乾淨！」

李蓉輕叱，周邊人早都退得遠了，遠遠看著兩個人。

裴文宣不知道她又是發哪門子脾氣，但也不想讓旁人看了笑話，猶豫了片刻後，他決定忍她，只能道：「現下剛吃過東西，等一會兒再吃吧。」

李蓉冷哼了一聲，想著今日還要給宮裡那個老狐狸看戲，便朝著旁邊靜蘭招了招手道，提了聲道：「拿棋盤來。」

下棋是他們兩個人能在任何情緒下都和睦共處的方式，因為所有的廝殺和較量，都會放在棋盤上。

靜蘭取了棋盤，李蓉將裴文宣叫到面前來：「坐著，下棋吧。」

裴文宣有些疑惑，他其實也想，若是氣氛如此尷尬，他們不如下棋，只是不知為何他還沒說，李蓉就先想到了這樣的方式。

好似早已知道，他們之間，如何相處，是更好的。

裴文宣心中疑慮更甚，李蓉直接提了黑棋，開始同落子。

她還是和上一世一樣，喜歡在星位開局，裴文宣見她落了子也沒打算讓她，當下便按著自己一貫的方式，在李蓉對角的星位上落子。

兩人下起棋來，倒十分專注。

在李蓉心裡，面對一個二十歲的裴文宣，她大概是穩操勝券，還是稍微讓著他一些，給幾分面子，免得說自己又大人欺負小孩子。

在裴文宣心中，面對一個十八歲的李蓉，他還是稍稍讓著些，李蓉慣來就驕縱得很，她若輸得太慘，怕是又要鬧起來。

於是兩人一面懷揣著讓著對方、自己必勝的心態，一面走棋，開局沒到三分之一，雙方就察覺不對。

這棋風、這套路、這模式，和上一世他們倆五十歲時候走棋，有什麼區別？

第八章 誓言

意識到這一點後，兩人內心都是大驚。

裴文宣面上不動，低著頭看著棋盤，手裡撚了顆棋子，假作思考。

李蓉抬起眼來，一面端起茶來喝茶，一面偷偷打量著他。

裴文宣把李蓉的行為前後想了一遍，李蓉雖然看上去是個驕縱的，但其實行事十分有章法，她不會無緣無故找人麻煩，看上去無理取鬧，往往只是因為她找個法子懲治對方。可他與李蓉也就初次見面，李蓉到底是看他什麼地方不順眼，要這麼作弄他？

但如果這一切設定為李蓉和他一樣，也是重生而來，那就合理太多了。

李蓉如今重生，必然是因為他手下的人成功了，以李蓉的聰慧，臨死前肯定也猜到是他下的手，面對一個殺了自己的仇人，她能耐著性子不弄死他，已經算是法外開恩、菩薩心腸，作弄他也只是消消氣，至於還要不要嫁給他，這就是未知之數了。

畢竟上一世……

裴文宣心裡發沉，李蓉和蘇容卿，應當也算是互相傾心的。

裴文宣腦子裡思緒紛紛，面上卻是什麼都沒發生一般，放下棋子，假作思考。

李蓉偷偷觀察著裴文宣的神色，見他神色如常，她心裡也泛起嘀咕。

她記得二十歲的裴文宣，還是帶了幾分少年青澀的，而且清楚知道自己的處境，脾氣也要好上許多，當年第一次面見她，雖然面上還算鎮定，但眼裡早就有些慌亂了。

畢竟是見自己未來的妻子，還是公主，怎麼樣，都要有幾分情緒的。

可如今的裴文宣，豈止是沒情緒？簡直是把她當成了老熟人！所以敢這麼和她叫板對峙，在她眼皮子底下動手腳，把另外三個人都算計了。

這樣的裴文宣太怪異，但如果他是和自己一樣是重生的，那就再合理不過了。

一瞬之間，兩人心裡就起了懷疑，甚至於，這份懷疑就是八九不離十的確定。只是兩人慣來也是謹慎的人，有懷疑還需驗證，而且如果對方也是重生而來，那麼要不要讓對方知道自己是重生的，也成了一件需要考量的事。

於是兩人都不開口，故作鎮定，雲淡風輕。

兩個人懷揣著心思下了片刻，有一種詭異的沉默在兩人周邊瀰漫，旁邊靜梅和靜蘭遠遠站著，靜梅小聲道：「妳還說公主不喜歡裴公子，我看兩個人相處得好的很嘛。」

「公主的心思……」靜蘭嘆了口氣，「越來越難琢磨了。」

棋行半局，兩人緩和了內心的震驚。等情緒平復下去後，他們便得思考，如果對方是重生的，接下來要怎麼辦的事了。

庭院外下了雨，雨水落到池塘裡，泛起漣漪。

落子聲和雨聲交織在一起，李蓉最先開了口，慢慢道：「裴公子想要娶我，有想過娶了我之後，會是什麼生活麼？」

「我……」裴文宣猶豫了一下，終於還是道，「我會對公主好。」

他會對她好，因為他上一世，就是這麼做的。

他會試著瞭解這個人，努力接近她，讓她高興。

當年李蓉喜歡他穿白色的衣服，於是成婚之後，他除了官袍，穿白色的衣服穿了很多年。

直到有一天他聽說，李蓉曾經說，容卿著白衣，世上無仙人。

李蓉喜歡吃的菜，他都學會，一次一次讓她嘗，最後成了她御用廚子，沒有人比他更瞭解她的口味。

直到有一天，蘇容卿開始學會下廚。

李蓉腿寒，冷天的時候就會疼，他學了推拿、點穴、針灸，每次下雨天冷，他就替李蓉按腿，一直按到她舒服了，睡過去。

直到有一天，他們吵架吵得太厲害，李蓉和他說，我不要你，我也有其他人。

想起這些事，裴文宣心裡有些難受，但是李蓉問起來，他還是只能說，這些事，他依舊也會做第二遍。

只是在回答的片刻，他有了些許猶豫。

已經知道結局了，還要再試第二遍麼？

他們之間，並不算一個好的結局，相攜半生，你死我活。這大半輩子，似乎都是荒度。

李蓉聽出他言語中的遲疑，知道他其實有了猶豫。她低頭看著棋盤，緩緩道：「我信公子會對我好，可是，公子會喜歡我麼？」

裴文宣聽到這話，他垂下眼眸。

李蓉抬眼看他，認真注視著他道：「公子會將我當做妻子，還是盟友？」

裴文宣不言，外面雨聲淅淅瀝瀝，李蓉看著棋盤上縱橫交錯，似是突然失了興致，她將棋子往棋盒中一拋，靠到了身後椅背上，轉頭看著庭院中被雨水打得搖擺的荷葉，緩慢道：「我想過的，我若和公子在一起，這一輩子，我大概都不會有一個丈夫，只會有一個盟友。」

「在內廷之中，丈夫、親人，其實都並不重要，重要的是握在手中的權力，可是當一個人走到頂峰，孤孤單單一個人行走在這世間的時候，便會羨慕人間煙火繁華。」李蓉轉過頭去看他，輕笑了一聲：「你說孤家寡人和孤魂野鬼，又有什麼區別呢？」

裴文宣不說話，李蓉說得這些話，他都明白。

他靜靜注視著李蓉，十八歲的姑娘，當是最明豔的時候，但那懶洋洋躺著的姿態裡，舉手投足間，卻都呈現出了一種超出她年紀的蒼涼與孤寂，她像一個游離在世上的豔鬼，美豔又孤決，僅僅只是看著，便讓人覺得，心都揪了起來。

李蓉見裴文宣無言，她輕笑起來，她想若是裴文宣也是重生的，當知道她在說些什麼。

裴文宣的確知道，卻不知如何應對，旁邊靜蘭撐著雨傘從不遠處走了進來，低聲同李蓉道：「公主，下了大雨，宮裡的公公說如今時候也差不多，可以散席了。」

「嗯。」李蓉點了點頭，隨後道，「就說我不舒服，妳去送人吧。」

靜蘭應了一聲，便退了下去。

靜蘭一走，李蓉轉頭看向跪坐在對面的裴文宣，溫和道：「裴公子覺得，我該嫁給你，該過這樣的人生嗎？」

她是認真請教裴文宣的。

裴文宣雖然和她吵嚷了很多年，甚至於最後還殺了他，但裴文宣有一點好——他從不對她說謊話。

是好是壞，這人生該不該過，她覺得，裴文宣給她的答案，必定是真的。

而裴文宣在她問完這句話後，卻只是抬眼，靜靜注視著她——她的笑容入不了眼。

一如上一世的幾十年，他見到她的模樣。這樣的笑容，和他記憶中，真正的十八歲的李蓉，是完全不一樣的。

十八歲的李蓉，是很好的。

哪怕不願意承認，裴文宣卻還是記得，其實在這段婚姻剛開始的時候，他掀開李蓉蓋頭，看見姑娘抬頭又羞又好奇的朝著他看過來，然後在喝交杯酒時脆生生和他說「文宣，不管是咱們是因著什麼在一起，既然成了夫妻，我還是想同你過一輩子的」的時候，他也曾經認認真真想過，要和李蓉好好過下去，他們會生子，會相伴一輩子。

直到李蓉知道他喜歡秦真真。

其實他自個兒也不知道，自己對秦真真的感情，到底算是喜歡還是責任。他們打小一塊兒長大，他心裡一直裝著這個人，他希望能和秦真真過一輩子，但過不了。

後來秦真真嫁給了李蓉的弟弟，太子李川。

李川作為太子，是一個好太子，但不算一個好丈夫，他因為政治聯姻，還在太子位上，就已經有了正妃加妾室一共五人，秦真真稟性中正，不識宮中手段，因家族聯姻嫁入東宮，在東宮之中，如果沒有他的幫助，早就死在陰謀算計中。

他出手幫人，李蓉自然知道，起初沒說，後來一次宮宴，他再一次暗中替秦真真解圍的時候，差點露餡，李蓉只能上去幫他圓場。

那天回家路上，他們坐在馬車裡，李蓉什麼都沒說，他當時心裡有些慌，想解釋，又不知該解釋什麼，只覺李蓉不管說什麼，都是正當。

而後李蓉回到家，等進了臥室門，她才走到桌邊，給自己倒了茶，背對著他問了他一句：「你喜歡她？」

裴文宣站在門口，他其實想說沒有，卻又覺得自己不撒謊，於是他只能實話實說：「我放不下她。」

「你和她什麼關係？」

李蓉握著茶杯，看上去特別平靜，裴文宣依舊實話實說，他們定娃娃親，他們青梅竹馬，他家道中落，秦家退婚，秦真真被逼嫁入東宮……

「我只是想幫她，」他低啞出聲，「絕無妄想。他是太子側妃，我不會做什麼。」

他說完之後，李蓉許久沒說話，靜默成為了裴文宣對那一晚最深刻的印象。

他就看見李蓉一直在喝水，一杯又一杯，好久後，李蓉似乎才緩了過來，她轉過頭去，注視著他，只問：「你會背叛我嗎？」

「不會。」他立刻回答，他注視著她，「妳是我妻子。」

「我不是你妻子。」李蓉看著他，神色認真：「我只是你的盟友。」

這話讓裴文宣愣了，李蓉轉過頭去，看著窗外，平靜道：「這一場指婚，其實你我都沒選擇，我們都是為了權勢，其實說起來，並沒有什麼男女之情，你心裡有人，我心裡也有人，只是之前沒說清楚，有些誤會，如今說清楚了，也沒什麼。」

「也不是什麼大事，」李蓉笑起來，一雙眼裡彷彿隨時都能哭出來，「為何你不早說呢？」

裴文宣愣愣看著她，他想否認，卻又覺得李蓉說的似乎也並沒有什麼錯，他對李蓉不是男女之情，因為一個人不可能同時愛著兩個人，他心中有秦真真，又怎麼會容得下李蓉？

李蓉見他不說話，低下頭來，溫和道：「說清楚，就沒什麼了，以後咱們還是一樣的過，只是我希望裴大人心裡明白。」

「我不是你妻子，你不是我丈夫，我不管你心裡住著誰，而你也別管我同誰在一起，你我各有各的人生，各找各的樂子。」

「我只要裴大人承諾我，」李蓉盯著他，目光銳利如鷹，「你我既為盟友，便絕不背叛。」

那天晚上也下了雨，和此時此刻一樣，大雨傾盆而下。

李蓉走到他面前，盯著他，只道：「裴文宣，說話。」

他說不出話。

李蓉見他猶豫，便笑了：「裴文宣，若你不說話，我便當你對我有感情。可若你我之間談了情，那你做的一切可就太噁心人了。咱們便不該在一起，我這就去請父皇，無論如何，」她神色冷靜，「我們得和離。」

雷聲轟隆作響，裴文宣看著仰頭看著他的李蓉。

那一刻，他終於清楚知道，這個女人對感情的要求，多麼寸步不讓。哪怕玉石俱焚，她也要一份乾乾淨淨。

於是他笑了。

「何必呢？」他艱澀開口，「妳說得沒錯，我們是盟友。我心裡有其他人，也不該管著妳。和離對妳我都不是好事，就這樣吧？頂著夫妻的名義，過著各自的日子，妳我共為盟友，絕不背叛。」

「若違此誓……」

裴文宣沙啞開口，李蓉笑起來，「不得好死。」

然而他們終究還是違背了自己的誓言，最後也應了這誓言。

第九章　道別

裴文宣想到發誓那一刻，心中有了些許波瀾。

其實他至死也沒想過，李蓉居然會真的為了儲君之位對他動手，因為沒有想過，所以會在回公主府的路上沒有任何防備，在死的時候才分外不甘，無論如何也要拖這個女人陪葬。

他們倆上一世選了當盟友，可事實是，這世上沒有任何盟友，能利益相同一輩子。

他們死於對方手下，而如今他們可以再次選擇。

裴文宣看著面前的李蓉，許久後，他慢慢開口，平靜道：「不該嫁。」

他叩首跪在李蓉身前，恭敬道：「微臣能給殿下的，只有這些，而殿下要的人生，不當只有這些。」

李蓉聽到這話，倒也沒有詫異，她輕輕一笑，淡道：「我也知道我要的你給不起。只是我如今有些苦惱，若不嫁裴公子，又該嫁誰呢？」

裴文宣睫毛微顫，他想，這當是他最後一次為她謀劃了。

他思索了片刻後，回了一個名字：「盧羽。」

這倒是與李蓉想法相似了，李蓉不由得有了興趣：「說說。」

「如今公主的處境，難在聖上猜忌。其實只要太子繼位，公主日後便可前程無憂，所以當下最重要的就是保住太子。寧國侯、楊家、崔玉郎三個人裡，崔玉郎出身寒門，毫無用處，嫁他最是無用，加上他性格浪蕩，愛寫詩詞，到處都是把柄，公主嫁了他，怕給太子添麻煩。」

李蓉轉著摺扇，應了一聲：「嗯。」

「而楊家權勢太盛，楊泉性格過銳，陛下讓公主與楊家聯姻，其實本質是因為陛下對楊家動了心思。楊泉娶了公主，不久之後陛下怕就會動手，公主會受牽連，而太子則容易牽扯進來，楊泉此人，則是萬萬不能嫁的。」

「的確，」李蓉眼神微冷，「他野心太盛。」

「而寧世子，寧國侯府雖不算望族，但寧國侯乃陛下當年的伴讀，曾為陛下擋劍，陛下是重情義之人，如今雖然不經常想起寧國侯，但兄弟情誼也還是有幾分的，這對於公主來說，也算是件好事。寧國侯為人穩健，寧世子癡傻幾乎不出門，於婚事來說未必是好事，但是絕不會給太子拖後腿。最重要的是，」裴文宣抬頭看她，提醒道，「寧世子，身體不好。」

上一世的盧羽，在三年後的冬天就病逝了。

李蓉聽明白裴文宣的意思，她用扇子輕敲著小桌：「你的意思是，他身體不好，又是個傻子，我嫁給他，等日後他過世，我皇弟登基，我便可以再嫁？」

「是。」裴文宣平靜道：「這樣，如今可以放鬆聖上警惕，讓殿下避其鋒芒，等至日後，以殿下身分，想要再嫁，不是難事。」

李蓉點了點頭，她其實也是如此作想，只是裴文宣說了出來，讓她又安心幾分。不過她沒想到裴文宣竟然會說這些話，不由得笑了，抬眼看向裴文宣，有些好奇道：「那我不嫁你，我有了出路，你怎麼辦？」

裴文宣端起旁邊茶，輕抿了一口：「公主要是能幫個忙自然最好，不願意幫，裴某也有自己的路走。」他輕輕頷首：「殿下不必替微臣多想。」

他頷首那模樣，恨不得將「別多管閒事」寫在臉上，李蓉被他氣笑了。她覺得裴文宣這人是當真有本事，從來就是頃刻間就能讓她氣得血氣翻湧。

她轉頭看天，淡道：「天色不早了，裴公子回吧，不早點走，你借那馬車還回去，染了泥，怕又要給管家罵。」

打人打臉，戳人戳心。

裴文宣得了這話，覺得自己剛才給她一番打算都是餵了狗。

面對這種把自己一刀給戳死的女人還能這麼鞠躬盡瘁，他覺得自己簡直是活菩薩轉世。

於是他譏諷一笑，恭敬行禮道，「是，裴某這就告退，微臣想走很久了，謝謝殿下恩赦。」

「快滾不送。」

「這就滾。」

裴文宣說完之後，即刻站起身來，沒有半分拖泥帶水，徑直往外走去。

候在外面的侍從給他撐了傘，裴文宣輕聲道謝，便跟著侍從離開。

李蓉瞧著裴文宣的背影，感覺彷彿是目送一場回憶漸行漸遠，她靜靜瞧了一會兒，同身後靜蘭道：「妳準備點錢和薑湯，給他送過去吧。」算是對他最後還算做了個人的獎勵。

靜蘭雖然琢磨不透李蓉在想什麼，但她從不多問主子做事，恭敬行禮之後，她便按著李蓉的話去準備了錢和薑湯。

裴文宣憋了一肚子氣出了別院，這時候大多數人已經走了，裴文宣板著臉上了自家馬車，剛準備走，就聽見靜蘭遠聲叫道：「裴公子！」

裴文宣聽了靜蘭的聲音，皺了皺眉頭，掀起簾子出去，便看見靜蘭由另一個侍女撐著傘，疾步趕了過來。

李蓉的宮人教養都極好，哪怕是走在雨裡，也穩穩當當，不濺半點雨泥。

她提了一個盒子，來到裴文宣身前，朝著裴文宣行了個禮後，起身將盒子遞了過去道：「公子，今日雨寒，公主讓奴婢備了薑湯給您，讓您路上先喝著。」

裴文宣愣了愣，片刻後，他看向盒子，輕聲道：「謝過公主賞賜。」

靜蘭笑了笑，將盒子遞了過去：「公子慢走。」

裴文宣應了一聲，同靜蘭道了聲謝，接過盒子後，便進了馬車。

盒子是兩層，拉開第一層，放了一碗薑湯，薑湯還冒著熱氣，裴文宣便想起他們結婚第一年，他每天出門時候，靜蘭便會給他一碗相應天氣的湯，天乾是吊梨湯，天燥是綠豆湯，天寒是薑湯……這都是李蓉的習慣。

他沒說話，靜靜看著，感覺馬車動了起來，他突然那清晰意識到，這馬車一動，他和李蓉這一世，便再也不會有這樣的見面了。

至此之後，橋歸橋、路歸路，前世恩怨，都一筆勾銷。

他忍不住掀了車簾，突然喚了正在回別院的靜蘭：「靜蘭姑娘！」

靜蘭回了頭，看見裴文宣坐在馬車裡，他看著靜蘭，張了張口，一時有些後悔，怎麼沒同李蓉多說幾句。

外面車夫見他出聲，便又停下來，靜蘭瞧著裴文宣，走了回來，有些疑惑道：「裴公子？」

「妳幫我轉告公主一句，」裴文宣緊抓著車簾，盯著靜蘭，鄭重道，「就說，裴某這次走了，讓她保重，凡事謹慎行事，膽子別太大了！」

靜蘭聽得這話，有些茫然，她還沒來得及問什麼，就看裴文宣極快放下簾子，身影消失在了車簾後。

馬車再一次噠噠而行，裴文宣靠回馬車，他也不知道為什麼，突然失了力氣一般，靠在馬車裡，覺得有些發悶。

他靠了一會兒，拉開了抽屜，拿出了裡面那碗還冒著熱氣的薑湯。

他喝了一口，溫暖混合著辣一路灌入腸胃，中間夾雜了幾許微微的甜。

他笑了笑，帶了幾許懷念。

這一輩子，大概是最後一次，喝平樂公主的姜湯了。

裴文宣離開之後，靜蘭走了回來，李蓉看著桌面上的棋盤，轉動著手裡的棋子。

不得不說，裴文宣的棋藝當真不錯，這麼多年，認識的人裡，也就他和她下棋，能這麼勢均力敵，廝殺得別有趣味。

其他人棋力不行，而蘇容卿又喜歡刻意讓她，就裴文宣這個狗東西，膽子又大又凶。

她聽著靜蘭走進來，淡道：「送走了？」

「走了。」靜蘭恭敬回覆，而後道，「走之前有話留給您。」

「什麼？」

「裴公子說，他這次走了，讓您保重，以後凡事謹慎行事，膽子別太大了。」

聽到這話，李蓉愣了愣，片刻後，她苦笑了一聲：「這個人，操心得可真多。」她站起身來，將棋子往棋盒裡隨便一扔，淡道：「本宮輪得到他操心麼？」

她說完，轉過頭去，看著庭院外雨打荷葉，荷葉顫顫巍巍。

不遠處，一行人埋伏在了過道上，開始設置路障。

「公子，」少年提了刀，頗為忐忑開口，「畢竟是公主，咱們這麼下手，是不是……」

「是不是什麼？」他旁邊的青年擦拭著手上的刀鋒，抬眼看向旁邊少年，譏諷一笑，「你以為不劫持公主，陛下就會放過我們？別做夢了。」青年扭過頭去，看著遠處的別院，冷聲道：「只有娶了公主，和太子綁在一起，咱們才有一條活路。」

少年聽了這話，沉默片刻，最後點頭道：「公子說得對。」

天色漸暗，雷聲轟隆。

裴文宣一口一口喝完了薑湯，捲起簾子。

他看著大雨下的山河，感覺這場大雨洗刷著他的新生。

沒了片刻，他聽見駿馬疾馳而過的聲音，旋即一行人便駕馬從他身邊衝了過去。

那些人衣衫樸素，到看不出是哪家出身，然而裴文宣一眼就認出，這些馬並非盛京品種，而是邊境專供的戰馬。

這些戰馬看上去與普通馬並無不同，普通人無法迅速察覺，但裴文宣過去曾經主管前線後勤之事，一眼就看了出來。

如今大雨，這些人如此急急出城，而這個方向去的，都是皇家別院，如果是要往邊境或者去做事，該從其他城門處才是，所以他們是想做什麼？

裴文宣轉念一想，便知不好。

這是沖著李蓉去的！

第十章　劫持

這樣的馬，在華京幾乎可以算是楊家獨有。如今楊家人集結人馬朝著公主府匆匆而去，那只有一個目標——他們要李蓉。

以楊泉的作風，如果沒有這個和李蓉結親的機會，那他自然不會想，可如今有了，他這種瘋子一般的人，可是什麼事都做得出來的。

正常情況下，楊泉應該是會讓人假裝劫持李蓉，等關鍵時刻英雄救美，然後再和李蓉孤男寡女待一晚上，李蓉或許就會對他心動。

哪怕李蓉沒心動，李明是個對名節極為看重的皇帝，李蓉和楊泉這麼說不清楚的待一晚，李明無論如何也會給她賜婚。

如果李蓉反抗，難保楊泉不會做點什麼過激的事，到時候李明為了皇家顏面，怕也會將李蓉嫁過去，等嫁過去之後，再動手滅了楊家，秋後算帳。

楊家一滅，李川如果為了李蓉出手，那就中了皇帝的意，把楊家的火燒到太子身上，藉機提出廢太子。

如果李川不管李蓉，那就藉著楊家的理由把李蓉貶為庶民或者送入道觀，皇帝就可以放心，太子決計沒有機會利用李蓉的婚事籠絡到任何人了。所以對於李明而言，只要李蓉失節，無論如何，她都會被賜婚給楊泉。

楊泉哪裡來的膽子？

裴文宣閉了眼，回想了上一世，上一世不久後，楊家就差不多死在了前線。說不是皇帝出手，他根本不信。

楊泉這麼著急，大概也是知道了楊家在刀刃上。他劫不劫持公主，都是死。

此時此刻，楊家急需李蓉去綁定李川，一旦李蓉嫁給楊泉，李川就和楊家綁在了一條繩子上，哪怕李川不想，李明也不會相信，所以李川只能被迫和李明之間來一場父子鬥爭，而這是楊家生存下去的最好機會。

裴文宣越想越覺得楊泉過於噁心，可是這就面臨一個問題——他要幫嗎？要幫到什麼程度？

幫，肯定要幫一部分，至少他得回去給李川報信，讓人去救援。

可除此之外呢？如果李川救援慢了……

裴文宣想著，心裡竟然有些不忍。李蓉這個人慣來驕傲，受這份屈辱還要被逼著嫁過去，無論如何，怕是要記一輩子。可是如果他要幫，怎麼幫？

他又不是什麼大俠，能救李蓉於水火，他回去唯一的作用，也不過是拖延一些時間，增加幾分讓李蓉免於受辱的可能性，可這樣的可能性，是他要用命去換的，若是不小心，楊泉殺了他都有可能。

值得麼？裴文宣陷入了深思。

他對李蓉的感情，或許在年少時有過那麼幾分好感，但在後來，早就在時光裡消磨了。兩人互相厭惡對方，若有什麼感情，更多也只是互相認識時間太長，對方代表的，早已是自己人生的一部分。

就這麼個人，不算戀人，甚至也算不上好友，為她豁出命去，著實不是他裴文宣的作風。他能去幫她通風報信，也就算仁至義盡了。

裴文宣想到這裡，轉過頭去，他看著桌邊的小碗，又將目光移動到旁邊的盒子，這個盒子有兩層，他瞧著沒打開的下一層，猶豫了片刻後，他拉開來，發現了白花花的銀子。

李蓉之前譏諷他從家裡借馬車，便是知道他如今窘迫境遇的。她雖然嘲笑他，現下分別，她卻也為著他著想，給他準備了銀錢。

這錢晃花了裴文宣的眼，他想都來不及想，就大喝了一聲：「童業，停車！」

童業聽得裴文宣大喝，急急停了車，有些疑惑道：「公子？」

「你現在趕回去，去太子府說公主出事了，有人要殺公主，讓他們趕緊派人過來。」

裴文宣跳下馬車，快速解了一匹馬給童業，轉頭道：「你趕緊去，千萬別耽擱。」

「那你呢？」童業急道：「公子你不一起嗎？」

「我得回去找公主。」裴文宣立刻道：「你別管我，快去！」

童業不敢耽擱，雖然擔心裴文宣，卻還是咬牙趕了回去。

裴文宣看著剩下三匹馬拉著的馬車，跳上馬車去，掉頭往別院趕。

趕了片刻後，他意識到，不行，他現在趕過去，那邊估計已經都是楊家的人了，他過去，可能連別院都過不去。

按照當年李蓉出行的習慣，她身邊至少要有二十個暗衛，那是皇后配給她的，加上她身邊隨從，至少百來人。

而方才楊家過去的人數，大約有四十人，那些人馬速極快，腰上掛了有綠紋的腰牌，按照楊家的慣例，綠紋腰牌應該是屬於增援的人，一般他們增援人數大約是總人數的一半，那麼如今楊家那邊埋伏著的，或許有近百人。

以李蓉暗衛的身手，她遇到突襲，至少能保證她從別院突圍出來，他現下給李蓉最大的幫助，就是拖住楊家的追兵。

想明白這一點後，裴文宣不再往前，他差不多算了算李蓉可能突圍到的位置，又往後退了幾步。

他迅速看了看周邊的地勢，這一條路旁邊都是蘆葦地，偶爾有幾棵樹零星散落在蘆葦中，蘆葦近人高，根本看不清裡面的動靜。

裴文宣上了馬車，翻找了一下，從裡面找出了一些衣服、刀劍，還有一些繩子。

裴文宣把馬先卸了下來，拉到蘆葦叢中，綁在了樹邊，然後折了回來，用劍迅速把馬車拆了，削成了好幾塊板子。

他用了一根繩將板子接起來，左右分放在路的兩側，而後又在板子下方支了塊大石頭，去撿了許多石頭，用衣服包裹住，放在板子的一端。

這樣的路障他設置了好幾個，最後用一根線串聯，只要他一拉線，路上所有的線都會立起來，然後馬被線絆住，絆住之後，線受力拉緊，就會扯動板子，板子另一頭的石頭就會飛砸過來。

做完這件事後，裴文宣放鬆了一點。只要李蓉能順利跑出來，他這麼一攔楊泉的人，李蓉跑了是肯定的了，只是他能不能跑，就不知道了。

但如今他也不多想了，決定了的事，就沒什麼好想的。

他躲進蘆葦地中，趴在地面，手裡拽了機關的繩子，腦袋上頂了他自己自製偽裝的蘆葦草環。

他就等著楊泉來了！

裴文宣費盡心機做著這一切的時候，李蓉躺在搖椅上一面搖著椅子，一面吃著靜梅餵的葡萄：「有人埋伏在外面？」

她閉著眼睛，聽著暗衛的彙報，暗衛跪在地上，恭敬道：「不少人，陛下的人已經先去求援，公主還請安心等待。」

「安心。」李蓉睜開眼睛，「本宮有什麼不安心？反正那些人也不會殺我，不是麼？」

周邊的人不說話，李蓉直起身來，淡道：「不過，若是我們在這裡再多待一會兒，那些人怕是就要攻打別院了，我們怕是等不到陛下的人，先被甕中捉鱉了。」

「公主的意思是？」暗衛抬眼看向李蓉。

李蓉淡道，「現下得出去。」

「不可。」靜蘭立刻出聲，「如今出去，太過危險。」

「我說我出去了嗎？」李蓉轉頭，有些疑惑。

靜蘭皺眉：「公主想怎麼做？」

「等一會兒靜梅就偽裝成我，然後你們坐著我的馬車大搖大擺往官道去。你們走了，楊泉必然去追你們，到時候我再悄悄帶著靜蘭從後門走，不就行了？」

聽到這話，在場人恍然大悟，暗衛點頭道：「公主英明。」

「即刻去辦吧。」李蓉打了個哈欠：「沒什麼大事，反正，要被抓了，睡一晚，我又不吃虧。」

「楊泉長得還不錯的。」李蓉看向站在旁邊的丫鬟，挑眉道，「對不對？」

被她喚中的丫鬟愣了愣，隨後慌忙跪了下去，急道：「公主說的都是對的。」

李蓉見丫鬟慌張至此，不由得笑了：「這麼緊張做什麼，我又不會吃人。」她淡道：「準備吧。兵分兩路，我從後門走。」李蓉便抬起一隻手，由靜蘭扶著，慢悠悠地往屋中走去。

靜梅則趕緊去準備，不到半個時辰，第一個車隊，便從別院浩浩蕩蕩出發了。

此時已盡日暮，李蓉還坐在小榻上翻看著一本遊記，靜蘭見她神色泰然，恭敬道：「公主，要準備出發了。」

李蓉「嗯」了一聲，卻沒有動。

過了一會兒後，暗衛從窗戶跳了進來，單膝跪下，低聲道：「公主，外面埋伏的人沒動。」

「果然啊。」李蓉嘆了口氣，「我說楊泉哪兒有膽子劫持我，也不怕出岔子，原來是有內鬼照應。」

「靜蘭，」李蓉抬眼，看著她，笑咪咪道，「妳換上我的衣服，帶著人騎馬出去，往後門走，繞後山而行，離官道遠點。出去要快，別被人抓到了。」

靜蘭愣了愣，隨後就聽李蓉吩咐暗衛道：「撥十五個人護著靜蘭出去，留五個人給我。」

暗衛應聲，靜蘭反應過來，應了一聲「是」之後，立刻換上了李蓉的衣服，而後領著人趕了出去。

出去沒了片刻，就聽到了震天的喊殺聲。李蓉立刻起身，她換了一套早準備好的侍衛服，又梳起了男人髮髻，而後領了剩下五個暗衛，趁著靜蘭引著人往後山去的時候，從正門如離弦之箭，急急朝著官道衝去。

此時夜風正烈，遠處華京燈光照亮夜空，李蓉狂奔在夜色之中，不分星月。

楊泉領著人追了靜蘭一會兒，突然看見官道上有人疾馳而去，楊泉驟然反應過來，大喝道：「從官道追！」

而此時裴文宣爬在泥土裡等著。

李蓉的馬車方才過去了，楊泉的追兵怕馬上就到。

他心跳得飛快，緊張握著手裡的繩子，也就是在這時，他聽到馬疾馳而來的聲音！

夜色裡，一批布衣人手握利刃追著先前李蓉的馬車飛奔而去，雖然夜色中看不清來人的面貌，但這必是楊泉無疑了！

裴文宣心裡默數著來人的距離，三、二、一！

拉繩！

裴文宣猛地拉繩，李蓉的馬被繩子絆倒，驚叫而起，李蓉滾落在地，暗衛急急出聲：「殿下！」

與此同時，無數包裹著石頭的布料飛落而下，直接砸在李蓉和暗衛身上。

李蓉被一塊小石頭砸在腦袋上，當場眼前一黑。

暈過去前，李蓉不得不想，她還是小看了楊泉，沒想到看上去是個憨憨，居然還能在這裡設伏。

而裴文宣在聽到那一聲「殿下」的時候就知道不好了，他看著暈過去的李蓉，心裡暗叫不好，片刻後，他就聽到楊泉帶著人怒喝的聲音從後面趕了過來：「公主休走！」

聽得這話，暗衛齊齊拔劍，朝著楊泉就衝了過去。

一陣混亂之間，裴文宣忙從蘆葦地裡爬了出去，扛起昏過去的李蓉，頂著那一頭蘆葦，又急急衝進了蘆葦地。

等暗衛反應過來，回頭準備抱著李蓉跑的時候，他們驚訝發現——公主不見了！

第十一章　爭吵

裴文宣扛著李蓉跑進蘆葦地，趁著暗衛和楊泉的人還在打鬥，砍了馬匹的繩子，給牠們一抽，馬匹朝著兩個不同的方向逃竄，裴文宣帶著昏過去的李蓉就趴到了地上，一動不動。等兩邊人馬反應過來時，李蓉已經不見了，只見蘆葦叢裡有東西在快速竄動，兩邊人馬立刻各自找了一個方向追了過去，裴文宣見他們追著馬跑了，趕緊起身，扛著李蓉朝著遠處密林一路狂奔。

他平日也沒這麼大的力氣，但在這種生命危急的時刻，他竟然也不覺得李蓉重，扛著李蓉跑得飛快，根本不敢停下來。

李蓉在他肩膀上慢慢醒過來，剛一醒，就感覺有什麼東西戳得她肚子疼。她「嘶」了一聲，裴文宣聽見了，忙道：「妳醒了？」

李蓉被他抖得想吐，肚子又疼，顛簸得她頭暈眼花，趕緊道：「放我下來！」

裴文宣確認她醒了，立刻把她放了下去，不等李蓉反應過來，拖著她就往前衝，一面衝一面道：「快跑！」

「裴文宣……」李蓉根本搞不清狀況，被他一路拖著穿梭在密林裡，她顫抖著聲音道，「我……我想吐……」

「咽下去！」裴文宣果斷開口，解釋道：「後面還有追兵，我們……」

話沒說完，李蓉「哇」的一下就朝著裴文宣吐了過去，裴文宣眼疾手快迅速放手往旁邊一跳，就看李蓉當場跪在地上，然後吐了出來。

裴文宣被李蓉驚到了，他趕緊看了一眼周遭，確認沒有追兵之後，才走到李蓉邊上，遞了一方手帕給李蓉，皺眉道：「妳還好吧？」

李蓉用手帕擦了嘴，優雅站起身來，打量了四周一圈，才道：「這裡是哪裡？」

裴文宣沉默了，李蓉見他不說話，心裡暗叫不好，皺起眉頭：「你不知道。」

「方才跑得太急，」裴文宣沉穩出聲，「沒注意路，現下應該是在林子裡。」

「廢話！」李蓉怒喝，「本宮不知道在林子？我問你的是該怎麼出去！」

「等人吧。」裴文宣被她這麼一吼，頓時不高興了，他扭過頭去，直接往前道：「先找個合適的地方歇下來再說，楊泉的人難保不會找過來。」

李蓉聽到這話，覺得也有幾分道理，只是她見著裴文宣那張垮著的臉就不高興，一想到自個兒受了傷他沒受傷，便更不高興。於是她站在原地不動，裴文宣走了幾步，見李蓉不跟上，回過頭來看她，皺眉道：「妳又有什麼么蛾子？」

「我頭疼。」李蓉抬手撫上額頭，嘆息道：「我走不動路了，唉。」

「妳頭疼又不是腿瘸。」裴文宣下意識就開口，然而說完之後，他就想起來這腦袋上的傷是哪裡來的，他一時有些心虛，態度一百八十度轉變，咳嗽了一聲道，「但也不是小事，我背妳吧。」

裴文宣走到李蓉面前來，半蹲下身子。

李蓉看著裴文宣態度這麼好，心裡不由得有些犯怵，她狐疑看了看裴文宣周遭，確認沒什麼陷阱以後，小心翼翼爬了上去。

裴文宣背著她，選了個方向往前走，李蓉見他似乎是有一個方向，不由得道：「咱們這是去哪兒？」

「先找水源。」

裴文宣徑直開口，李蓉不由得樂了：「你還知道水源在哪兒？」

「有些辦法，」裴文宣面對正經問題還是很耐心的，解釋著道，「比如看植物的種類，生長稠密，地勢高低，還有雲……」裴文宣頓了頓，隨後道：「妳知道這些做什麼，反正這種事也輪不到妳做。」

「你說得也是。」李蓉點點頭，「這種事，也就是你這種刁民喜歡。」

「李蓉。」裴文宣深吸了一口氣，「妳不好好說話會死啊？」

「和別人不會，」李蓉笑嘻嘻道，「和你就不行了。我就覺得，裴大人生起氣來比較好看。」

「那妳是有病。」裴文宣徑直懟過去：「瞎了。」

「你放肆，」李蓉趴在他背上，懶洋洋道，「本宮是你能這麼說話的嗎？快給本宮道歉！」

「都出宮了妳還這麼囂張。」裴文宣冷笑，「妳信不信我把妳扔在這兒，等楊泉找上妳，看妳怎麼辦。」

「說得我很害怕一樣。」李蓉挑了眉，「他能殺了我？頂多就是和我成個親，就他那短命樣，能活過今年冬天？怕是年都不看到，就到地府見諦聽了。到時候我守了寡，等我父皇一死，我立刻養他個十幾、二十個客卿，我不快樂？」

「現在還想著養客卿，」裴文宣嗤笑，「可真有妳的。」

「那是，我樂觀啊。」李蓉說著，嘆了口氣，「不過說起來，我也沒想到楊泉居然這麼聰明，我都放了兩路人馬出去，他居然還能猜出我真正路線，在路上設伏，也算是個了不得的人物，上輩子怎麼死得這麼容易呢？」

裴文宣：「……」

他有些不敢說話，李蓉環著裴文宣脖子，突然看向他，有些奇怪道：「話說，你怎麼在這？你不是回去了麼？」

裴文宣：「……」

他向來不在李蓉面前說謊，但是現在也沒膽量說實話。

李蓉見他不說話，不由得笑起來：「你不是回來救我的吧？裴文宣，你這狗東西人還不錯啊。」

「妳少說幾句，」裴文宣尷尬道，「省點力氣。」

「我一開始怎麼沒瞧見你？你藏哪兒了？話說你一個人來救我？不是吧，你這麼……」

「蠢」字還沒說出口，李蓉突然意識到不對。

裴文宣是這麼蠢的人嗎？

他就算現在無權無勢，一個人趕過來，會一點準備都沒有，和楊泉正面硬槓？

而且楊泉也有點問題，如果是楊泉一開始就猜到了她的計畫，在路上設伏等她，那為什麼他本人不直接在前面設人，還要從後山折回來追她？

李蓉反應過來，她不由得收緊了手，冷笑著道：「裴大人，我有一件事想請教。」

「是我幹的。」裴文宣知道李蓉是明白過來了，立刻道：「但我可以解釋，我是真的想幫妳。那些石頭……」

「全砸在了我身上。」李蓉氣笑了，她深呼吸著道：「裴文宣，你說實話吧。你是不是來報仇的？」

裴文宣沉默了，李蓉怒氣一下上來，她讓自己盡量冷靜，克制著聲道：「放我下來。」

裴文宣趕緊把她放了下來，李蓉怒氣衝衝就往前走，她想離這個人遠一點，她怕自己失態。

裴文宣自知理虧，趕緊跟上，一面跟一面道：「我說我不是想要報仇，妳信嗎？妳也不信啊。」

「你有讓我相信的理由嗎？我看你就是自個兒沒辦法，沒出路，一定想娶我，又拉不下臉面，才想了這麼一個漁翁得利的招！」李蓉回過頭來，指著裴文宣，怒道：「你就是見不得我嫁盧羽！」

「我怎麼就見不得了？」裴文宣皺著眉頭，認真解釋，「妳和我又沒什麼關係，妳愛嫁誰嫁誰，我管得著嗎？我需要管嗎？」

「沒關係？」李蓉冷笑出聲來，「你以為我不知道你？你根本就捨不得我！」

「妳胡說八道！」裴文宣被這聲「捨不得」激怒了，像是被踩到尾巴的貓一樣跳了起來，「我心裡根本沒妳，我要捨不得也是捨不得真真，妳心裡沒點譜嗎！」

「好啊，你居然還敢和我提秦真真？」李蓉聽到這人說「秦真真」，頓時也顧不上什麼遮掩、不遮掩身分，直接道，「你喜歡人家你就去娶啊，上輩子還不是娶了我？是，你是不待見我，可你捨不得我這個公主身分啊！裴文宣，你真的是我見過最不要臉、最沒骨氣、最無恥的小白臉！」

「我小白臉？」裴文宣氣笑了，「我有妳那位蘇客卿小白臉嗎？李蓉妳自己算算，我除了成婚剛開始的時候靠過妳，後來我什麼時候是靠妳吃飯了？而且一開始，咱們倆也是互相依靠，妳給我仕途，我是不是幫妳弟登基了？再說後來，妳用我的時候少了嗎？其他不說，就說妳公主府的吃穿用度，用的是誰的錢？」

「那我可真謝謝你了。」李蓉笑起來，「感謝您年年給我錢養男人，您可真大方，您為什麼給我花錢你心裡沒想法嗎？你要不是駙馬，你以為我那皇弟又能這麼信任你？我拜託你別給自己臉上貼金，你那不叫給錢養我，那叫從我這裡買資源，裴大人你清醒一點好吧？」

「哦，我要從妳那裡買資源，那妳用我的情報網，用我的暗線，妳又一分錢不給？」

「那你用我的名義壓人，請我去勸我皇弟的時候，你又不說了？」

「呵，陛下就沒有猜忌妳的時候？陛下和妳起爭執，說妳品行不端要把妳趕回封地的時候，是誰來求我說情演戲？」

「陛下再怎麼樣也是我親弟弟，你被陛下讓人拉出去打板子的時候，又是誰找我去御書房求人的？」

「妳還好意思說？那年……」

兩人你來我往，互相謾罵，一件一件攀比著陳年舊事，罵了大半夜，兩人都是氣喘吁吁的。

裴文宣之前扛著李蓉跑了那麼久，又背著她走一大段路，早就沒了力氣；而李蓉本身是女子，又受了些傷，也早沒了精力。

兩人像兩隻鬥雞，你看著我，我看著你，明明已經沒了力氣，卻誰都不肯認輸。

過了許久，裴文宣的肚子「咕咕」叫了起來。

他在土裡爬了那麼久，晚飯都沒吃。

這一聲「咕咕」聲叫起來，裴文宣頓時僵了，李蓉終於找到了一個臺階下，她難得沒有嘲笑他，轉過身道：「算了，本宮乏了，先去休息。你找點吃的，等吃完東西，我們再吵。」

「微臣以為甚是。」裴文宣點了頭，跟在李蓉身後。

兩人一前一後安靜走了片刻後，李蓉嘆了口氣：「沒想到，你真的也來了。」

裴文宣愣了愣，片刻後，他低下頭，輕輕應了一聲：「嗯，回來了。」他唇齒間忍不住低低喚出了一聲，「長公主殿下。」

第十二章　坦白

水源就在前方不遠處，兩人卯足了勁吵了這麼一架後，都覺得精疲力盡，也不再吵了。

李蓉先下了小坡，到了水源附近的平地，離水源遠一點的地方還有些草坪，李蓉累得慌，也不管什麼乾淨不乾淨，直接就坐下了。

裴文宣來得慢，他在林子裡撿了些乾柴，回到了河邊，他到河邊時，就看見李蓉坐在草堆上，她似乎累極了，卻還堅持著坐著，平日囂張跋扈的人，此刻安安靜靜，用手環著自己膝蓋，低著頭將臉埋在膝蓋裡不出聲，看上去倒彷彿有幾分可憐似的。

裴文宣也覺得自個兒是被她使喚慣了，這麼瞧著她，居然有幾分不習慣起來，他放了柴火，把草堆清出一塊泥地，然後用木頭搭建一個小堆，拿了火摺子將火升起來。

火光亮起來後，李蓉抬了眼，看向溫暖來源之處。

她又累又睏，但草地的土裡含著水，若是躺下去，一會兒衣服都要濕了，所以她不想躺，可這麼熬著也難受。

她依稀聽見裴文宣又折回了林子，過了一會兒，他用外套包了一大堆東西回來，李蓉抬眼看過去，發現裴文宣似乎是撿了一堆枯葉過來。

他將枯葉厚厚堆起來用衣服蓋上，隨後招呼了李蓉：「妳過來壓著，別讓風把葉子吹走了。」說完之後，裴文宣便轉過身去，撩了褲腿到膝蓋上，把衣擺打了一個結，提了手裡的劍就去了水邊。

李蓉不是個不知好的，她起身走到那衣服旁邊，往下一躺，整個人頓時就舒服了許多。躺了一會兒後，她聽著旁邊的水聲，又覺得有些睡不著了，她翻過身去，趴在衣服上，撐起上半身，看著不遠處的裴文宣。

裴文宣站在河裡，手裡提著劍，一動不動。他耐心是很好的，李蓉盯了他大半天，都沒見他除了眼睛以外的地方動過，像極了他在朝堂上狩獵敵人的姿態。

李蓉撐著下巴，遙看著遠處青年，慢慢也看出了幾分味道。

裴文宣這個人若是不說話，那張臉倒的確是盛京無雙，溫雅中混合幾分清俊，不至於過分柔和，帶了幾分說不出的傲氣，又不令人討厭。月光下白衣長劍，靜靜站在流淌的水中，倒真似謫仙落凡，映一月清輝。

裴文宣若有哪裡哪裡不好，但這張臉，李蓉還真沒什麼話說。尤其是如今還是他二十歲的模樣，正是最好的年華，比起後來那個老頭子，更讓李蓉喜歡得多了。

李蓉盯著裴文宣看了一會兒，就見他眼疾手快，「唰」的一下將劍落到水裡，串了一條魚出來。

他把魚扔到岸上，又回身等著，過了一會兒故技重施，又刺出一條魚來。

他串到了魚，蹲在地上，在河邊快速清理了魚後，淨了手，用提前削好的樹幹插上，抓著走回了火堆邊上。

他知道李蓉沒睡，到了邊上，就將魚遞給她，不耐煩道：「自己烤。」

本來李蓉自己烤魚也沒什麼，但她就聽不得裴文宣這麼吩咐她的口吻，於是她全然不搭理，懶洋洋道：「本宮不會烤魚。」

「那就別吃。」

「可本宮喜歡吃魚。」李蓉笑咪咪道，「你要是不烤給我吃，有魚我就搶！」

裴文宣無言，他吵不動了，也不想和李蓉吵了，便坐了下來，將魚用石頭架起來，放在火上翻烤。

周邊是水聲，烤魚發出的「滋滋」聲，兩人靜默著，過了許久後，李蓉開口道：「什麼時候回來的？」

「一個多月前。」裴文宣抬眼看她：「妳呢？」

「差不多的時間。」

兩人說完後，便是一陣沉默，過了片刻後，李蓉不由得感慨出聲：「沒想到啊，你居然沒瞞著我。」

「有什麼好瞞的？」裴文宣淡道：「妳不也沒瞞我嗎？」

「我可和你不一樣。」李蓉懶懶道，「我做事慣來敢作敢當，瞞你做什麼？你可就不一樣了。」李蓉說著，瞪了他一眼，「小人。」

聽得這聲「小人」，裴文宣冷笑：「妳還好意思說我小人？不知道是誰先違背盟約，朝我動手的？」

「哈！」李蓉聽到他的話，直起身來，鼓掌道，「容卿果然還是把你殺了？殺得好，殺得妙啊！」李蓉斜眼瞧他，歡慶著道：「像你這樣背信棄義、忘恩負義的人，總是不得好死的。」

「妳還敢說？」裴文宣聽到她的話，澈底怒了。

他氣急了，捏緊了手裡撥弄火堆的木頭，克制著自己的語速，盯緊了李蓉：「李蓉，我自問沒有什麼對不起妳。雖然妳我之間經常爭吵，也偶有交鋒，但這麼多年，我沒有辜負過妳，不是麼？為了儲君之爭，妳竟然讓蘇容卿動手……」

「那你不是麼？」李蓉冷聲開口，「區區儲君之位，當年盟約之誓都忘了，你能殺我，我不該動手？殺你，也不過是實踐你我之間的諾言罷了。」

聽到這話，裴文宣愣了愣，他察覺出幾分不對來，極快道：「是誰先違背誓約朝著對方下手的？」

李蓉聽裴文宣問了這話，也反應過來，立刻變了臉色：「不是你先對我下毒的？」說著，她立刻描述：「你先來找我，警告我，你來的時候身上有一股異香，你走後不久，我喝了一碗藥就中毒了。難道不是你下的毒？」

「不是。」裴文宣面露震驚，旋即便反應過來，馬上和李蓉對起前世的事情，解釋道，「我的確在公主府安排了暗樁，以防不測，我讓人動手下毒，也是在妳派人殺我之後。」

「你是什麼時候死的？」李蓉皺起眉頭。

裴文宣想了想：「從公主府出來，回府路上，被蘇容卿帶人截殺。」

「的確是我的人。」李蓉垂下眼眸。

兩人沉默了一會兒後，各自理清了思緒，裴文宣想了想，才總結道：「所以，上輩子，妳其實並沒有想殺我，是有人讓妳以為我殺了妳，妳在臨死前反撲殺我，是這樣？」

「應當是這樣。」李蓉低低應聲。

裴文宣靜靜看著她，他緩了片刻後，低笑了一聲，他想說點什麼，又沒說出來，抬手拍了拍自己的大腿，嘆了口氣道：「機關算盡太聰明，聰明反被聰明誤。李蓉，妳終究還是不信我啊。」

「你又信我嗎？」李蓉抬眼看他，神色冷靜。

若是相信，她就不會在第一時間認定了他是凶手，甚至願意將權力移交給蘇容卿，也要殺了他；而他也不會早早在她府上安置暗樁，時刻準備著反擊殺她。

「妳說得也沒錯。」裴文宣點了點頭，「真夫妻也難得有掏心掏肺的信任，更何況我們？不過我很好奇，妳是如何認定凶手是我的？」

「我死於香美人的毒。」李蓉回憶著死前的狀態，「你來見我時，身上有一股異香，你平時幾乎是不佩戴香囊的，那天你戴了。而後你和我說儲君的事情，還放言若我不同意就殺了我，等你走後，我喝了藥，便毒發身亡。」

裴文宣聽著李蓉說著她死前的事，神色沉凝。

李蓉接著道：「證據的確不算充足，但是你有動機、有能力，而線索紛紛指向你……」

「妳便覺得是我了。」裴文宣點頭總結，李蓉沉默不言。

裴文宣似乎是覺得好笑，低頭看著魚，眼裡有幾分自嘲。

李蓉自知理虧，沒敢說話，過了一會兒後，她低聲道：「你身上那香味哪裡來的？」

「我說了，妳怕是要不高興了。」裴文宣眼裡帶了幾分幸災樂禍。

李蓉想了想，皺起眉頭：「蘇容卿？」

「是啊。」裴文宣將魚從火上拿起來，左右看了看，見魚烤得差不多，便遞了一隻到李蓉手裡。

李蓉恍惚接了魚，放在火上翻烤，聽裴文宣慢悠悠道：「我去的時候，蘇容卿說妳病得厲害，從外室入內，要佩戴草藥香囊，不然妳見著人就要咳嗽。我讓人看了那香囊的成分，試過沒什麼毒，我便帶了。而且你們的下人左右都戴著這個香囊，只是我的因為比較新，所以香味濃郁。」

李蓉愣在原地，裴文宣瞧著她呆了，想她也不是那麼容易信他的人，接著又道：「妳也可以不信我，這也無所謂。反正呢，這事就算不是蘇容卿，也不是我，妳別把帳算在我頭上就行。」

李蓉不說話，她呆呆看著火堆，裴文宣一面翻烤著魚，一面帶笑瞧她，似乎頗為高興。

李蓉聽著他這看熱鬧不怕事大的樣子，不由得有些恍惚。

裴文宣的話，她是信的。

蘇容卿是她一手救下來的。

當年肅王謀反，蘇容卿的哥哥為肅王說話，而後被人誣陷私通肅王，說蘇氏與肅王一起謀反。李川當時氣昏了頭，未經過三司會審，直接將蘇氏全族下獄，男處死，女流放。她不同意此事，在蘇家遇難前趕去求李川，挨了十個板子，加上裴文宣從中周旋，才為蘇家求了一道特赦。

可死罪可免，活罪難逃，蘇氏男丁就算能活，也全部受了宮刑，其他人不堪其辱，在獄中紛紛自盡，她趕過去時，整個蘇氏男丁，也就剩下一個「苟且偷生」的蘇容卿。

當時她便和蘇容卿說過，她將他救出來，不求他報答什麼，她可以贈他白銀，給他一個差事，讓他日後在外好好生活。

那時候她對蘇容卿，並沒有太過特殊的感情，只是曾經被他救過，被他照顧過幾分，便多了幾分感激，以及……隱約不明的柔情。她救蘇氏，更多只是考慮李川和自己的良心。

蘇氏滿門清貴，這樣不明不白罹難，她難以坐視不管。

只是那時候蘇容卿不願意走。

他自己跪在她面前，恭敬求他：「奴身已不全，此世不容，唯公主府尚可安生，願隨侍公主左右，結草銜環，生死以報公主救命之恩。」

他這樣說，她也就留下了他。蘇家在外仇敵不少，蘇容卿這一輩子不能步入官場，在外也難有職位，她不忍見蘇容卿在外受辱。

因為受了宮刑，他留在她府中也是自然之事，後來他們有了情誼，裴文宣雖然察覺，但也無法說什麼，而李川和朝臣都沒有多想，裴文宣才綠得不那麼明顯。

她不是沒想過蘇容卿會報仇，畢竟，是李川親自下令，斬了蘇氏所有男丁、流放所有女眷，任何一個人都不可能忘掉這滅門血仇，更何況當年的第一公子？所以那麼多年，她一直不敢將實權交給他，一面觀察他、防著他，一面努力讓他活得好一些。

她越不過自己的良心當真殺了他，也沒法真的放心把權力交給他。

最終他還是動了手，他先殺了她，再藉由剷除裴文宣的名義順利接管了她手中權勢。若她沒猜錯，他不會帶著她的幕僚離開，反而會打著替她報仇的名義收整人心，和皇后聯手，為推李信上位，和裴文宣的餘黨鬥個你死我活。

這樣一來，他就能和她的人死死綁在一起，他有了實權，李川多年來修仙聞道，在朝堂根基早已不穩，加上近來他身體早已經不行了，蘇容卿或許還真有機會親手殺了李川。

這件事，她從收留蘇容卿那一刻開始就早有預料，只是當真來的那一刻，她也忍不住覺得有幾分遺憾。

如果蘇家能夠不罹難，或許她和蘇容卿都不會有這樣的結局。

李蓉深深吸了口氣，見裴文宣開心樣子，不由得道：「你高興些什麼？」

裴文宣烤著魚，拖長了聲音：「我早說過這人不能留，妳不聽，現下倒好。」說著，他笑彎了眼，瞧過來，「吃虧了吧？」

「我吃虧，你就這麼高興？」李蓉冷著聲。

「沒錯。」裴文宣高興出聲，「咱們長公主殿下吃虧，那可是千載難逢，如此奇觀得見，」裴文宣抬起一隻手，放在自己胸口，「我心甚慰。」

「裴大人這番倒是想錯了。」李蓉被他氣笑了，口不擇言，「本宮好歹還是讓他侍奉了二十五年，給他殺了我也心甘情願，你就是殃及魚池那條魚，你得意個什麼？」

「他都把妳殺了，妳還心甘情願？」裴文宣冷笑。

李蓉斜眼瞧他：「怎的，裴大人還不允？」

「這輪得到我允不允嗎？」裴文宣氣笑了，「公主金枝玉葉，愛怎麼怎麼，不過我可提醒公主一句。」裴文宣扭頭看向跳躍的火，聲音冷了幾分：「上輩子妳要和他糾纏，那是挨板子的事，如今妳要敢和蘇容卿糾纏，好一點去和親，不好一點，怕這條命就保不住了。」

第十三章　後悔

李蓉沉默，過了片刻後，她低聲道：「我知道。」說著，她緩慢道：「我的處境，我清楚得很。」

李明鍾愛柔妃的兒子，忌憚與自己政見不和的李川，早有廢太子的想法，她夾在中間，廢太子不容易，要處置一個公主，卻是極為簡單的。

蘇家如今是朝中望族，蘇容卿不是她能肖想的。更何況，她不過是逗弄裴文宣，本也沒有肖想過什麼。

她難得安靜，裴文宣不由得看了她一眼，見她神色低鬱，便知她是在想自己的事情。他猶豫了片刻，想著自個兒要不要開口，然而想了想，最終還是沒有出聲。

事情已經走到這一步，李蓉是聰明人，她的路她自個兒會想。

兩人安安靜靜吃了魚，便各自睡下，默契地沒有提任何有關婚事的事。

裴文宣靠在小山丘上，合眼瞇了一會兒後，入睡覺得有些艱難，他便又睜開眼睛，看向遠處李蓉的背影。

夜風讓他難得清醒，這才來得及梳理這一日發生過什麼。

他未曾想過，原來李蓉也重生了。

原本他還想著，這一世像上一世一樣，娶了李蓉，別再管秦真真，和李蓉好好過一輩子，可如今想來，這種想法，怕是不成了。

五十歲的李蓉，二十歲是完全不一樣的，她刁鑽潑辣，像一根長滿刺的荊條，逮誰抽誰。

最重要的是，五十歲的李蓉，心裡是有蘇容卿的。

那個人和她過了二十五年，甚至還殺了她，或許背叛會讓李蓉恨他，但愛和恨常常並存，他們之間這樣的深情厚誼，他插不進去，也容不下。

他不願自己的妻子心裡想著另一個人，似如二十歲的李蓉。

可是容不下，又能如何呢？李蓉沒有選擇，他又有得選嗎？

裴文宣忍不住苦笑，他一抬眼，就看見李蓉背對著他的背影，她看去極為瘦弱，蜷縮著身子，背對著他抱著自己。冷風吹過的時候，她輕輕咳嗽了一下，裴文宣見了，他猶豫了一下，許久後，他還是站起來，去邊上把自己脫下來的外套撿了，替李蓉蓋上，然後又回到了火堆邊，自己閉上了眼睛。

李蓉感覺到自己身上蓋了件衣服，她閉著眼睛，沒有說話。

拉扯衣服蓋在身上片刻後，她想著裴文宣的衣服基本上都在這兒了。

她猶豫了片刻，終於還是開了口，叫他：「裴文宣。」

「閉嘴，睡覺。」裴文宣開口得很果斷。

李蓉：「……」

過了一會兒後，李蓉還是覺得良心上有點過不去，直接道：「過來，一起睡。」

這次換裴文宣沉默了。

李蓉見他不搭理，覺得自己也算仁至義盡，乾脆拉扯了衣服，閉上眼睛。

沒了一會兒，她聽見身後有人的窸窣聲傳來，接著裴文宣擠了過來，李蓉分了半截衣服給他，她個子小，側著身子，裹半截衣服就足夠了，裴文宣就在她身後，把剩下半截搭在了自己身上。

裴文宣背對著她，和她隔著一個手掌的距離，冷風呼呼往裡面吹進來，裴文宣不動，李蓉忍了一會兒後，直接靠了回去，同他背靠著背。

裴文宣僵緊身子。

算起來，他雖然也五十多歲的年紀，但是在男女這件事上，經驗可謂匱乏得可憐。

他和李蓉是夫妻，後來李蓉和他分開後，那麼漫長的時光裡，他也沒有下一個人。

他在這件事上，內心多少還是有些原則的，和李蓉那是責任，當然後來想來，或許在李蓉掀開蓋頭那一瞬間，少年如他還是有了幾分心動，只是自己沒轉過彎來。而李蓉之外，其他人他總想著，得有些感情。可那麼三十年人生，或許太專注於朝政，倒也沒有遇到一個真的心動的人。

也陸陸續續有人送過美人給他，便連李川見他無子也頗有歉意，暗示過他，就算他娶了長公主，可以考慮納妾。他不是沒想過，只是每次那些鶯鶯燕燕往他面前一站，他總覺得少了些什麼。

一過這麼多年，年少嬌俏的李蓉往他背後一靠，他忍不住又像少年初初遇到女子那樣緊張起來。

李蓉察覺他的緊張，不由得有些好笑，又有那麼幾分可憐。

她不忍裴文宣尷尬，便開了話題道：「上輩子有什麼後悔的事嗎？」

「問這個做什麼？」

「就隨便問問。」李蓉笑，「咱們倆也算是奇遇了，能把過去的事情重頭來一遍，不該想想，過去有什麼遺憾後悔的事，看看這輩子能不能改嗎？」

裴文宣沉默，李蓉見裴文宣不說話，便換了個話題道：「話說你想去找秦真真嗎？」

「不知道。」裴文宣知道李蓉是找話題，倒也不抗拒，平淡道：「等以後再說吧。」

如今他也不知道未來如何。

本來是想著像以前一樣娶了李蓉，然後重新過一生，然而如今李蓉重生而來，倒打亂了他的計畫。如果他不娶李蓉，那人生又是另一個活法，秦真真……他一時竟然有些不知道怎麼想下去。

秦真真死得太早、太久，他甚至來不及整理自己內心那份感情，這個人便翩然離去。他從未曾得到過這個人，於是這個人就成了一抹月光，永遠照在高空，令人遙望。

明月望得久了，便難生追逐之心，一時告訴他，他可以去試著伸手摘回月亮，他就覺得有些不可思議起來。

李蓉知他心中不定，嘆了口氣道：「不過我勸你，要管早管，宮裡不適合她，別讓她入宮了。」

「我知道。」裴文宣明白李蓉是真心說這些話，他頓了片刻後，緩慢道：「妳很少說這樣的好話。」

「你這人好笑，」李蓉靠著裴文宣的背，苦笑起來，「我說好話，你倒是不愛聽起來了。」

「沒有。」裴文宣淡道，「不習慣而已。」

「本也是不想說這些話的。」李蓉緩慢開口，「不過，我這人恩怨分明，你來救我，雖然幫了倒忙，但是這份心意，我還是收下了。」

「裴文宣。」李蓉緩慢道，「無論咱們最後有沒有成親，我都希望，這輩子，咱們不要當仇敵。」

「嗯。」裴文宣低低出聲。

李蓉感覺裴文宣身體放鬆，知道這一番交談已經化解了他的尷尬，她又等了一會兒。

這是他們倆最和善、最接近的一刻，她心想，若要談論婚事，此時再妥當不過。

然而裴文宣久不說話，李蓉便知如今裴文宣在這件事上應當是心有猶豫的，她也沒有為難，便開始思索著明日如何處置。

黑暗中的兩個人各自懷著各自的心思，李蓉想著未來，裴文宣卻想起過去。

李蓉的話還在耳邊，她問他有什麼後悔的。

這是他不敢回答的問題。

因為他的大半生，一直在後悔，若說這一生最後悔的，第一件是讓秦真真入宮，第二件就是為了秦真真和李蓉爭執。

他第一次後悔這件事，是他們吵過架後不久。那陣子他們分床睡，每天晚上隔一扇屏風，他看著看上去近在咫尺、又遠在天邊的李蓉，一看就難受。

他想去和她說些好話，卻又拉不下臉，也不知道怎麼說。一面覺得其實李蓉說得也沒錯，自個兒心裡放著的是秦真真，就不當招惹她，一面又隱約覺得有些難受，也不知道是難受個什麼勁兒。

那天宮裡突然傳來消息，說李蓉觸怒聖上，被罰跪在了宮門口。

當時他還在家裡，得了消息便趕了過去，他記得那天下了大雨，雨大得看不清路，他撐著傘趕過去的時候，就看見李蓉跪在宮門口，蘇容卿站在她身邊，他撐了一把傘，替她遮擋著風雨。

他們兩個人，一跪一站，在那一把傘下，彷彿成了獨立的一個世界。

那一刻，他突然就明白了李蓉的感覺。他突然意識到，原來一對夫妻，無論愛或不愛，有沒有感情，都是不會允許任何人侵入他們的生活的。

只是那種感覺他不敢深想，他就把這種不舒服遮著、瞞著，假裝無事存在。

等到老了以後回想，他才隱約明白，其實那時候，他應當還是有幾分在意李蓉的。只是秦真真是他心裡一道坎，他太難接受自己喜歡了一個人，又移情別戀喜歡另一個人。

而最重要的是，感情這件事上，他太怯懦，他需要的是一份穩定的感情，要麼明明白白讓他死心，就像秦真真，他清楚知道這個人不會喜歡自己，那麼他一廂情願得踏踏實實；要麼就要清清楚楚讓他放心，讓他知道，自己喜歡這個人喜歡自己。

他最怕的就是李蓉這樣，偶爾覺得她或許也把他放心上了，但一瞬間又覺得她眼裡他就不算個東西。這讓他不敢喜歡，而李蓉也是果斷，知道他在意秦真真，便立刻抽身，從分床、分房到分府，沒給他半點餘地。

她不僅離他離得遠，似乎還討厭他，他任何示好，她都看不慣、要作踐；他生氣，他們就吵，反反覆覆，於是他只能在自己堅持的路上，一路走下去。

他就只能不斷告訴自己，秦真真很重要，既然已經和李蓉說好了，就該堅持下去。

就像一個賭徒，籌碼賭得太大，就只能一直賭下去，回不了頭。

直到蘇家覆滅，蘇容卿入牢，他聽說李蓉去求李川，甚至當庭頂撞，被李川杖責。

他急急趕進宮裡，看見李蓉被打得一身是血趴在地上，見他來了，還要用染了丹蔻指甲的手死死抓著他，沙啞著聲同他說「裴文宣，我要保下蘇容卿」的時候。

他說不清那時候的感覺，就是一瞬間覺得心像被人剜了一塊，這樣劇烈的疼終於讓他清醒，無比清晰的意識到。

他終於後悔了。

第十四章　獲救

人的後悔是很複雜的。

他也說不清，那份後悔中到底夾雜了多少東西。

或許有幾分喜歡，但更多的，也許是那一刻他知道自己永遠失去了李蓉、他的妻子，而李蓉代表的不僅僅是一個他可能喜歡的人，她還代表著，他原本可能擁有的，一個圓滿的家庭的。

如果當年他知道如何當一個好丈夫，知道一個男人在成婚後應該如何處事，如何承擔自己身上的責任，他能理清什麼事他該管、他不該管，或許他早早就和李蓉有了孩子，他們這輩子，也能各自好好過下去。

這種悔恨在李蓉和蘇容卿在一起的時候到達頂峰。

他和李蓉爭吵過，李蓉給了他巴掌，他也推攘過李蓉，他們可謂將自己最醜惡的姿態展現給對方，李蓉罵他窩囊，他說李蓉放蕩，他們互相嫌惡，在漫長的時光裡，他們見面就吵，他覺得這個女人潑辣無理，放縱墮落；她覺得他陰狠狡詐，小肚雞腸。

吵得久了，他都不記得李蓉當年是什麼模樣，更不記得，其實最初的時候，他也是，可能有那麼幾分喜歡她的。

他們兩個，後來大半生，一面當著盟友，商討著政事，一面又看不慣對方的行徑，互相猜忌。從一開始見她和蘇容卿在一起的時候心有不甘、後悔痛苦，到後來見他們，就只剩下麻木與看不慣了。

因為他們兩個人可以互相依偎，互相陪伴，哪怕蘇容卿最後還是動手殺了李蓉，可裴文宣卻清楚知道，蘇容卿哪怕是在動手前一刻，他對李蓉，應當也是真心的。

他們兩個走過了二十五年，而他卻始終形單影隻、孤苦伶仃。

他每一次看到小孩子、看到其樂融融的家庭，他都會覺得茫然，在那種孩子多的友人家中坐一坐，他都覺得有些難受。

越是到晚年，他越容易想起年輕時候的一些片段，他會清晰記起，李蓉也曾和他一起趴在床上，思索著該要幾個孩子，喜歡男孩還是女孩。

他曾經恨著蘇容卿，覺得是他竊走了他的幸福，可等如今生死走一遭，蘇容卿不是當年的蘇容卿，李蓉也成為了十八歲的李蓉，他回頭一望，才發現，其實人生走到那一步，並不是別人的錯，他是要負極大責任的。

如果這輩子能再重來一次，他想和李蓉好好過，他想當一個好丈夫。

可是，這輩子重來了，李蓉卻還是當年的李蓉。

他永遠有不了那個十八歲時對他一心一意的妻子，於是他也就失去了對這段婚姻的興致，哪怕知道這段婚姻或許避無可避。

裴文宣一面胡思亂想，一面懵懵懂懂睡了過去。

一夜睡到天明時分，兩人在早寒中緩緩醒來。

旁邊的火堆已經滅了，只留了些還有溫度的餘灰，兩個人夜裡不知不覺早冷得擠在了一起，李蓉有些茫然睜眼醒過來，靠在裴文宣手臂上，叫了聲：「裴文宣。」

裴文宣睜開眼睛，旋即感覺手麻，而後便反應過來發生了什麼。

他故作鎮定，先抽了手，然後起身，李蓉眼睛一眨不眨看著他，見他姿態甚是僵硬，不由得道：「你緊張個什麼？」

「我怕妳亂想。」裴文宣回道：「所以我在想，我如何證明我的清白。」

李蓉得了這話，忍不住笑出聲來：「什麼清白？」

「我昨晚什麼都沒做。」裴文宣認真道，「所以妳可別冤枉我。」

「我知道。」李蓉見他這麼認真，失了逗弄他的興致，打著哈欠起身：「你還沒到做了什麼都沒感覺的程度。」

裴文宣得了這話，他先是愣了愣，隨後就反應過來，頓時漲紅了臉，憋了半天後，才憋出一句：「李蓉，妳以後矜持些。」

李蓉沒理會他，輕輕「呵」了一聲，便自個兒走到了河邊，蹲在河邊洗漱。

裴文宣站在原地猶豫了一會兒，終於還是選擇了和李蓉一起到了河邊去洗漱。

兩人打理完自身，便起身順著河往外走，等日出的時候，周邊突然傳來一陣馬蹄聲，裴文宣一把抓住李蓉，立刻道：「先躲起來！」

兩人趕緊進了旁邊的草叢中，裴文宣折了一根帶著葉子的樹枝給李蓉。

李蓉有些茫然：「這是做什麼？」

裴文宣認真舉起樹枝，小聲道：「掩護。」

李蓉：「……」

她突然知道之前她暈乎乎看到的那滿頭晃蕩的蘆葦是什麼了，她之前還以為是幻覺。

李蓉雖然覺得裴文宣這舉止顯得著實太傻，但還是不由自主舉起了樹枝，安慰自己不怕一萬就怕萬一，還是謹慎點好。

兩人這麼舉著樹枝蹲了半天，終於看見了來人，只見蘇容卿駕馬在前方，身後領著一些蘇氏家僕正在尋找著什麼。

李蓉見到蘇容卿，倒放鬆了很多。蘇家乃清貴門第，一家中正，蘇容卿更是君子之風，不參與任何黨爭，更何況這次主謀是楊泉，蘇容卿的人應當沒有任何威脅。

她立刻想起身，裴文宣卻一把拽住她，搖了搖頭，示意再等等。

李蓉知道裴文宣慣來謹慎至極，也沒反對，又蹲了下來，跟隨裴文宣一起等著。

沒了一會兒後，便見幾個東宮侍從趕了過來，隨後聽一個少年聲音響起來，老遠喊著道：「蘇公子，我聽說你找著阿姐了？」

一個身著白衣繡四指龍紋、頭頂鑲珠金冠的少年駕馬急急衝入了李蓉視野，停到了蘇容卿面前。

蘇容卿行了禮，恭敬道：「殿下。」

「不必行禮，」少年駕在馬上，四處張望著道，「阿姐人呢？」

「之前看到了火堆的痕跡，想必是順著下游走了。」蘇容卿答得平穩，隨後有些疑惑，「殿下怎的來得這樣急？」

蘇容卿和李川說著話時，李蓉和裴文宣躲在暗處，李蓉看見來人，不再遲疑，轉頭看向裴文宣，詢問道：「走吧？」

裴文宣點了點頭，李蓉便站起身來，施施然走出草堆，朝著遠處喊了聲：「川兒。」

聽到這話，所有人齊齊看了過來。

李川愣了愣，隨後激動翻身下馬，直接朝著李蓉小跑了過來。

李蓉看著急急跑來的少年，他看上去只有十六、七歲的模樣，似乎因為跑得太急，略顯蒼白的膚色上難得染了幾分薄紅。

他眼裡是毫不遮掩的擔憂，一路跑到李蓉面前，喘息著道：「阿姐，妳、妳沒事吧？」

「我能有什麼事？」李蓉打量著少年李川，笑著道，「倒是你，跑得那麼急，別岔了氣。」

「我沒事，」李川擺了擺手，「我就是聽人說，妳被人刺殺，如今找不著人了，我被嚇著了。姐妳還好吧，妳沒讓人……」

李川話沒說完，裴文宣就從草叢後走了出來。

他衣衫上沾染著泥土，頭髮也不甚整齊，只是五官過於俊美，哪怕是這樣狼狽姿態，也顯出一種壓人的從容鎮定來。

李川的聲音被截住，所有人都呆呆看著裴文宣走出來。

裴文宣看見李川，朝著李川恭敬行禮：「微臣裴……」

聽到聲音，李川終於反應過來，他二話不說，舉起拳頭就朝著裴文宣砸了過去，大喝了一聲：「你個登徒子王八蛋，今日孤要殺了你！」

第十五章　李川

李川年紀不大，個頭也沒裴文宣高大，但自幼習劍，力氣卻是不小，一拳砸過來，當場把裴文宣砸了個猝不及防，直接往後倒了下去。

李川見裴文宣倒下，猶不解氣，衝上去就又踹又揍，蘇容卿慌忙上前攔住李川，急道：「殿下息怒！殿下冷靜一點，這是朝廷命官，使不得！」

「你放開！放開！孤要打死這個狗東西！放開！提劍來！讓孤殺了他！王八蛋，混帳東西……」

李川對著空中拳打腳踢，蘇容卿和護衛死死攔住他，裴文宣被砸懵之後，緩慢清醒過來，倒吸了一口涼氣後，忙道：「殿下，您聽臣解釋……」

「孤要打死他！放開孤！放開……」

「川兒。」李蓉終於反應過來了，她見著裴文宣被打，尤其是李川動手，瞧著李川為她張牙舞爪，便覺喜愛，覺著真不愧是她弟弟，叫狗東西的口吻都一個樣；但她面上還是得故作沉穩，藏住心裡那一點暗喜，輕咳了一聲道：「你是太子，穩重些。」

聽到李蓉訓話，李川動作僵住了。蘇容卿等人試探著放開了李川，見李川捏緊了拳頭，氣勢洶洶看著裴文宣。

裴文宣被人扶了起來，神色鎮定，他朝著李川行了個禮，正要開口解釋，就聽李川道：「孤不聽你解釋，有話你同父皇、母后說去吧！」

裴文宣哽了哽，隨後只能道：「是。」

「回宮！」李川大喝了一聲，轉頭帶人就走。

裴文宣想了想，走到李蓉身邊，開口道：「公主……」

話沒說完，李川突然又折了回來，擋在李蓉身前，警惕道：「你這狗東西，離我姐遠一點！」

裴文宣：「……」

李川拽著李蓉，氣勢洶洶就往自己棗紅馬邊走去，然後扶著李蓉上了馬道：「姐，妳騎我的馬。」

李蓉笑了笑，拉了韁繩，溫和道：「行。」

李蓉騎了李川的馬，李川就徵用了蘇容卿的馬，於是蘇容卿和裴文宣便領著一干家僕走在後面，跟隨著李蓉和李川。

李蓉和李川並肩而行，兩人走得快，就和後面人拉遠了距離。

李川低低和李蓉說著話，詢問了幾句李蓉的情況後，便問起昨夜的情況來：「昨晚那些人，妳瞧見是誰沒？」

「瞧見了。」說著，她意識到問題，「你們沒抓到人？」

「哪兒抓得到？」李川氣憤道：「他們跑得快得要命！轉眼人就沒了。」

「也沒留下證據？」

「沒。」

「唔。」李蓉倒也沒有十分意外，楊家的人也不會貿然做這些事，想必都是早早做好預案的，於是她點了點頭道，「這樣啊，有點遺憾啊。」

「妳說，」李川好奇著想，「楊泉做這些，是求個什麼？」

「看不出來嗎？」李蓉輕笑，「想娶我唄。只要娶了我，可不就和你這個大寶貝綁在一塊兒了嗎？」

「他們幹嘛要和我綁在一起？」李川皺起眉頭，「現在大家都知道父皇不喜歡我，天天找著機會想把我給廢了。要不是不能無故廢太子，他怕早就下旨了。現在還往我這邊靠，楊家腦子有病呢？」

「楊家腦子哪兒有病了？」李蓉提醒李川：「他們可聰明呢。你不招父皇喜歡，他們更讓父皇討厭，你記得前些年他們挾功求賞的事嗎？父皇被他們逼著賞了邊關三十萬兩銀子，以父皇的性子，這事能了了？前些時日楊家吃了敗仗，嫡系在戰場上消耗得差不多了，現在才回過頭反應過來父皇要收拾他們，可不就來抱你的大腿麼？」

「那他們也態度好點兒啊。」李川立刻道，「直接來綁妳，他們腦子有病！」

「怕也不是想綁我。」李蓉慢悠悠道，「最好的呢，是嚇嚇我，然後來個英雄救美，誰知道我太聰明了，那就只能毀我名節，強行讓我嫁了，我嫁了他，還能和離？要生個孩子，你還能不管我？」

「下作！」李川立刻叱喝。

李蓉點頭，應聲道，「的確，下作！狗東西不如。」

「對，」李川點頭，「還不如那個裴文宣呢。」

說到裴文宣，李川才想起來，看向李蓉，猶豫著道：「那個，姐……」

「嗯？」

「裴文宣……」李川抿了抿唇，有些艱難道，「他有沒有……」

「嗯？」

「有沒有……欺負妳啊？」

「你是說……」李蓉看李川一臉糾結，小心翼翼詢問。

李川有些不好意思，卻還是繼續道，「有沒有……親妳啊？」

李蓉：「……」

她還以為是什麼欺負呢。

她輕咳了一聲，隨後道：「那個，裴文宣這個人，算是個人才，不會做這種事的。你對他好些，說不定以後能用呢？」她不是想幫裴文宣說好話，只是裴文宣的確是李川的一把利刃，她不想讓李川和裴文宣之間出什麼岔子。

然而聽了這話，李川卻沒改態度，反而低頭不言，似是失落。

李蓉不由得道：「你怎麼了？」

「唉。母后說，嫁出去的姐，潑出去的水，妳如今還沒嫁出去，就已經幫著其他男人說話了。」

「當然。」李蓉一聽李川這樣說話，立刻道，「你要實在看這狗東西不爽，打死我也是萬分支持的！」

「這樣就對了。」李川挑了挑眉，他湊過去，小聲道，「阿姐，妳得答應我一件事。」

「說。」李蓉看李川這討好的模樣，頗為高興。

李川笑起來，露出自己帶了幾分可愛的虎牙，「以後就算妳嫁了人，我也得是妳心裡最重要的男人！」

一聽這話，李蓉便「噗哧」笑出聲來。

李川見她笑他，便有些不滿，但又覺得若當真露出這不滿，就顯得太過幼稚，於是板了張臉，也不說話。

李蓉瞧出他不高興，忙道：「好好好，你放心，」李蓉安撫道，「你一定是我心裡最重要的男人，行不？」

李川嘆了口氣，有模有樣道：「孤也知道妳是在哄我，不過聽得這話，孤也很是滿意了。」

李蓉聽李川裝模作樣說話，笑得停不下來。

裴文宣和蘇容卿跟在身後，遠遠見得李蓉在前面笑個不停，蘇容卿溫和道：「太子與公主果然姐弟情深，便是我等世家之中，也難得有這般感情。」

「他們打小一起長大，」裴文宣淡道，「公主是個重情之人。」

「裴公子對公主瞭解倒是不少。」蘇容卿點了點頭，似乎想起什麼來，「不過，裴公子可知，昨夜寧妃接連造訪了明樂宮和未央宮兩處？」

寧妃是出自楊氏的貴妃，而明樂宮和未央宮，則分別是柔妃和皇后的住所。

柔妃如今正得盛寵，她兒子李昌年僅十歲，聰慧異常，深得帝心，小小年紀便加封了親王，這可是開朝以來最年輕的王爺。

昨晚楊家的人接連造訪了兩個地方，雖然不知道他們實際做了什麼，但必然和李蓉有著千絲萬縷的聯繫。

蘇容卿說這話，便是提醒，裴文宣沉吟片刻後，詢問道：「殿下可知道？」

「我已經稟告過殿下。」蘇容卿點頭道，「只是我想，裴公子，應該也需要知道。」

裴文宣聽著這話，抬眼看向蘇容卿，蘇容卿瞧著裴文宣，似笑非笑。

「蘇公子如此幫忙在下，所求為何？」裴文宣認真開口，蘇容卿卻沒說話。

蘇容卿手裡握著摺扇，漫步走在林中，許久之後，他緩聲道：「若公主需要在楊泉和裴公子之間選一個人，我想押注在裴公子身上。」蘇容卿轉頭看向裴文宣，漂亮的眼裡帶了幾分鄭重：「不知裴公子，有幾分把握？」

裴文宣聽到蘇容卿的話，靜靜注視著蘇容卿。他沒有放過蘇容卿面上任何表情，而蘇容卿卻一如既往，面上笑容不卸，眼中也看不出半點情緒波瀾。

兩人靜默了片刻，裴文宣才向蘇容卿行禮道：「裴某謝公子看重，但公主婚事，當由公主定奪，裴某八品小官，不敢肖想。」

「裴公子說得不錯。」蘇容卿點點頭，隨意道，「我等也就是隨口一聊，無需介意。」

一行人聊天出了林子，遠遠便看見一列長隊占在官道上，東宮獨有的馬車在中間，前後都是東宮守兵，最前方高舉著東宮標誌黑旗在空中飄揚，看上去極為氣派。

李川和李蓉上了太子車輦，蘇容卿和裴文宣分開駕馬在前。

上了車輦之後，侍從奉上茶水糕點，李川便讓人退了下去。

等人都走後，馬車緩緩啟程，李川才抬頭道：「有個事我得和妳說。」

「楊家昨夜做什麼了？」李蓉隨意找了個地方靠著，懶洋洋開口。

李川愣了愣，隨後笑起來：「阿姐真聰明。」說完，李川露出鄭重的表情來：「昨夜寧妃造訪了母后，又去了明樂宮。她離開後，母后臉色極差，並未同我說寧妃說了什麼，不過我猜想，楊家或許是來求親的。」

李蓉點點頭，李川沉吟片刻，嘆息道：「楊家太急了。」

「是父皇逼得太緊了。」李蓉平和開口：「我聽聞前些時日，父皇扣了楊家三分之一的軍餉。」

「父皇不當如此的。」李川搖頭，「就算削楊家，也當循序漸進，慢慢架空，再貶庶民。如此激進行事，楊家怕是要亂。」

李蓉聽著李川的話，她無意識摩挲著手上的佛珠。

李川見李蓉久不說話，不由得道：「阿姐覺得我說得不對？」

「倒也沒有。」李蓉笑了笑，她轉頭看向李川，溫和道，「只不過川兒如此仁善，這大概便是父皇不滿於你的地方了。」

「他不滿吧。」提起李明，李川面上露出幾分厭惡，「有本事他廢了我。」

「說傻話。」李蓉笑得無奈，但她也沒直接告訴李川，他們那位父皇，可能當真這麼想的。

十六歲的李川，對李明終究是抱著希望的，就像年少的李蓉，知道皇家鬥爭無情，但他們卻始終在心底裡對父母有一些希望，因為有希望，才敢叛逆。說著「有本事他廢了我」，心裡卻始終以為這是他父親。

因為有希望，所以在刀劍無情落下那一刻，才真的體會絕望。

上一世的李川，是當真差點被廢了的。如果沒有裴文宣和她力挽狂瀾，李川墳頭草早就有人高了。但李蓉並沒有指出來，因為她知道，此刻李川再如何嫻熟說著政事，也還只是個十六歲的孩子。

她若當真說透了，李川怕就要覺得她薄涼冷血，城府過深了。

她不希望自己和李川走到上一世最後的決絕，姐弟之間雖有血脈牽絆，卻隔閡重重。

她看著李川，小金扇輕輕拍打著自己的手心。

李川吃著龍眼，轉頭看她：「姐，等一會兒進宮見了母后，妳打算怎麼說？」

「說什麼？」李蓉轉頭看向李川。

李川吐了龍眼，趕忙道：「就妳婚事，妳要嫁誰？」

第十六章　結約

「這……」李蓉賣著關子，隨後笑起來，「到時候你就知道了。」

「這妳也要瞞我？」李川頗為嫌棄。

李蓉嘆了口氣：「實話告訴你，我不是瞞你。」李蓉轉過頭，看向車窗外，淡道：「我只是當真不知道而已。」

畢竟，成婚這件事，並不僅僅只是由她決定。

裴文宣不開口，她也不會開口。

她不覺得嫁給一個已經重生的裴文宣是一件好事，他們之間糾纏太多，再放在一起，不過是互相磋磨。

裴文宣有他的秦真真，以他的手腕，就算不當駙馬，也未必沒有其他可能。這一輩子，他大可選擇其他路去試一試，就算難走一點，但也許也比和她成婚在一起來得更好。

而她……

李蓉緩緩閉上眼，沒有她踏不平的路。裴文宣願意助她也好，不願意也好，她都有自己的路走。

馬車搖搖晃晃，李蓉在車上淺眠了一陣。許久之後，她便聽外面傳來了一個太監的聲音，恭敬道：「見過太子殿下、公主殿下。」

李蓉聽到這聲音，慢慢睜開眼來，李川上前去掀了簾子，露出一張笑意滿滿的臉來。

這人穿著宮中大太監的服飾，看上去四十歲不到的模樣，大眼圓臉顯得格外討喜，李蓉認出來，這是她母后身邊的大太監善德。

李川見到善德，頗有些奇怪道：「善德公公？你怎的候在這裡？」

「皇后聽聞太子殿下攜公主歸來，便讓老奴特意等在這裡，皇后娘娘說，太子昨夜奔波勞累，先去休息，由老奴領公主殿下，」善德朝著李蓉行了個禮，而後又轉頭看向後面馬車，「以及裴公子一起去未央宮見娘娘。」

「裴文宣？」李川有些詫異：「母后要見他？」

善德笑著點頭：「是呢，娘娘想要見見裴公子。」善德讓了位置，兩個轎輦就露了出來，同李蓉道：「轎輦已經備好，公主可移步。」

李川聽到這話，回頭看了李蓉一眼，李蓉點了點頭，抬起手來，將手交到李川手裡。

李川扶著李蓉起身，李蓉再有人扶著下了馬車，移上轎輦。

坐上轎輦後，她回頭看了一眼，便見裴文宣也坐上了轎輦，她朝著李川點了點頭，轎子便抬了起來，李蓉手握金扇，閉上眼睛休息。

沒了一會兒，轎輦便行到未央宮門前，善德掀開轎簾，恭敬道：「公主，到了。」

李蓉睜開眼睛，伸出手來，由人扶著走出轎輦，而後她抬起頭，便看見未央宮的臺階。

裴文宣走到她身後來，兩人由善德領著，一前一後踏著臺階往上。

李蓉壓低了聲音，同裴文宣低聲道：「裴大人，有些事，想清楚了嗎？」

裴文宣睫毛微顫，低聲道：「尚未。」

李蓉輕笑：「那留給裴大人想的時間可不多了。」

說著，兩人便到了未央宮門口，善德進門通報。

李蓉和裴文宣一前一後站在門口，宮人分散在周邊，李蓉緩聲道：「其實，本宮也想不清楚。明明逐利即可，心中又總有幾分不甘。」

他們兩人再一次成婚，那自然是最好的，對他們雙方都最為有利。

可當知道對方是重生那一刻，利益彷彿都有了某種無形的牽制，讓他們躊躇不安。

裴文宣明白這種感受，他垂下眼眸，沒有回聲。

沒了片刻，善德走回來，恭敬道：「公主請。」

「一起吧。」李蓉吩咐了裴文宣一聲，裴文宣「嗯」了一聲，兩人便一起進入大殿。

到了內室門口，李蓉用金扇一指，小聲道，「你在這兒候著，宣你再入。」

裴文宣恭敬應「是」，李蓉便走了進去。

李蓉步入內室，首先便見得一個女子，身著繡鳳紅衣華綢，手上戴著金色甲套，正斜躺在小榻上，似是淺眠。

李蓉走上前去，恭敬跪下，柔聲道：「兒臣見過母后，母后千歲千歲千千歲。」

皇后沒有說話，李蓉跪在地上不出聲。

好久後，皇后慢慢開口：「我聽說，昨夜妳和裴文宣待在一起。」

「是。」李蓉答得毫不遲疑。

皇后睜開眼睛看向李蓉，目光裡帶著審視，平和道：「妳的婚事，妳打算如何處置？」

李蓉笑了笑，她抬眼看向皇后，溫和道：「敢問母后覺得，女兒該如何處置？」

「妳有主意。」

皇后肯定開口，李蓉卻道：「難道，母后沒有？」

皇后沒說話，兩人說話交鋒這片刻，皇后直覺察出李蓉與以往的不同。

李蓉過往雖然聰慧，但絕不會像如今這樣，說話仿若那也與她交道許久的朝臣，一個話題你推我攘，就是不開正題。

皇后沉吟片刻，她也不與李蓉繞彎子，直接道：「本宮欲將妳嫁給楊泉。」

李蓉沒說話，這個可能她不是沒想過，楊家昨夜既然連去兩宮，不可能什麼動作都沒有。她思索了片刻後，便道：「楊家許了母后什麼？」

皇后沒料到李蓉如此鎮定，倒有了幾分不習慣，但這樣也好，省卻了她許多事，於是她平靜回覆李蓉：「兵權。」

「楊家還有兵權？」李蓉嘲諷開口：「母后是不是不知道前朝父皇對楊家做了什麼？」

「我知道。」皇后冷靜道，「所以他們現在極為慌亂，他們昨夜入宮來已經說了，妳嫁給楊泉，楊泉會成為楊家家主，並且接任楊家的嫡系……」

「他們的嫡系在戰場上都打光了，還剩多少！」

「我們可以建。」皇后提了聲，壓住了李蓉的聲音，接著道：「我們有人、有兵，楊家只要還在西北，位置還是他們的，軍糧供上，很快就能擴建，能有什麼問題？」

「母后，」李蓉不可思議看著皇后，她壓低了聲提醒，「妳這是在逼死川兒！」

「是妳父皇在逼死我們！」皇后驟然提聲：「妳知道他廢了楊家是為了什麼！是為了李昌的舅舅扶到西北王的位置上！他要給李昌軍權！他才十歲！他已經加封親王，如今他還要給這個奶娃娃軍權！」

李蓉聽到這話並無震驚，後來柔妃的哥哥趙子光的確擔任了西北鎮北將軍，李明不會無緣無故廢楊家。

他廢楊家，一因楊家功高震主、囂張跋扈，二因他要挪位置，給他想要提拔的人。

只是楊家破敗是早晚的事，當年楊家被清理得乾乾淨淨，李明雷霆手腕，皇后根本不知他為弄垮楊家埋了多少棋子。

李蓉看著皇后，平靜道：「母后，妳冷靜一些，我不知道妳聽了什麼，但是，如今川兒是太子，只要不要讓陛下拿到他的錯處，短時間內，陛下便拿他沒有辦法。妳讓我嫁給楊泉，陛下針對楊家已久，怕早已收斂了諸多證據，到時候，這些錯都會落在川兒身上。」

「那又如何？」皇后冷冷看著他，「只要我們能拿到兵權，就算川兒有錯，又如何？」

李蓉抬起眼來，她盯著皇后。

皇后注視著她，母女之間，彷彿已是一場無聲的戰場。

李蓉心知，之前李昌加封親王，對皇后來說就已經是極大羞辱，而如今李明還要給李昌兵權，這已經是澈底威脅李川的事情。

事實上，李川當年差點被廢，也的確是出在兵權的問題上。

上一世她嫁給裴文宣，因為在指婚的時候，皇后未能參與，知道時已經指婚，而上一世楊家不知道自己有結親的可能，也沒有被逼到走投無路，願意將兵權全權交給皇后的程度，皇后沒有這樣巨大的誘惑，於是皇后要她忍，要她嫁給裴文宣。

她讓她嫁給裴文宣的時候，告訴她，女人要有權力。所以那時候，她以為，不是她的母親對她見死不救，而是無能為力。

而這一世，她的婚事沾染了楊家的兵權，皇后有了參與的可能，於是她立刻決定，讓她嫁給楊泉。

李蓉靜靜看著皇后，她也不知道怎的，突然問了句：「母后想過我嗎？」

皇后得了這話，她愣了愣。

李蓉問了出來，也不覺後悔，她跪在地上，直起身子，注視著高座上華衫金冠的女子，平靜道：「母后一直在說兵權，在說太子之位，敢問母后，這場婚事，可有片刻，想過女兒？」

皇后聽著李蓉的質問，她回過神來。

皇后嘴唇顫動，張了張口，終於道：「容不得妳我選。」

「如今妳我不是在選嗎？」李蓉認真道：「我已經和裴文宣待了一夜，母后知道，我不是沒有選擇。」

「所以妳想選那個什麼都給不了妳的小白臉是嗎！」

「他不是給不了我什麼，」李蓉清晰道，「他的身分，能給我安穩。他只是不能像楊家一樣，給娘娘兵權。」

她沒有叫母后，她叫了「娘娘」。

皇后捏緊了拳頭，聽李蓉看著她，平靜道：「娘娘心裡，我的婚事只是一個籌碼，我也只是一顆棋子，不必在意棋子喜樂，不必在意她喜歡誰、不喜歡誰，更不必在意她過得好不好。」李蓉看著皇后，忍不住笑了，「既然母后是如此著想，何不早日言明，女兒並非女兒，只是皇后娘娘手中利刃……」

話沒說完，「啪」的一記耳光，便響亮打在了李蓉臉上。

那聲音太響，驟然震在裴文宣心上。

裴文宣站在門外，內室兩個人似乎已經完全忘記了他的存在，他清晰聽見她們的對話，這是他從未見過的李蓉。

他記憶中的李蓉，永遠高高在上，眾星捧月，天下間誰都傷不了她半分，永遠囂張如斯。

他厭惡她的傲慢，討厭她的潑辣，然而此時此刻，當他聽那一耳光驟然響起，他卻覺得仿若刮在了他的心上。

他雙手攏在袖中，聽著裡面皇后的聲音帶著哭腔顫抖出聲來：「妳怎可說話？我以前如何對妳，妳難道沒有心嗎？就因為我求妳一次，妳就要如此說我嗎？」

不，不是一次。

裴文宣閉上眼，他太清楚知道李蓉此刻在意的是什麼了。

在李蓉心裡，一份感情，必須要乾淨、要清楚，要明明白白的讓她知道，她擁有的是什麼。

她不是容不下渾濁，她是容不下雜質。

就像當年，她問他那句「為何不早說呢」，其實她不是容不下秦真真，她是容不下，她以為他們是夫妻，他卻去招惹秦真真。

他覺得胸口發悶，而後他聽李蓉平靜道：「母后，那我也求妳這一次。」說著，李蓉站起身來：「妳有什麼難處，妳告訴我，我來解決。但這一次，妳得是我的母親，不該是皇后。」

皇后愣愣看著李蓉。

李蓉站起來，她已經有她高，她靜靜看著她：「妳如今被嫉妒沖昏了頭腦，日後妳會明白，楊家不能沾染。川兒該有兵權，但不該是楊氏，日後我會安排。而我的婚姻，可以作為籌碼，但該更有價值。」

「我不需要妳做什麼，母后，妳不適合當個政客，這些事交給我和川兒，妳只要做一件事。」她盯著皇后，神色微動，皇后愣愣看著她，李蓉看著這個依稀已經有了幾分蒼老的女子，低啞出聲：「好好當一個母親。」

說完，她便轉過身去，朝著宮外走去。

皇后呆呆看著李蓉，見她走到門口，她突然笑起來：「我不是個好母親嗎？」

「我教導妳，我陪伴妳，我給了妳和川兒的愛，比這個後宮裡其他所有貴妃都要多得多！我如今只是希望活下去，川兒得活下去！」

李蓉背對著她，冷淡道：「楊家威脅妳什麼？」

「他們要反……」皇后痛苦閉上眼睛，「他們若反，會供川兒是主謀。妳父皇一直在找川兒的把柄，楊家若將川兒供為謀逆主謀，陛下不會放棄這個機會的！」

李蓉沒說話，她靜靜站了片刻，隨後道：「妳別擔心，我會處理。妳若要宣召裴文宣，便宣吧，我先去找川兒。」說完，李蓉便走了出去。

等李蓉走到門口，她便見到站在門口許久的裴文宣。

裴文宣雙手攏在袖間，靜靜注視著她，一雙清俊的眼，說不出是什麼情緒。

他看著面前的李蓉，覺得她熟悉又遙遠。

面前的人，依舊是他上一世記憶裡那個高傲如斯的鳳凰，她永遠鎮定，永遠平靜，永遠沉穩，哪怕泰山崩於眼前，她也面不改色。

但是他又覺得，這個人有那麼幾分不一樣，他依稀看到她內心深處那一點點柔軟和溫柔，他隱約觸及這個人哪怕經歷五十年風雨，也未曾褪色過的那點天真。

此時此刻的她，似如蝶落蛛網，奮力掙扎那一刻，撲騰出來的驚人美麗。

他們兩個，都是被逼入絕境的孤鶴，腳踩在淤泥之中，努力揚起脖子來仰望著碧藍的天空。

他們靜靜對視，一瞬之間，五十年在他們眼中交錯而過，許久之後，裴文宣輕笑起來。

「殿下覺得，這親還要再成一次嗎？」

聽裴文宣問話，李蓉便知他是想明白了，她不由得笑了：「裴大人是可憐我？」

「殿下之困局，自有解決方案，無需在下可憐，」裴文宣神色平靜，「在下只是突然覺得，殿下與在下認知中的人，或許有諸多不一樣，重來一次，便當新識，也未必不好。」

「裴大人說得是。」李蓉看著他清俊的眼，那眼中帶著的真誠與平穩讓她原本忐忑的內心一點一點安靜下來，她點頭道，「那就成吧。」

「那在下，可容不得殿下的『客卿』。」裴文宣面上帶笑，似是玩笑。

李蓉挑眉，「你以為，我又容得下裴大人的心上人？」

兩人對視片刻，旋即紛紛笑開。

裴文宣撣了撣衣袖，從容道：「看來殿下與我是達成共識。這場婚事，咱們如今且先定下，姑且忍耐一下對方，待過兩年，手握大權，妳我再和離。到時候有仇報仇，有怨報怨，公主以為如何？」

「行吧。」李蓉抬手將頭髮挽到耳後，嘆息道，「且先將就著過。不過，要娶我，」李蓉轉過頭，看向內室中還愣愣發著呆的皇后，似笑非笑道，「可得看裴大人本事。若裴大人沒這個本事，本宮也是不會下嫁的。」

聽得這話，裴文宣從容一笑，雙手在前，朝著李蓉行了個禮：「公主放心，裴某必攜楊泉人頭作聘，」裴文宣抬起頭來，認真道，「以迎公主鳳駕。」

第十七章　說服

李蓉聽得這話，低聲一笑，手中小金扇張開來，遮住半張臉，彎眼笑道：「那本宮靜候裴大人佳音。」

裴文宣低頭行禮，恭送李蓉。

李蓉收了小扇，便提步走了出去。

走到外門，才看見宮人等候在外面，李蓉冷了臉色，同旁邊人吩咐道：「擺駕，去東宮。」

李蓉走後不久，皇后緩緩回過神來，她整理儀容片刻，她朝著外面提了聲音：「善德。」

外殿聽到喚聲，善德忙小跑進來，跪在皇后面前道：「娘娘。」

皇后坐上金座，有些疲憊道：「將裴文宣叫進來。」

善德得了這話，他起初愣了愣，隨後反應過來。皇后應當不知道裴文宣就在門外，但他並未多嘴，只低聲應是，轉頭到了門口，高聲道：「宣，裴文宣覲見——」

裴文宣朝著善德行了個禮，隨後就從門口走出來。

皇后坐在金座上，用手撐著額頭，見他走進來，皇后抬起眼，靜靜凝望著這個年輕人。

裴文宣神色鎮定進了大殿，跪下行禮。

皇后注視著他，片刻後，她緩聲開口：「方才你在殿外？」

若從外門入內，應該沒有這麼快出現在她面前。

裴文宣跪在地上，平靜道：「方才公主讓微臣留在殿外等候娘娘宣召。」

皇后點了點頭，善德懂事退了下去，在外候著。

皇后直起身，低啞道：「那方才我與公主談話，你也聽到了。」

裴文宣沒說話，皇后便知他是默認，她沉默片刻，緩聲道：「你父親去得早，家中並無長輩為你圖謀前程，貿然捲入宮廷之事，於你無益。昨夜之事，你勿要與人提起。你回去之後，我會給你另派官職，再為你指一戶門當戶對的婚事，你不必擔憂。」

裴文宣沉默不言，皇后似是頭疼，扶額道：「你還有什麼不滿？」

「微臣謝娘娘體諒微臣難處，為微臣圖謀前程，只是微臣有一事不解。」

「何事？」

「若微臣退縮，」裴文宣抬起頭來，迎向皇后目光，「公主殿下，當如何？」

「這不是你考量的事。」皇后冷聲開口。

裴文宣看著皇后，平靜道：「若微臣想考量呢？」

「你什麼意思？」

皇后皺起眉頭，裴文宣冷靜道：「娘娘，昨夜寧妃入未央宮，威逼利誘，欲將楊氏與太子綁在一起，而後卻又去了柔妃宮中，娘娘不曾想，她去柔妃宮中，是為的什麼？」

皇后僵直了聲：「你說。」

「如今楊氏一心一意攀附公主，柔妃正得盛寵，寧妃去柔妃之處，必然是求柔妃助楊氏求娶公主。可柔妃與皇后、太子乃死敵，若楊氏與公主結盟是一件好事，她怎會出手幫忙？可見楊氏與公主姻親，必有隱害，還望娘娘三思。」

皇后不言，她靜默著，裴文宣接道：「楊氏許娘娘兵權，可是這兵權，若楊氏還有反抗之力，那與太子結盟，這是互補。若楊氏本就是無水之魚，只是拚死掙扎，那與太子結盟，就是將太子拉入泥潭。太子手中並無實際兵權，唯一兵權僅靠娘娘母族上官氏，陛下如今最忌憚的，不過是太子為嫡長子，若欲廢除，怕群臣激憤，動搖國本。可若太子如今自己給出了錯處，娘娘覺得，以楊氏和上官氏聯手，能壓住群臣、壓住陛下嗎？」

「那依你之見，」皇后猶豫著道，「如今，當如何？」

「娘娘什麼都不需要做，」裴文宣平靜道，「這些人，各自有各自的打算，如今娘娘和太子，只要做兩件事，第一件，在我走出未央宮後，娘娘即刻封鎖我入宮以及公主昨夜與我在一起的消息。」

「此事本宮已做了。」皇后有些奇怪，「你要本宮做這些，是為何？」

「以陛下在宮中耳目，娘娘所做之事，瞞不住。」裴文宣淡道，「娘娘針對微臣，微臣才能得到陛下信任。故而接下來，太子要做的，就是準備好彈劾楊氏的摺子，一旦楊氏落難，」裴文宣抬眼，認真道，「太子立刻彈劾，而後及時給出鎮北將軍一職的替代人選。」

「這又是為什麼？」

「等日後，娘娘自會知道。」裴文宣看著皇后：「只是不知，如今娘娘，信不信得過微臣？」

皇后看著裴文宣。這個人看上去不過二十出頭，但說話條理清晰，心思縝密，哪怕面對高位如她，也鎮定如斯，全然不像一個少年人。

裴文宣靜靜注視著皇后，許久後，皇后才道：「你求什麼？」她站起身來：「你不過一個八品小官，捲入宮中紛爭，為的是什麼？」

「若無青雲志，何不掛冠歸？」裴文宣淡道，「朝堂之上的人，不都在求同樣的東西嗎？」

「那為何選擇太子？」皇后凝視著裴文宣，裴文宣沉吟片刻，如實而言。

「微臣，不忍見公主殿下受辱。」

「你喜歡我兒？」皇后露出幾分恍然，裴文宣無言。

片刻後，裴文宣恭敬叩首，只道：「願植梧桐於庭，引鳳駕而歸。」

皇后審視著裴文宣，她靜默著，看了許久之後，終於道：「你去吧。」

「微臣告退。」裴文宣行禮，而後從容起身。

他緩緩走出大門，一個太監出來，引著他坐上軟轎。

等他坐上軟轎之後，沒了多久，就感覺轎子方向不對。

他上一世出入宮中多年，對宮中早已摸熟，挑了簾子稍稍一看，他便知道這轎子是轉向了御書房的方向。

他心中稍一作想，便知是李明得了未央宮的消息，估計召他過去了。

裴文宣心中稍定，假作淺眠，等轎子停下來後，他聽到一聲喚聲：「裴大人？」

他故作從睡夢中醒來，恍惚睜眼，看見面前笑意盈盈的太監，他頗有些恍惚：「大人是……」

「奴才乃陛下身邊隨侍福來，陛下召見裴大人，還請裴大人移步。」

聽到這話，裴文宣故作震驚，隨後忙從轎子上走了下來，跟著福來一同進了御書房的院子。

他戰戰兢兢，跟在福來後面，打聽著道：「公公可知陛下為何召我？」

福來笑了笑：「大人心中當有數的。」

裴文宣臉色變了變，倒也沒說話，等到了門口，便見楊泉已經站在那裡。裴文宣走過去，和楊泉行禮，福來吩咐了兩人在這裡候著，便走了進去。

福來進去之後，裴文宣看了楊泉一眼，笑道：「楊大人今日來做什麼？」

楊泉冷眼看了裴文宣一眼，淡道：「求親。」

「那大人可能要失望了。」裴文宣雙手交疊在身前，站直了身子，小聲道，「這事，怕是定了。」

「你什麼意思？」

楊泉抬眼看向裴文宣，裴文宣笑咪咪道：「大人可昨夜我為何折返？」

聽到這話，楊泉臉色頓時大變。

旁人聽不出來什麼，可楊泉卻是清楚知道，昨夜他設伏之事，理當無人知曉，可裴文宣不僅知道了，還折返回去，甚至救了公主，和公主單獨相處一夜。

「陛下乃聖明之主，」裴文宣低聲道，「楊大人沒什麼不甘心，還是回西北，那裡的桑格花，很是好看。」

桑格花乃西北送葬時灑在棺木上的花，華京之人大多聽不明白，楊泉卻是確定了裴文宣的意思。

裴文宣是早已內定的駙馬，昨日出了岔子，皇帝還讓他趕過來，拿他楊泉做嫁衣，給裴文宣和公主鋪路。而楊家也註定是死路一條，這一切不僅皇帝知道，皇帝甚至還告訴了裴文宣這無知蠢貨，讓他能在他面前肆意賣弄。

裴文宣見楊泉怒極，笑了笑沒有說話。便是這時，殿內傳來皇帝召見的聲音。

兩人一起入殿，李明正在看摺子，兩人行了禮，李明在上方不動。

李明慢悠悠喝了口茶，才抬眼道：「來了？」李明看向裴文宣，先道：「裴愛卿起來吧。」

裴文宣立刻歡喜應了聲是，而後起身站在了邊上，楊泉跪在地上，捏起拳頭。

李明瞧了他一眼，淡道：「你來做什麼？」

「微臣今日特來向陛下求親。」楊泉恭敬開口。

李明挑眉：「求親？你要娶誰？」

「微臣心悅平樂公主，」楊泉僵著聲道，「還請陛下下旨賜婚。」

「這樣，」李明點頭，卻道，「這事，朕得再想想。」李明轉頭看向裴文宣，站起身來，「裴愛卿，隨朕去花園走走吧。」

裴文宣應是，趕忙上前扶起李明，從楊泉身邊走了過去。

等到了門口，裴文宣突然想起來：「陛下，楊大人還跪著。」

「哦。」李明彷彿突然想起來一般，轉頭看了楊泉一眼，淡道，「起來吧。若無他事，回去吧。」說完，李明便領著裴文宣，朝著御花園中緩緩走去。

等走到人少的地方，周邊侍從不知何時便沒有跟上，裴文宣攙扶著李明，聽李明緩緩道：「朕聽說，昨夜你救了平樂。」

裴文宣沒有說話，李明抬眼：「為何不說話？」

裴文宣停下步子，許久後，他深吸一口氣，彷彿做了什麼重大決定一般，繞到李明前方，朝著李明跪了下去。

「微臣懇求陛下，」他深深叩首，語調哀切，「救微臣一命！」

第十八章　刺殺

聽得這話，李明神色不動。他看著跪在地上的裴文宣，似是早已了然，卻還是開口道：

「裴愛卿這是何意？你乃朝廷命官，還有人能殺你不成？」

「陛下！」裴文宣跪在地上，似是悲憤，「陛下既然已知昨日微臣救下平樂公主一事，那微臣之困境，陛下或知十二。」

「困境？」李明找了旁邊一個石頭，自己拂了灰塵，緩緩坐了下來，「你不必怕，不妨直說。」

「昨日，微臣回城道上，見有軍中駿馬疾馳而過，一干人在馬上隱約說著，劫持公主之類的字眼，微臣覺得不安，便讓奴僕回城到太子府求援，自己趕去看看這批人是做什麼，以防不測。」

「嗯。」李明應了一聲，這些事都是真的，他昨夜已經讓人都查過，他淡道，「然後呢？」

「微臣跟在他們身後，見這些人分明是某些人家中僕人，卻換上了山賊衣服，偽作山賊，微臣便知不好，於是在路上設了路障，以求關鍵時刻，為公主分憂。」

「你倒是聰明得很。」李明笑起來，「那些石頭板子，就是你的手筆？」

聽這話，裴文宣便知李明是讓人去細查了那夜的事，怕是留出線索的東西，他都已經查過了。

裴文宣當年在李明身邊任職過一年，對李明的性格極為熟悉，他多疑敏感，凡事都要多方驗證。於是裴文宣思索著自己的說辭，繼續道：「正是。當時微臣等候在路上，沒多久便見山賊追逐公主而來，公主暗衛護駕，危機之時，我以路障協救公主，不想公主在混亂中受傷昏迷，我只得帶著公主倉皇逃開。我以馬引誘那些人分頭離開，埋伏在蘆葦地中，而後就聽見一個人追了過來，罵屬下之人沒用，連公主都攔不住，這次公主見都沒見到他，如何贏得公主芳心。」

李明聽著裴文宣的話，低笑了一聲：「這些年輕人，心思倒活絡得很。」說著，李明抬眼看著裴文宣道，「是楊泉？」

裴文宣抿緊唇，低聲道：「是。」

「微臣心中慌亂，背著公主慌不擇路，等醒來之後，我與公主商談，得知公主並不知道此事，便未曾多說。今日清晨，我與公主齊齊獲救，皇后宣召微臣入宮，而後皇后告訴微臣……」

「說什麼？」李明淡聲詢問。

裴文宣頓了頓聲，似是猶豫，許久後，他才道，「皇后讓微臣隱瞞與公主相處之事！哪怕是陛下問起，也不可說真話，只說我昨夜遇到楊公子，與楊公子一同救下公主，被人追殺，而後我半路走失，是楊公子救的公主。」

李明聽著裴文宣的話，忍不住笑了起來：「這就是你向朕求救的理由？」

「陛下。」裴文宣深吸了一口氣，直起身來，似乎做出了一個生死攸關的決定。他看著李明，拋卻了生死一般，直接開口道，「既然話已說到這樣的程度，微臣也就直言了。昨夜微臣所見，今日皇后所言，一切已經十分明瞭。皇后早已決定和楊家結親，昨日之事，不過只是演給公主看，想讓公主因為一出英雄救美對楊泉刮目相看而已。但這樣的事卻被微臣撞破，以楊泉狹隘之心思，楊家膽大包天之作風，如今出了宮城，微臣焉有命在？」

李明沉默不言，許久後，他緩聲道：「你放心，皇后不會為了這等小事謀害於你。」

「陛下當真覺得，」裴文宣盯著李明，刻意放緩了聲音，「楊氏與太子結親，是小事？」

見裴文宣如此問，李明終於正了神色。他抬眼盯著裴文宣，許久後，他緩聲道：「你知道的，似乎不少？」

「陛下，」裴文宣冷靜提醒他，「三年前，微臣父親尚在時，微臣乃裴氏嫡長子，當年新科狀元，天子門生。百足之蟲，死而不僵，我父雖已亡故，但有些東西，」裴文宣抬眼看著李明，暗示道，「卻始終還在。」

李明聽裴文宣的話，露出了幾分玩味神色來：「那你說說，為何楊氏與太子結親，不是小事？」

「楊氏在邊關作威作福多年，擁兵自重，邊關多戰事，每次戰事開始，楊氏要錢、要糧、要人馬，然後抵禦戎國，每場戰事都贏得漂亮，卻從不出兵根除戎國。陛下多次要求出兵滅戎，楊家均以時機不至為理由駁回。西北有民謠，『夏有雙帝，北楊南李』，可見楊氏於西北之權勢。」

「說。」李明神色平淡，「繼續說。」

「朝中對楊氏又懼又敬，懼在於楊氏之兵權，敬在於邊疆多年，全靠楊氏堅守，故而陛下怒於楊氏，卻從未有過激之舉。然而今年冬末，戎國新君繼位，戎國再犯，楊氏不戰而降，連失兩城，而後第三城由陛下命死守，以五萬兵馬守兩萬敵軍大敗，如今已退至長平關，臨時增援之後才與戎國對峙而立。為何鎮守邊疆多年的楊氏會突然潰敗至此，陛下可有想過？」

「你知道？」

「微臣想，陛下也知道，」裴文宣冷靜道，「楊氏多年來，一直以軍餉賄賂戎國，每年所謂開戰，不過是和戎國串通演戲而已。戎國弱治鐵之術，其實力根本不堪一擊，只是楊氏多年哺育，給予戎國喘息強盛之機，如今新君繼位，心在大夏，不肯收納錢財，故而一戰，便潰敗至此。」

「你敢說得很。」李明低喝出聲。

裴文宣立刻叩首，低聲道：「此消息在邊境早已廣為人知，陛下應當也早已知曉，不然，以陛下聖明之心，怎會對國之棟樑有動手之意？」

李明聽裴文宣馬屁，心中稍舒，他直起身來，冷聲道：「繼續，這和公主婚事又有何關係？」

「陛下明知楊氏戰敗，卻壓住消息不發，還將公主接觸楊泉，陛下之用意，微臣猜想，是陛下希望公主的婚事，不會成為太子殿下的籌碼。」

「近些年來，隨著太子年長，皇后母族上官氏在朝中權勢擴張極快，太子不尊陛下，多次忤逆，無非是上官氏在後攛掇。陛下擔憂上官氏利用公主婚事，故而給公主挑選的對象，皆為身分合適卻不涉政之人，而楊泉雖有兵權，卻將面臨滅頂之災，陛下如今應當正在收集證據，就等將楊家一網打盡。可是？」

李明不言，權作默認。

裴文宣認真道：「可陛下若是有此打算，那就大錯特錯了。」

「哦？」李明頗有幾分不在意：「裴愛卿又有何高見？」

「陛下可知戎國實力？」

「極強。」

「那就是陛下誤解了。」裴文宣解釋道，「戎國乃蠻夷之地，我朝之刀刃，可以輕而易舉劃破他們鎧甲，我朝士兵只要配備齊全，以一敵十，不在話下。今日戎國大敗楊氏，其原因在於楊氏多年供給軍械，戎國此次進攻，是以我朝武器反攻，但不是自己做的兵甲，總有耗盡的時候，不是麼？」

上一世楊氏在半月後，就組織反攻，而後大勝了一場，就是這個原因。

裴文宣思索著，將自己上一世所知道的情形，緩慢梳理而出。

他雖然說得不明顯，但李明他立刻反應過來：「你的意思是，等戎國兵甲耗盡，我朝再犯攻，便可輕易戰勝？」

「是。」裴文宣冷靜道，「而楊氏雖然嫡系五萬已失，但是在西北紮根深遠，誰也不知道他們私底下還有多少兵馬。如今陛下以自己的親信協同楊氏在長平關迎戰，楊泉回京求娶公主，若楊氏成功求娶公主，陛下覺得，接下來會如何？」

「如何？」

「接下來，太子與楊氏聯手，上官氏以公主婚事為理由，將大量錢財送入楊家，而陛下親信迎接了敵方最強一波兵力之後，楊家拿著上官氏的錢財招兵買馬，再次反攻，即時可大勝矣。到時候楊氏以公主為介，在華京站穩腳跟，眾人見楊泉娶得公主，誤會陛下聖意，不敢再對楊氏多做什麼。而如此反敗為勝一戰，怕楊氏名聲會再起，而過往之事，陛下再追究，就不容易了。而除此之外，楊氏有兵，太子手中，怕又添一員猛將。」

裴文宣說完這些，李明沉默著，好久後，他終於道：「那依裴愛卿的意思……」

「不要給楊氏任何喘息的機會。」裴文宣冷靜開口：「如今，已是對楊氏下手的最好時機。」

「那邊境怎麼辦？」李明皺起眉頭，「楊家人在邊境盤根錯節，若此刻對楊家人動手，楊氏在邊境反叛……」

「此事交給太子。」這話讓李明愣了愣，裴文宣看著李明，認真道：「如今邊境就是個爛攤子，華京之中，除了上官氏、蘇氏、裴氏等大族，根本無力收拾。陛下不如將此事交給太子，若太子有任何差池，便可以此為由，另立儲君。為了太子，上官氏必定傾巢而出，穩住楊氏。」

「若太子做好了呢？」

「若太子做好了，」裴文宣笑起來，「若太子當真能平定楊氏，消耗主力，那陛下就在最後決戰之前換下太子，將親信安排為主將，迎戰戎國，奪得首功，不是正好嗎？」

聽這一番話，李明沉默，他想了一會兒，裴文宣就跪在地上，等候著李明。

許久之後，李明轉過頭來，看向裴文宣：「你是個聰明人。」

「謝陛下。」

「那麼，」李明淡道，「為何不效忠於太子呢？」

「因為，」裴文宣看著李明，穩聲道，「陛下是陛下，而太子，卻可能不是太子。」

李明盯著裴文宣的眼睛。

他鮮少看到一個二十歲的年輕人，眼裡有這樣的沉穩和氣魄，哪怕在與他對視之間，都帶著幾分銳利。

這樣的銳利，看似凶狠，但在朝堂之上，過剛易折。

這是一把刀，卻僅僅，也只會是一把刀。

如果裴文宣老沉圓滑卻有如此機智，李明還有幾分忌憚，可看著裴文宣這野心勃勃的眼，李明便覺幾分好笑。

終究只是年輕人。

「朕明白了。」李明點了點頭，然後嘆了口氣，似是遺憾，「你說的有理，可如今朝堂之上，敢在這個時候動楊家的人，怕是不多了。」

「臣願向陛下舉薦一人。」裴文宣恭敬開口。

李明挑眉，「你說。」

「微臣裴文宣，」裴文宣叩首而下，「願為陛下分憂。」

「呵……」李明輕笑起來，「你膽子倒是大得很。就不知道，裴愛卿，打算如何分憂？」

「等一會兒微臣回府，煩請陛下賜一千暗衛暗中跟隨微臣回府，若楊氏要在今日動手，微臣便以此為由，請求徹查，從刺殺微臣之案起，查劫持公主之事，再查邊境通敵之事。」

「若不動手呢？」

「若不動手，明日微臣便參他劫持公主一事，屆時若無人敢查此案，微臣將請命於此案。」

「好。」李明點頭，他抬起頭來，看了看天色，淡道，「天色不早了，你回去吧，別讓楊公子等久了。」

裴文宣恭敬應是，他站起身來，扶著李明緩慢走出去。

兩人都沒談李蓉的婚事，可裴文宣心裡清楚，只要李明將他當做自己人，李蓉的婚事便應當跑不掉了。

兩人閒聊著從花園回來，裴文宣便告退離開。

他由太監領路走出御書房，到了出宮門前的廣場之上，遙遙便看見李蓉的轎子。

李蓉似乎是剛從東宮出來，手裡抱了把劍，正摩挲著上面的寶石。

裴文宣見李蓉走來，同太監一起，早早避讓開去，恭敬站在兩邊。

李蓉見到裴文宣便讓人停下來，坐在高處笑著道：「裴大人，你怎麼還在宮裡啊？」

「方才陛下宣召，」裴文宣恭敬道，「同陛下閒聊了一會兒，方才離開。」

「這樣啊。」李蓉看了旁邊人一眼，笑道，「你昨夜救了我，父皇可給你賞賜了？」

「此乃應當之舉，不該領賞。」

「那就是沒給了，父皇可真是小氣。」李蓉嘆了口氣。她看了看自己手裡的劍，橫握了劍就遞了過去，頗為不捨道：「算啦，這個給你，當是我的謝禮好了。」

裴文宣愣了愣，李蓉挑眉道：「怎麼，本宮的賞賜，你敢不要？」

「公主賞賜，微臣豈敢不受？」裴文宣反應過來，忙雙手接了劍。

李蓉看裴文宣低頭躬身的模樣，忍不住抿了唇，靠近裴文宣，低聲道：「裴大人，你這個樣子，可俊得很吶。」

裴文宣聽到這話，知是李蓉看自個兒給她行禮，心裡得意起來。他收了劍，輕輕一笑：

「公主這個樣子，可當真是天真爛漫，可愛得很呢。」

李蓉聽出來了，裴文宣是在罵她做作。

她最怕人說她的就是天真爛漫。

李蓉皮笑肉不笑，看著裴文宣道：「本宮還忙著去見父皇，裴公子慢行，路上走慢些，可別不小心出點什麼意外。」

——我可就這輩子見不到你了。

剩下的話她用眼神傳達，裴文宣用眼神示以不屑，面上卻還是道：「多謝殿下關心，殿下慢行。」

「再會。」李蓉笑了笑，靠近裴文宣，覆在他耳邊低聲道，「送你幾個人，不謝。」

李蓉直起身來，矜雅含頷，隨後便讓轎輦重新啟程，往著御書房的方向去了。

裴文宣目送她背影離開，由太監送出宮城。

剛出宮城，就看見童業正駕著馬車在門口等他，他環顧四周一圈，便知有人跟著，他也沒有理會，假作什麼都不知道，抱著劍坐在馬車裡，馬車搖搖晃晃啟程。

他不知道楊泉會不會來，但都無妨，他已經做好了準備。

馬車一路拐進小巷，就在這時，人群中忽地傳來廝殺之聲，一個人忽地衝進裴文宣馬車之中，直接道：「奉公主之命，特來保護公子。」說完，他便像蝙蝠一樣，整個人蜷縮得極小，貼到了馬車頂上蜷縮著。

裴文宣倒也不驚，在李蓉說送他人的時候，他便知李蓉不是只來看看他的。他對那人點了點頭，隨後閉上眼睛，任憑外面喊殺震天，他也似如老僧入定，巍然不動。

許久後，馬車被人狠狠一撞，車簾忽地被人驟然掀起，而後楊泉染血持刀衝入馬車。

裴文宣抱劍睜眼，也就是那一刻，利刃從後方驟然貫穿楊泉的身體，楊泉手中長刀距離裴文宣不過咫尺。

血飛濺而出，裴文宣平靜看著驚駭倒下的楊泉。

「你竟敢……」楊泉顫顫出聲，「你竟敢……殺我？」

裴文宣神色不動，一字一句說得極為平靜：「私通敵國，擁兵自重，貪贓枉法，劫持公主，刺殺朝廷命官，無視法紀朝綱。這些你楊氏都敢，我殺你，」裴文宣加重的語調，「為何不敢？」

一字一句問，楊泉失了氣息。

動手之人朝著裴文宣恭敬行禮，極快道：「公主說，讓您記得回去對著她的畫像叩三個響頭，謝她救命之恩。」說完，這人就跳出馬車，消失了去。

裴文宣甚至來不及回罵，人就不見了。他沉默片刻，便聽外面童業急急回了馬車，見到地上的楊泉，他嚇了一跳，忙道：「公子，你還好吧？」

裴文宣不答，看著地上的楊泉，他沉吟片刻後，他平穩道：「回宮。」

「回宮？」童業驚詫道，「還回宮？」

殺了楊家的公子，不該趕緊跑路嗎？

「對，回宮。」裴文宣聲音平淡，一本正經道，「他嚇著我了，我得去告狀。」

童業：「……」

公子，你真的不是被嚇到的樣子，好吧？

第十九章 主審

李蓉送了劍給裴文宣，便讓人兜著她在宮裡轉了一圈。她在御花園裡走了沒一會兒，正蹲在地上撥弄著一株新開的海棠，便見派給裴文宣的人折了回來，由人領到她面前，恭敬道：「殿下，事妥了。」

李蓉點了點頭，從靜蘭手裡拿了方手帕，應聲道：「楊泉還是沉不住氣啊。」要是晚點動手，興許還能多活幾天。只是裴文宣這人，不說就不說，說了一定就會做到，他既然說了要取了楊泉的命，就不會給楊泉留一口氣。

只是回想上一世楊家做那些事，李蓉倒也覺得，這樣的人留著，的確也是個禍害。上一輩子，楊家最後拚了命在邊關折騰了很久，讓大夏連失五城，直到後來李川登基後五年，舉兵伐戎，才討回的五城。

如今能早點讓楊家早點安靜，也是件好事。

她大約猜出裴文宣幹了些什麼，卻又有些好奇裴文宣具體是怎麼說的。她用手帕擦乾淨了手，站起身來，同靜梅道：「妳先去通報一聲，我打算去御書房找父皇說說話。」

靜梅應了聲，李蓉便由靜蘭扶著，慢悠悠去了御書房。

她到了御書房門口，便見福來在門口候著她，笑著道：「殿下，陛下正同幾位大人議事，您在門口稍等一下。」

李蓉用小扇輕拍著手掌，點了點頭，回聲道：「無妨，本宮在這兒等候一會兒便是。」

「那奴才給殿下搬張椅子來？」福來是知道這位殿下慣來受寵的，忙討好開口。

李蓉點了點頭，只答了聲，「善。」

福來招呼了人來，給李蓉搬了張凳子，又放了小桌，桌上奉了茶水和糕點，李蓉讓人拿了本書來，曬著太陽喝著茶，等著李明宣召。

沒了一會兒，一個太監急急過來，附在福來耳邊，低聲說了些什麼，福來臉色大變，沉吟片刻後，小聲道：「你先把人領進來，我先去稟告陛下。」說完之後，福來便折回了御書房，李蓉假作什麼都沒聽到一般，悠然自得翻了一頁書。

過了些時辰，李蓉便見裴文宣被人領著走了過來，裴文宣低著頭，似乎有些慌張，他衣角邊上沾染了血跡，看上去頗為狼狽。

太監領著他上了臺階，見了李蓉，裴文宣恭敬道：「見過公主殿下。」

李蓉聞言，抬眼看他，上下一打量，露出笑容來：「方才才見裴大人出了宮，怎的又回來了？」李蓉半開摺扇，折了自己半張臉，小聲道，「莫不是想我了吧？」

裴文宣低著頭，似是因李蓉的話覺得有些羞赧，但還是頗為沉穩道：「殿下莫要說笑，微臣不敢肖想殿下，只是路上出了點事，趕回來告知陛下。」

「嘖。」李蓉見裴文宣的模樣，不由得露出嫌棄的表情來。

裴文宣同她打交道多年，早就對她這張嘴百毒不侵，莫要說就這麼隨便玩笑一句，就算她當著他的面開葷段子，裴文宣怕也能面不改色接過去，又或者彷彿和尚廟裡那些個得道高僧，一本正經訓她一句「荒唐」。

當然，她也理解裴文宣，畢竟他那日子過得，也和和尚沒太大區別。

可如今裴文宣裝模作樣，不僅裝年輕，還學會了裝清純，這就著實嘔到她了，她抬手用扇子擋了臉，吩咐道：「父皇還在議事，給他找張凳子，坐著等吧。」說完了，她才收了扇子，取了書，自己看起來。

裴文宣掃了一眼她看的書，又是一些亂七八糟的話本子，這愛好打從年輕到最後，都沒改掉。

也是她念舊。

旁邊人去給他奉茶，兩人彷彿陌生一樣坐著，裴文宣方才坐下，片刻後，福來就從裡面走了出來，瞧著裴文宣道：「裴大人，陛下宣您進去。」

「等等。」李蓉打斷了福來的話，「本宮坐這兒老半天，父皇怎麼先召他，不召我啊？」

「公主，」福來苦笑起來，「裴大人有急事。」

「他能有什麼急事？」李蓉面露詫異，「他……他的事不都……」

李蓉指了指自己，沒說出來，只是盯著福來，似乎不讓她進就不甘休一般。

福來面露苦色，正還想說話，就聽裡面傳來李明的聲音道：「都一併宣進來吧。」

福來舒了口氣，忙請了兩人一起進去。

李蓉瞧了裴文宣一樣，神色得意，裴文宣挑了挑眉，輕笑無聲。

進屋拜見了李明之後，這才發現旁邊坐著一干重臣，李明似乎是在商討什麼重要的事，當朝左右相連帶七部尚書、以及尚書省幾位實權人物都在這裡。

李蓉見到他們，頓時面露赫然，尷尬道：「父皇，要不我還是先回去吧？」

李明聽了李蓉的話，不由得笑起來：「來時不是很囂張嗎？進都進來了，還走什麼？起來吧。」李明下巴往旁邊一揚，「站我身後來。」

李蓉頗有些不好意思站起來，乖巧立到了李明身後。

李明轉頭看向裴文宣，淡道：「你方才不是出宮了嗎，怎麼又回來了？」

「陛下，」裴文宣聲音有些發抖，「微臣方才出宮，便遇楊二公子埋伏，微臣為求自保，失手之下，將楊二公子……」

說著，裴文宣叩首下去，「哐」的一聲響徹屋子，震得李蓉頭皮發麻，光是想都覺得疼，隨即聽裴文宣道：「殺了！」

這話出來，在場皆驚，左相上官旭驚喝出聲：「你說什麼？你把誰殺了？」

「楊……」裴文宣聲音顫抖，似乎情緒還未平息，幾次都說不出來，「楊……」

「上官大人。」坐在一旁的右相蘇閔之悠悠開口道，「這小公子尚還年輕，又經大禍，上官大人你如此嚇他，他怎說得清楚？」蘇閔之轉過頭去，安撫道，「裴小公子，你別怕，你說清楚，你把誰殺了？」

裴文宣不答，許久後，他深吸了一口氣，抬頭看向李明道：「稟陛下，微臣將楊家二公子楊泉，殺了。」

全場一片沉默，這次裴文宣似乎是帶了必死的決心，流暢將全程說了一邊，從他如何救下公主，與楊泉起衝突，到今日御書房前與楊泉對話，楊泉威脅要殺了他，然後回家路上被楊泉帶人伏擊，然後自己如何殺了的楊泉。

裴文宣一路說完，低聲道：「微臣自知今日有罪，雖是楊二公子先設伏於微臣，但楊家於大夏勞苦功高，如今又有戰事在前，楊二公子欲取微臣性命，微臣為社稷著想，也不當還擊於二公子。只是當時來不及深想，只求一條活路，如今犯下此滔天大禍，陛下……」裴文宣哽咽低頭，「微臣千刀萬剮，死不足惜，只求陛下能早些知道，以免釀成大禍。」

裴文宣一字一句落在眾人耳裡，聽得眾人心驚膽戰。

這裴文宣雖然說的是自己該千刀萬剮，可哪一句不是誅心之言？楊泉不過楊家一位公子，就敢劫持公主、因妒截殺當朝命官，哪條說起來，都是必死的大罪。

只是裴文宣有一點說得對，如今楊家在邊關擁兵多年，積威甚重，哪怕做了這些事，要罰也是要思量的。尤其如今邊關吃緊，若是激怒楊家，出了事，誰都不敢去負這個責任。

於是在場人都不說話，紛紛沉默不言。

李明神色鎮定，他端起杯子，喝了口茶，片刻後，他緩聲道：「你怕什麼？」

裴文宣低頭不敢說話，李明舉起杯子，猛地砸了下去，大喝出聲：「你乃大夏朝廷命官，他楊泉敢當街刺殺你，你殺了就殺了，你還怕什麼！」

「陛下……」裴文宣顫抖出聲，「邊境……」

「他楊家還敢反了嗎？」李明激動怒喝，旋即看向周遭一圈大臣，「方才我已經同你們說了，此番戎國入侵，楊氏如此不堪一擊，簡直丟盡了我大夏的臉面！五萬守兵還扛不住人家兩萬兵馬！攻城！如今卻敢在華京，劫持公主，刺殺官員，他楊氏是當朕死了嗎！」

「陛下息怒。」

所有人見李明憤怒至此，慌忙跪了下去，上官旭連忙開口，勸道：「陛下，勝敗乃兵家常事，如今也是戎國進犯得突然，楊氏未曾預料被打了個措手不及，如今楊氏尚在前線，處理此事還是……」

「你給朕閉嘴！」李明舉了本書就砸了過去，正正砸在上官旭臉上。

李蓉露出慌亂神情來，看了看上官旭，又看了看李明，想說些什麼，卻又不敢說。

李明喘息著，盯著在場人道：「這個案子，朕辦定了。楊家欺辱皇室至此，朕要查他們，徹查！誰來辦此案？」

在場沒有人敢說話，各自打著各自的算盤。

百足之蟲，死而不僵，上官旭為楊家說話，足見上官氏或許與楊氏還會聯手，這樣的場合，世家大族都不願意參合進這樣的鬥爭之中。

李明點著頭：「好，好的很，你們個個都怕他。」李明轉過頭去，盯著裴文宣道，「裴文宣，人你既然都敢殺了，朕問你，這個案子，交給你查，你敢不敢？」

「陛下！」聽到這話，一直沉默著的工部尚書裴禮文抬起頭來，急道，「文宣如今年少，辦不得……」

「朕問你了嗎？」李明一聲大喝過去，鎮住了裴禮文，旁邊一直跪著的尚書省納言裴禮賢給裴禮文一個眼神，搖了搖頭。

裴禮文不敢說話，李明盯著裴文宣：「說話。」

裴文宣深吸了一口氣，直起身來：「微臣願為陛下分憂！」

「好。」李明直接道，「即日起，你去御史臺，任監察御史，連同刑部特查楊氏此案。」

「陛下。」上官旭忍不住開口，「裴文宣說他乃受害之人，又讓他特查此案，恐怕不妥。」

「那上官愛卿查？」

李明反問，上官旭沉默片刻，正要說話，就聽李蓉聲音響了起來：「要不，此案由本宮主審，裴大人協助，如何？」

聽到這話，所有人看了過去，李蓉輕咳了一聲，正經道：「此事也是起於本宮，本宮乃公主，查楊氏一族從品階上並無不可，諸位大人既然沒有合適人選，本宮督查，裴大人辦案，不知各位以為如何？」

李蓉開了口，眾人都沉默下來，李明皺著眉頭，上官旭也在沉思。

蘇閔之猶豫著道：「但公主也是此案受害……」

「那就讓蘇侍郎督查囉？」李蓉看向蘇閔之，蘇閔之愣了愣，李蓉直接道，「素聞蘇侍郎為人公正秉直，若左相還不放心，乾脆讓蘇侍郎主審此案？」

「公主說笑了。」蘇閔之忙道，「小兒年少，不足以辦此大案。」

「所以他督查嘛。」李蓉打斷蘇閔之的話，直接看向上官旭，「舅舅以為如何？」

上官旭抿了抿唇，他看了一眼李蓉，猶豫了片刻，終於道：「微臣以為公主所說，不無道理。」

李蓉轉頭看向李明，眨了眨眼：「父皇？」

李明看了一眼上官旭，知道若是繼續下去，上官旭怕是會舉薦出一個自己這邊的人來查此案，如今他已經肯定上官家與楊家關聯，倒是怕是不太好辦。

於是李明點了點頭，應道：「如今也沒有其他法子，便按照妳說的做吧。」說完，李明又板了臉：「別亂來。」

「父皇放心，」李蓉笑道，「我有數呢。」

李明情緒漸緩，他看了一圈周邊，隨後安撫了上官旭幾句，便讓所有人下去，獨留李蓉在了房裡。

父女沉默了許久，李明才道：「今個兒怎麼突然想著來看父皇？」

李蓉垂下眼眸，低聲道：「女兒昨夜被劫，本就該先來找父皇，稟報一下情況的，現下才來，是來得晚了。」

李明不說話，他見李蓉面色疲憊，似有許多心思。

李明是琢磨不透這個女兒立場的，他慣來寵愛李蓉，但李蓉的弟弟是太子，如今他與李川有了矛盾，他也不清楚李蓉到底是如何想。

李蓉聰明，卻也重感情，李明將她放在手心裡捧了許多年，也捧出了感情，若非涉及權勢，他也希望這個孩子過得好。

他沉默了很久，終於還是沒有直問，拐著彎道：「這次瞧了四個人，看上哪一個了？」

李蓉不說話，李明猶豫著，慢慢道：「妳覺得，裴文宣如何？」

李蓉低著頭，沒有言語。

李明抬眼，頗為不耐：「回話。」

「兒臣覺得，他人很好。」

人很好，就是其他不好了。

李明略一思量，思索了片刻後，慢慢道：「妳只需要想這個人喜不喜歡，其他的，你別管了。」

聽到這話，李蓉眼淚就啪答啪答落了下來，似乎是受了天大委屈。

李明見李蓉落了眼淚，忙道：「妳哭什麼啊？」

「父皇，」李蓉抽噎著道，「女兒就是覺得，一家人，怎麼就不能好好的……」

李明聽明白李蓉的話，想著是皇后給李蓉施壓，讓她給楊泉說好話。他和皇后雖然有諸多爭執，卻從未牽涉到這個女兒身上，如今到了婚事，才不得不有一番較量，見李蓉哭得梨花帶雨，他也頗為心疼，終於道：「這事，是我和妳母后不對。妳也不必多想，就當不知道吧。妳選個自己喜歡的，父皇始終都依妳。妳和裴文宣孤男寡女處了一夜，按著情理，妳也當是他的人了，他這孩子不錯，人也長得好，妳嫁了他，是不會吃虧的。」

李蓉應聲點頭，李明嘆了口氣：「妳別哭了，收拾收拾，把朕的話好好想想。等楊泉的案子辦完，朕便給你們指婚。」

「是。」李蓉控制著聲音，抬起頭道：「兒臣都聽父皇的。」

李明安撫了李蓉一陣，便讓她起身來，叫了福來送著李蓉出去。

福來聽了李明的話，笑道：「哪兒輪得到奴才送啊？裴大人在外面等著公主，等許久了。」

聽到這話，李明和李蓉都露出些愕然來，片刻後，李明笑起來：「這小子，當著朕的面來拐朕女兒了。」話雖這麼說，李明卻還是催促道：「行了，妳去吧。別讓我這老頭子耽擱了你們年輕人。」

李蓉露出羞赧之色，行了個禮，便退了下去。

她一路出了御書房，到了長廊之上，便見裴文宣在欄杆前等她。他穿了湛藍色的廣袖長衫，上面落了銀絲繡卷雲紋路，提了一盞宮燈，正仰頭看著天上明月。

裴文宣的長相，生來是帶了幾分生人勿進的仙氣的，此刻掌燈望月，風拂長衫，便似如月宮之人下凡，隨時便欲乘風而去一般。

福來送著李蓉到了門口，恭敬道：「殿下，老奴便送到這裡，餘下的路，便請裴大人作伴了。」

李蓉點了點頭，淡道：「你去吧。」

福來應了聲，退了下去，裴文宣聞聲回頭，將她上下一打量，而後他提燈走上前來，停在她面前。

他生得高挑，瞧她的時候，便低下頭來，認真瞧著。

李蓉見他仔細端詳著自己，不知怎麼就生出了幾分尷尬來，扭頭過去，低聲道：「你看什麼？」

「哭過了。」裴文宣點點頭，說出了自己的結論，感慨道：「殿下還是比微臣走心。」

聽了這話，李蓉頓生幾分惱怒，嘲諷一笑：「哪兒比得了裴大人，能屈能伸，智勇雙全。」

前腳殺人，後腳哭慘，如此兩面作風，裴文宣倒也進退自如。

兩人說著話，後面侍從不敢跟太近，於是兩人就肩並著肩，漫步在皇城之中。

裴文宣一面走一面道：「長話短說吧。」裴文宣簡短將自己同李明一番對話說完，總結道：「楊泉事畢，陛下會將西北的事推給太子殿下，這事太子殿下若能辦好，兵權一事，太子殿下就不必再擔心了。」

「辦不好呢？」李蓉小扇敲著手心，淡道，「那就是直接被廢，貶為庶民都算饒過他。」李蓉斜眼瞧他，似笑非笑，「裴文宣，這你都敢賭，你膽子倒是大得很。」

「我膽子要是不大，」裴文宣聽了李蓉的話，神色泰然，從容道，「敢娶妳嗎？」

「倒也是。」李蓉點點頭，「娶我可不容易，凶險得很。」

「娶妳這事，倒不凶險。」裴文宣一本正經回嘴，「就是妳這個人，太凶，太險。」

「那也是你求著娶的。」李蓉瞪了他一眼，隨後便加快了步子，往前走去。

裴文宣察覺她是當真生氣了，怕她失態做出些什麼瘋事，也不再回嘴，摸了摸鼻子，趕忙追上去，接著道：「是是是，是我求娶殿下。不過，殿下，」他聲音裡的笑意漸失，多了幾分認真，「微臣有一事，想請教殿下。」

「放！」李蓉冷聲開口。

裴文宣輕輕一笑，看向她的神色中帶了幾分打量：「微臣想問，方才御書房中，殿下要蘇容卿來督查此案，是什麼意思？」

李蓉頓住步子。

裴文宣提著宮燈，轉頭看她：「殿下是想怎麼督查呢？是全日查辦此案，將蘇大人叫過來，日日跟著查呢，還是每日請蘇大人過來商議一下，日日見一面查呢？」

「還有，」裴文宣似是想起什麼來，認真思索著道，「公主覺得，查辦此案，微臣在，是不是有點不妥當呢？不如此案就公主和蘇大人一起查？」

李蓉沒說話，她抬眼看向裴文宣，裴文宣面上帶笑，李蓉面無表情開口：「裴文宣。」

「嗯？」裴文宣挑眉。

李蓉冷聲道，「你還能更做作一點嗎？」

裴文宣神色僵住，李蓉抬起手來，用食指和拇指捏了一小節，湊到他面前去，認真道：「你仔細瞧瞧，這是什麼？」

「什麼？」裴文宣皺起眉頭。

李蓉滿臉認真，擲地有聲：「你的心眼兒！」

第二十章 予命

裴文宣被李蓉的動作哽住，他沉默片刻後，終於道：「我心眼兒是小，妳臉皮也不薄啊。」他轉過臉去，提著燈慢悠悠往前，「妳年紀不小了，人家蘇容卿現在青蔥年華，別想著老牛吃嫩草了。」

李蓉沉默不言，裴文宣笑了：「怎麼，說妳老，妳還不樂意了？」

「我老，你又不老？」李蓉瞪了裴文宣一眼，轉過頭去，淡道，「只覺得你這人心太濁，不想搭理你。」

「我心濁？」裴文宣嘲諷一笑，「妳敢說妳沒這意思？」

「那我還真敢。」李蓉大方解釋，「讓蘇容卿督查，是因為他合適，這個案子你我來查，朝臣是不會服氣的。讓其他人來查，要麼是我舅舅的人，肯定要偏幫楊家，不偏幫的，怕都不願意惹這個禍，如今除了蘇容卿，誰還會接這燙手山藥？剛好蘇閔之跳出來說話，他說話就讓他兒子查，其他人也就不敢說了。」

「妳倒是對他有信心得很。」裴文宣不由自主放緩了步子，冷淡開口。

李蓉走在前方，聽著裴文宣的言語，不由笑道：「蘇家雖然避禍中正，但也算滿門清貴，容卿是君子，事到他手裡，他不會躲。」

「說得是冠冕堂皇，」裴文宣聲音平淡，「上一世，妳也是這麼和我說的。」

「嗯？」李蓉有些茫然。

她回過頭去，看見裴文宣止步站在原地，平靜看著她：「上一世妳讓我救蘇容卿的時候，也是大道理一套一套搬出來給我，說蘇氏蒙冤，等日後翻了舊帳，對我不好，對陛下不好。妳說妳救蘇容卿，為的是道義，不是其他，不是麼？」

李蓉沒說話。

四月的春風還有些冷，裴文宣靜靜看著她，質問：「後來呢？」

李蓉沉默不語，她看著裴文宣淡漠的神情，忍不住笑了：「這就是你討厭他的原因？」

裴文宣愣了愣，李蓉瞧著他的神情，追問：「因為我騙了你？」

裴文宣嘲諷一笑，沒有回聲，但也算某種默認。

李蓉抬手將頭髮挽在耳後，淡道：「我早說過，我當時當真是這麼想，你不也不信嗎？那還說這些做什麼呢？」

「我就是提醒妳。」裴文宣冷著聲道，「不要因色誤事，上輩子栽在他手裡，這輩子還栽了，那就是妳蠢了。」

「就算如此，這又關你什麼事？」李蓉聽他口吻中帶了幾分訓斥，頗有些動怒，便冷眼看他，「反正你我過些年就和離，這輩子裴大人大可放心，若我殺你，絕不是他人挑撥。」

裴文宣沒說話，他抿緊唇，似是氣急了。

李蓉嘲諷一笑：「每次都要吵，吵了又氣著自個兒。你真是……」

「我不送妳了，妳自己回去吧。」李蓉話沒說完，裴文宣終於忍不住，疾步上前，將宮燈往李蓉手裡一塞，轉頭就走。

李蓉沒想到裴文宣哪怕重生回來，都不是左相了，脾氣都還能這麼大，她舉著燈，一時有些呆住了。

裴文宣走了幾步，又想起什麼，折回來，皺著眉頭，伸手道：「給我些人手，今晚楊府的人怕要出城。」

生氣是要生氣的，要人、要錢是絕不含糊的。

李蓉氣笑了，伸手接了權杖，拍到裴文宣手裡：「自己去點人。」

裴文宣沒回她，拿了權杖轉身就走，自己去公主府找人了。

李蓉看著裴文宣疾走離開的背影，又氣又不知道自個兒是生什麼氣，等人走遠了，憋了半天，最終才緩下來，勸了自己幾句，告誡自己，為這種人把自個兒氣壞了不值得。

等情緒緩下來，她才道：「走吧。」

靜蘭、靜梅對視了一眼，這才走近上來，靜梅打量了李蓉一眼，小聲道：「裴公子怎麼走了啊？」

「他有病。」李蓉毫不猶豫回答，侍女對看了一眼，不敢做聲了。

李蓉走在夜風裡，吹了片刻的風後，心情緩了許多，淡道：「回宮吧，明個兒還會再見的。」

其實裴文宣不喜歡蘇容卿這毛病，也不是一天、兩天的事了，哪怕是重生了，她知道這也是改不掉的。

兩人打從一開始就不對付，裴文宣覺得蘇容卿做作矯情，蘇容卿倒從來沒說過裴文宣什麼，可兩人只要並肩一站，只要是個明眼人，就能看得出來有種無形的排斥在兩個人中間。

蘇容卿沒到李蓉身邊時就是這樣，等蘇容卿到李蓉身邊之後，便更是如此，長期以來基本處於有蘇容卿沒有裴文宣，有裴文宣沒有蘇容卿的狀態。

起初李蓉還曾經想過，裴文宣是不是心裡有那麼點喜歡她，所以犯了醋。

但時日久了，她也就看出來了，裴文宣對蘇容卿的敵意，起初還可能是因為吃點小醋，等到後來，不過是不甘心罷了。

蘇容卿年少成名，打小生於清貴門第，父慈母愛，這世上最好的東西，幾乎都給了他。而裴文宣同為貴族公子，卻歷經磋磨，裴文宣年少面對蘇容卿，便生得有嫉妒。

後來好不容易娶了她，然後又以一己之力獨撐門第，可謂俊傑，但這時候她卻選擇了蘇容卿，而不是他，這對裴文宣來說，是極大的羞辱了。

裴文宣不是吃醋，裴文宣只是厭惡蘇容卿。

早些年裴文宣或許對她還在心裡存得有幾分好感，可這種好感在漫長的歲月裡，早已經消磨了。

自知之明，李蓉慣來是有的。她本就不是招人喜歡的姑娘，又和裴文宣是那樣爭權奪利、互相傷害的位置，裴文宣對她，怕早煩透了。

只是裴文宣這人也算良善，相處世間久了，如今又一道回來，他怕就有了幾分同是天涯淪落人的人悲憫，這才主動提出合作。但他們兩個人骨子裡，是早把對方摸透了的厭惡。

兩個知根知底的人若是相互討厭，那就是再可怕不過的事了，因為太清楚對方的軟肋和招式，於是每一次出手，都是戳人心窩的狠，隨便一句話、一個眼神，都能點在對方最疼的地方。

傷口撒鹽，言語誅心，這便是一對消磨大半生的夫妻，最擅長不過的事。

李蓉慢慢悠悠回了自己的宮殿，想著白日裡的事歇了下去。

她的公主府雖然已經建造多年，但她其實一直住在宮裡，只有公主府詹事和李明給他的兩千護衛和一千奴僕安置在那邊，也算是她一份產業。裴文宣拿了她的權杖，召集了人手，夜裡就守在了楊家門外。

倒不出裴文宣意料，夜裡楊家人幾乎都撤了個乾淨，就留下老夫人帶了一些女眷守在家裡遮掩耳目，裴文宣在城外這麼一守，便像甕中捉鱉，來一個捉一個，竟就這麼捉了一夜。

李蓉一夜好眠，等到了晨時，她起身梳洗，早早去了大殿門口，這時尚未早朝，文武百官都在外面站著，正三三兩兩說著話。

李蓉一來，眾人便有些奇怪，大夏公主參政的倒也不少，但除非特別宣召，倒不會直接上朝，於是李蓉來此，眾人便都開始揣測，李蓉來做什麼。

而昨日聽了李明發了一攤火的幾位重臣倒不奇怪，老僧坐定站在原地，看都不看李蓉。

李蓉在人群中掃了一圈，沒見到要找的那個人，等了一會兒後，才見裴文宣打著哈欠進來。

按著品級，他這樣的小官，是連大殿都進不去的，李蓉見他哈欠連天走著進來，也不顧周邊人的目光，直接走到她邊上站定，雙手攏在袖中，含糊著道：「辦好了。」

「你昨晚睡過了嗎？」李蓉將他上下一打量，見他眼周一片暗黑之色，仿若被人打過一般，忍不住道：「不是又沒睡吧？」

「托公主的福，」裴文宣醒了醒神，看上去振作了些，清楚道：「又是不眠夜。」

前夜他就沒睡多長時間，昨天又緊繃了一天，裴文宣想到這殘忍的事實，忍不住道：「再這麼下去，公主不必出手，微臣怕就撐不了多久了。」

李蓉用小扇遮臉，低笑出聲來，裴文宣已經習慣她見著自己不高興就快樂了，只小聲道：「昨晚他們螞蟻搬家，那些個公子哥都齊了，一家人該整整齊齊，今個兒放一起吧？」

「隨你。」李蓉輕聲道：「等下朝再說吧。」

兩人正說著，便見蘇閔之領著蘇容卿走了進來。蘇家人在朝堂上風評甚好，一進來便同是眾人焦點，蘇容卿隨著父親和周邊人打著招呼，而後站到了前面位置上。

蘇容卿一進來，眾人便忍不住看過去，李蓉自然也不免俗。

裴文宣見李蓉看著蘇容卿一路走過，他不著痕跡靠近了李蓉，小聲道：「我可提醒妳一句，別見了人什麼都說，他立場可還說不清楚。」

正說著，蘇容卿就看了過來，他遙遙看見李蓉，先是愣了愣，隨後便笑起來，朝著李蓉行了個禮。

李蓉點頭回禮，裴文宣在旁邊輕輕「呵」了一聲，李蓉沒理會他，怕又吵起來，於是兩個人並排站在廣場邊上，而後聽太監宣朝聲音響起來，這些大臣站成兩列，在唱喝聲中慢慢走了進去。

李蓉和裴文宣都沒有可以進入朝堂的官職，就站在門口等李明宣召。

裴文宣有些睏了，乾脆閉上眼睛，留了句：「我睡會兒，有事叫我。」說完也不管李蓉答應不答應，就往牆上一靠，徑直閉眼睡了。

大殿外沒什麼人，空蕩蕩的一片，反而是大殿裡熱熱鬧鬧，朝臣說話聲嘰哩呱啦，對裴文宣來說倒是極好的催眠曲了。

他本整個人站著靠在牆上，但人一睡著，便難免控制不了自己，不由自主就朝著李蓉倒了過來。

李蓉正還想著事，就感覺裴文宣逐漸靠近，隨後似是察覺失重，忽地又清醒過來，忙直了起來。

李蓉見他睏成這樣，頗為嫌棄，不由得道：「有這麼睏嗎？」

「妳試試。」裴文宣沒睡好，心情暴躁。

李蓉笑起來，「裴文宣，你可真嬌氣。」

「我這是為了誰？」裴文宣立刻回嘴，回完之後，他便僵住了，似是覺得有些尷尬，扭頭道：「妳倒是睡得好，懶得理妳。」

李蓉沒說話，裴文宣又閉上眼睛，片刻後，他突然聽李蓉道：「你靠著我吧。」

裴文宣沒理會她，隨後就感覺李蓉靠了過來。他們肩並著肩，李蓉一貫清冷的聲音裡彷佛都帶了溫度，平和道：「我站穩了，你靠著我，不會倒的。」

裴文宣假作沒聽到，他們倆肩並肩靠著，他瞇眼看過去，晨光一點一點灑滿白玉石臺階，緩慢向上，而後落到兩個人身上。

晨光帶著溫度，卻都不及李蓉肩頭那點溫度灼熱，裴文宣似乎是睏極了，就這麼站著，他也覺得有幾分難有的安寧。

他覺得自個兒似乎是睡著了，又似乎是沒有，隱約還能聽到人聲、鳥雀聲，卻又覺得仿若在夢中。

李蓉環手抱胸，聽著朝堂上大臣說著話。

李明將楊家在邊關連丟三城的事情說了，朝野震驚，李明要求將楊氏立案，眾人自然要爭吵一番。

大部分官員不說話，一部分官員認為李明要求不合理，楊家戰功顯赫，如今前線戰事還在繼續，不能因為輸了幾次，就將前線戰士的家眷關押問罪。

李明聽這些官員維護楊家，冷笑出聲來：「那若楊家人被舉欺君犯上、劫持公主、刺殺朝廷命官、私通敵國呢？這樣，還能不能審？」

全場沒有人敢說話，許久後，有一位大臣猶豫著道：「不知陛下是從哪裡聽到這些謠言？」

「宣！」李明往外一抬手，隨後便聽太監尖利的聲音響了起來。

「宣平樂公主、裴文宣進殿——」

聽到叫他們的名字，李蓉轉過頭去，便見晨光下的青年緩緩張開了眼睛。

他五官生得立體，側面看，似如山巒迭起。他的睫毛很長，在晨光下睜眼時，彷彿蝴蝶振翅，輕躍於這光芒之中。

「走吧。」李蓉輕輕一笑，站直了身子，便朝著大殿走去。

裴文宣見著李蓉清瘦的背影，一時覺得有些目眩，隱約有了幾分恍惚之感，片刻後，他才回過神來，不由得輕輕一笑，閉眼深吸了一口氣，才又睜開眼睛，隨後正了神色，往內走去，跟著李蓉前後跪在地上，高呼出聲：「兒臣（微臣）見過陛下，陛下萬歲萬歲萬萬歲！」

「起來吧。」李明抬手道，「裴文宣，將摺子給他們讀一讀。」

要立楊氏的案，自然是要有個人來做刀，其他人不敢寫這封摺子，但裴文宣卻在昨夜早已寫好。

用筆辛辣，不帶半點遮掩，一路慷慨激昂痛斥楊氏欺君罔上、專橫無理，私通敵國、目無王法，一番痛罵下來，全場寂靜，過了一會兒，御史臺才反應過來，同裴文宣爭論起來。

李蓉見裴文宣和這些御史吵起來，自覺往裴文宣身後退了一步，看裴文宣舌戰群雄。

裴文宣這人命硬，嘴更硬，以往裴文宣都懟的是她，不管朝堂上下，都能給他懟得嘔出一口血來，如今看裴文宣懟對面的人，李蓉竟然有了種莫名的爽感。

整個御史臺輪番上陣，裴文宣一人鏖戰群雄，李明起初還想管一管，但見裴文宣著實厲害，最後便沉默下來，喝茶聽著這些人吵。

李蓉退到一邊，讓人準備了茶，等裴文宣一口氣和這些人罵完，冷著聲著道：「諸位大臣可還有異議？」

全場再無一人出聲之後，李蓉默不作聲端了茶過去，裴文宣習慣性接了茶就喝，喝完以後才覺不對，一回頭就看見李蓉笑咪咪的眼，似在同他說「繼續」。

裴文宣不知道為什麼，見得這樣的李蓉，忽然有了幾分羞赧，他故作鎮定扭過頭去，看向對面那些同他爭論著的大臣。

朝堂之上論戰，大多就是要說個大道理，扣個大帽子，且不管行不行得通，只要能站在一件「絕對正確」的道理上，便再無人能說你什麼。

裴文宣熟知朝堂套路，又值年輕旺盛之時，一口氣和這些人爭論了一早上，睏意全消，倒興致勃勃起來。

而對面的臣子要麼說不過，要麼說不動，最終紛紛敗下陣來，李明見差不多了，便道：「行了，既然都商量好了，就這樣定吧。」

說著，李明指了三個人：「平樂，裴文宣，蘇容卿。」

被點的三人站出來，李明淡道：「事關楊氏高門，此案便由平樂主審，裴文宣提為監察御史，協助平樂審案，因二位都與此案有所牽連，命刑部侍郎蘇容卿監察，如此，各位愛卿以為如何？」

沒人說話。

吵不動了。

李明滿意點頭，同旁邊人道：「擬旨吧。楊氏楊泉意圖謀害公主、刺殺大臣，楊家死罪可免，活罪難逃，念楊氏有功，不移交牢獄，搜查證據之後，暫時軟禁在府邸之中。」說完，李明抬頭，淡道：「平樂，朕再給妳五百人，可夠用？」

「謝父皇。」李蓉歡喜應聲，「兒臣一定給您辦得妥妥當當。」

朝臣皆不言語，李明似是疲憊，點頭揮了揮手，宣道：「下朝吧。」

所有人叩拜行禮，恭送了李明。

等李明走後，李蓉站起身來，看了旁邊的裴文宣和蘇容卿一眼，笑道：「現下本宮打算去搜查楊府，二位如何打算？」

「微臣全聽殿下安排。」裴文宣恭敬開口。

蘇容卿輕輕一笑，「臣也是。」

李蓉看了看裴文宣，又看了看蘇容卿，這麼多年頭一次見兩人面上帶笑、如此和諧站在一起，李蓉不知道怎麼的，心裡突然生出了幾分詭異地心虛來。

她輕咳了一聲，提步往前道：「事不宜遲，走吧。」

李蓉急急離他們遠點，蘇容卿和裴文宣一起跟在李蓉身後，李蓉說不出來自個兒是因著什麼原因，心跳得飛快。

三人一起走出宮外，上了馬車，李蓉領著靜蘭、靜梅搶先去了前面的馬車，同裴文宣與蘇容卿道：「本宮先行，二位稍後。」

說完，李蓉就上了馬車，吩咐人調了府兵去楊氏門口之後，她趕緊放下簾子，用小扇急急搧著風，似乎是憋了許久的模樣。

「公主這是怎麼了？」靜梅看見李蓉這副模樣，給李蓉泡著茶，不由得笑了：「怎得這副樣子？」

李蓉搖搖頭，從旁邊端了茶，緩了片刻後，她常常吐出一口氣道：「我忽然有些佩服那些三妻四妾的男人了。」

「公主為何如此說？」靜梅不解。

李蓉用一種劫後餘生的口吻嘆息著道，「心跳得太快，受不了啊。」

前生有段時間，她不是沒想過，自個兒養許多面首，最好還都是裴文宣、蘇容卿那種長相的，每天左擁右抱，或許也是一種快樂。

今個兒她突然知道了，有時候，身邊人太多，可能也不是快樂。

至少此刻，她只覺得害怕、慌亂、心虛，沒有半點快樂可言。

李蓉這邊情緒波瀾起伏，裴文宣和蘇容卿卻是異常沉穩，兩人共乘一輛馬車，閒來無事便對弈起來。

「公子與公主的婚事，怕是訂下了吧。」蘇容卿撚了棋子，聲音平淡：「昨夜聽聞宮中鬧騰得很。」

「蘇大人倒很是關心公主婚事。」

「這華京誰不關心呢？」蘇容卿笑了笑，「如今裴大人可是京中熱議的人物了。」

「熱議什麼，熱議我會不會娶公主？那我就給蘇公子直言一句。」裴文宣說著，棋子

「啪答」落到棋盤上，抬眼看向蘇容卿，「公主殿下，我娶定了。」

蘇容卿笑起來，手中扇子輕敲在手心：「當真如此。不過蘇某有些好奇，」蘇容卿一面落子，一面道，「裴大人覺得公主如何？」

「挺好的。」裴文宣淡道。

「能言善道。」裴文宣說著，腦子裡浮現另一個詞——牙尖嘴利。

「善解人意。」總能往他最紮心的地方踩。

「是個極好的姑娘。」

誇完李蓉，裴文宣突然有種再也不想說話的感覺，他覺得把這些話說出來，幾乎是耗盡全力了。

蘇容卿聽著裴文宣的話，點著頭，溫和道：「但在下聽聞裴大人之前還有一門娃娃親，裴大人對那位姑娘……」

裴文宣聽到這話，冷眼抬眼，看向面前的蘇容卿。

蘇容卿得了這眼神，便知裴文宣的警告，他點頭道：「明白，有些人只是明月，可望而不及。」

「蘇大人少提點殿下吧。」裴文宣淡道，「不然我就弄不清楚，蘇大人的明月是誰了。」

「玩笑、玩笑。」蘇容卿搖了搖扇子，「繼續下棋吧。」

兩人下著棋，棋路卻走得亂七八糟，裴文宣失了興致，直接道：「蘇公子，在下瞅得厲害，先睡一會兒，就不奉陪了。」

蘇容卿笑笑，溫和道：「請便。」

裴文宣應了一聲，靠在邊上，閉上眼睡過去。

睡之前，他也不知道怎麼的，就想起清晨李蓉來，她站在他邊上，任他依靠著，都能站得穩穩當當，明明清瘦的個子，風一吹就走似的，也不知怎麼能站這麼穩。

裴文宣胡思亂想著，自己都未察覺，輕揚起笑容來。

裴文宣一覺睡醒便到了楊府，李蓉早已提前派人先圍了楊府，等走下馬車，就看見楊府的府兵和侍衛對峙著。

楊府大門緊閉，兩邊士兵誰也不敢動作，李蓉走到守兵邊上，她的侍衛長江平走上前來恭敬道：「公主。」

「楊氏人呢？」

「都在裡面，不肯出來，公主未來，屬下不敢動手。」

李蓉點點頭，她看著楊氏大門，握扇環胸，扇子輕輕敲打著手臂，倒也沒說話。

蘇容卿和裴文宣走過來，蘇容卿頗為疑惑道：「殿下，楊氏為何緊鎖大門？」

「唔，」李蓉想了想，「不敢吧。」說完，李蓉轉過頭，朝裴文宣招了招手。

裴文宣走上前來，恭敬道：「殿下。」

「你說，我要和這楊氏講道理，你能講贏嗎？」

「講不贏。」裴文宣果斷開口，「朝堂有尊卑，殿下可以贏。可如今楊氏大門前，聽者皆為百姓，楊氏在百姓中聲望甚高，若無充足證據，我等強行搜府，怕留罵名。」

「嗯。」裴文宣都說講不贏，李蓉也就不再掙扎。

她想了想，隨後同旁邊江平道：「江平，守好楊家，他們不出來，就別出來了。」

江平應聲說是，李蓉稍微打量了一圈，看了看周邊情況，隨後同蘇容卿道：「蘇大人，如今這樣的情況，搜府不妥，我欲去兵部調一些帳本過來，不知蘇大人可能幫忙？」

「謹聽殿下吩咐。」蘇容卿恭敬出聲。

李蓉點了點頭，隨後道，「那勞煩蘇大人先去兵部協調，若兵部願意查帳，本宮再過去。」

蘇容卿應是。

李蓉轉頭看向裴文宣：「裴大人。」

「臣在。」

「裴大人沒帶馬車，本宮送你一程。」

「謝過殿下。」

裴文宣行禮道謝，而後聽李蓉安排，上了李蓉馬車，李蓉又囑咐江平要善待楊氏族人幾句之後，才捲簾進了馬車裡。

兩人各坐在一邊，馬車重新啟程，靜蘭、靜梅沒有進來，李蓉自己替自己倒了茶，裴文宣徑直道：「去哪裡？」

「你怎麼不覺得我送你回家？」李蓉挑眉。

裴文宣搖頭：「今日什麼收穫都沒有，妳不可能這麼回去。」

「果然是認識多年的人，真是瞭解我。」李蓉端起茶杯，吹開上面的綠葉後，慢聲道，「你記得拓跋燕嗎？」

裴文宣認真想了想，才終於想起來：「就是妳以前抓過的一個錢莊老闆？」

「對。」李蓉點頭道，「這人常年遊走在西北和華京之間，產業遍及幾國，明面做生意，實際上，以洗錢為生。華京貴族，與他多有往來。」

「包括楊氏。」裴文宣肯定開口。

李蓉應了一聲：「當年楊氏雖然亡於我父皇之手，但其實查得並不清楚。後來我替川兒查拓跋燕，才真正查出楊氏整個運轉，拓跋燕這人能盤旋在各國不倒，不僅是他善於經營，最重要的是，他有保命符——」說著，李蓉靠近裴文宣，輕聲道：「帳本。」

「所以妳並不著急查兵部的帳。」裴文宣了然。

李蓉嘲諷一笑，「兵部和楊家的帳有什麼好查？年年都有人去查的東西，能是真的？況且要我們自個兒拿不到證據，兵部那些老狐狸，誰敢給你帳本？咱們可不比以前，一呼百應，現在呀，朝堂上誰都不待見咱們，也就只有我們兩人自己，抱團取暖了。」

裴文宣聽著李蓉的話，分析道：「我們從拓跋燕手裡拿到洗錢的帳本，對應西北軍方那邊的帳本，還有楊氏的帳本，對比之後，差不多就能搞清楚帳目流進流出，楊家中飽私囊之罪差不多也定了。」

李蓉應了一聲，接著道：「如今我們把楊氏的人困住，他們必往邊關求援，楊將軍接到家中急報，怕是馬上就會做點什麼來給陛下施壓，若他們一辭官就丟城池，怕是滿朝文武都要拿我們安撫楊家，求楊家好好打仗。」

「到時會讓太子接管此事。」裴文宣冷靜開口，一切似乎都在他謀算之中，「咱們把秦臨和崔清河請出山來，跟隨太子去前線，前線只要再熬半個月，戎國兵器就差不多耗盡，到時便是太子建功立業的時候了。」

秦臨和崔清河是上一世李川手下最得力的將領，一文一武，在李川的時代裡，幾乎平定了整個北方。

秦臨是秦真真的兄長，而崔清河則是秦臨的好友。

崔清河沒有父親，傳聞他是華京高門崔氏中一位嫡公子流落在外的血脈，因他母親只是歌姬出生，所以哪怕後來他名滿大夏，高官厚祿，也為崔氏所棄，未曾將他納入族譜。

如果能把他們提前請出山來，以這兩人的能力，配合著上官氏和李川以及李蓉和裴文宣先知提供的消息，拿下楊氏在西北的餘黨，應當不在話下。

李蓉點了點頭，應聲道：「川兒穩住楊氏，就能給我們西北那邊的帳目，只要對下帳目，楊氏就澈底沒了。如今我們第一步，還是要拿到這洗錢的帳，有了這個帳目，等楊氏施壓，我們才有理由繼續扣著他們。」

「好。」裴文宣點點頭，隨後看向窗外人來人往，有些疑惑道，「那如今我們是？」

「拓跋燕的別院，每月初十，都會舉行一場私人聚會，邀請各國富商前往。」說著，李蓉提醒裴文宣：「今日是初十。」

「妳要去？」裴文宣詫異出聲。

李蓉點頭：「我知道他帳目放在哪裡，我得去取來。」

裴文宣皺起眉：「這樣的事，交給暗衛去做就是了，妳乃金枝玉葉，怕是不妥。」

「我不知道我金貴？」李蓉白了裴文宣一眼，隨後道：「他那房間設置得有機關，要打開門，必須要扭對正確的按鈕，而它的按鈕是波斯語，你我的暗衛裡，你倒是找出一個會波斯語的人來？」

裴文宣哽了哽，隨後只能無奈道：「好吧……」

「怎麼，」李蓉笑起來，開了扇子遮住半張臉，「我去，你不是擔心我吧？」

「我是擔心我自己。」裴文宣看她一眼，迅速道，「妳要是出了事，我焉有命在？」

「你這想法不錯。」李蓉點頭道，用扇子指在他胸口，玩笑道，「今個兒起，裴大人可記好了，我平樂日後，可就是你的命了。」

聽到這話，裴文宣心跳忍不住快了一拍。

他不著痕跡往後退了退，不耐煩道：「妳離我遠點兒，別給我來這一套。」

李蓉知道他慣來不喜她調笑，便笑得更開心了些。

裴文宣見她囂張，也不搭理，只道：「他是私宴，咱們怎麼進去？」

「這你別擔心，我讓人去弄帖子了。等會兒我們換套衣服，偽裝一下就進去。」

「嗯。」裴文宣點點頭，想想李蓉辦事慣來妥當，他也沒什麼不放心，於是他放鬆了一些，同李蓉道：「那我先睡一會兒，到了妳叫我。」

「行啊。」李蓉從邊上抽了一本話本子，靠在邊上，慢悠悠道，「我看話本，你睡你的。」

裴文宣應了聲，自己找了個位置躺下。

李蓉的馬車已經十分舒適，但還是有些顛簸，裴文宣閉上眼睛，聞著李蓉在不遠處飄來的暗香，他也不知道怎麼的，一時也不太睏了，便睜開了眼睛。

透過小桌看過去，可見李蓉紅白相間繡著牡丹的華衫，華衫廣袖束腰，露出李蓉纖細的腰身，那腰身不盈一握，和上方微微起伏的山巒相比，更顯出一種迷人的魅力來。

裴文宣自覺不妥，不敢多看，忙又往上，便見李蓉的手，一雙手似如白玉雕琢，不帶半點瑕疵，指甲染了丹蔻，光是看著，似乎就撩在人心上。

裴文宣皺起眉頭，他想他大概是多年沒有好好端詳李蓉了，這才想起來，李蓉這個人，生來便是妖精一樣的姑娘。

不同於華京其他姑娘以清瘦素雅為美，李蓉的美，從來豔麗張揚，嫵媚動人。其他美麗的女子，你看一眼，便覺如畫，想將她裝裱起來，掛在牆上，日日觀望。

可李蓉卻走在極端上，對於普通男子，全然不敢直視，連與她對視的勇氣都沒有，而對於裴文宣敢於抬眼看她的人來說，只要抬眼看了這個人，便容易引出心中那點說不出口的晦暗來。

誰都不會想著把她當成一幅畫遠遠觀望，只會想靠近、想占有，想將這個人攬在懷裡，讓自己成為她眼裡唯一能看到的獨一無二。

這樣矛盾的魅力讓這個人耀眼又孤獨，少有人敢靠近她、直視她，更別提陪伴她。

裴文宣瞧著她，思緒一時有些遠了，李蓉察覺裴文宣沒睡，她翻了一頁書，淡道：「睡不著啊？」

「嗯。」被發現了，裴文宣也不覺羞澀，大方道：「不知道怎麼的，又睏，又睡不了。」

「我陪你聊聊？」李蓉放下書來，看向裴文宣。

裴文宣翻過身來，端詳著她，警惕道：「妳是不是有事想求我？」

「的確。」李蓉撣了撣衣袖，整理了衣衫，斜靠在小桌上，笑咪咪瞧著裴文宣，「我就是想知道，裴大人為什麼一定要殺了楊泉？」

「嗯？」

「我方才想了一想，」李蓉認真道，「其實，裴大人也不一定要殺了楊泉才能娶我，若只是為了娶我，裴大人還是有諸多辦法的。如今殺了楊泉，要麼你死，要麼楊家亡，裴大人做這些，是求個什麼呢？」

裴文宣沒說話，李蓉靜靜等著，裴文宣緩聲道：「妳不是想要兵權嗎？」

李蓉挑起眉頭。

裴文宣抬眼看她：「妳想要，我送妳，又如何？」

李蓉得了這話，愣了片刻，隨後她遲疑著道：「我想，我與裴大人之間的情誼，似乎還擔不起這樣的重禮。」

「這與妳我的情誼無關。」裴文宣失笑，「我只是不想把上輩子的人生，再走一遭罷了。」裴文宣看向窗外，緩聲道：「不想讓楊家繼續留下來折騰，讓皇帝和楊家鬥法，最後戎國得利，割讓五城，直到我當了丞相來收拾這個爛攤子。」

「不想讓太子再因手無兵權差點被陛下廢黜，妳我獄中相聚，聽妳同我告別，讓我如需必要，親手斬了妳的人頭也可以。既然人生重新開局，我想……」裴文宣看向李蓉，神色認真，「我能更好的，過好這一生。」

李蓉沒說話，她張合著手中的小扇，許久後，她輕聲一笑，低頭垂眸，柔聲道：「說來說去，裴相還是在為自己鋪路。方才還說是為了我，本宮聽著，」李蓉抬眼看他，鳳眼千嬌百媚，「都快心動了。」

「哦？」裴文宣抬眼，似乎十分榮幸，「原來這樣就能讓殿下心動？那殿下心動啊。」裴文宣滿不在意玩笑道：「殿下若對微臣心動，微臣至少可以保證，絕對不殺殿下。」

李蓉聽得這話，嘲諷笑開：「怕到時候我若要取你性命，你還是得要我陪葬。」

就像上一世，他一想著是她殺了他，便立刻讓人去給她送藥。可惜她早了一步，倒沒能親口喝了他給的毒藥。

「李蓉，我和妳說，我可以和妳打個賭。」裴文宣斜躺在榻上，一手撐頭，一手屈腿，認真瞧著李蓉，「妳若能對我動真心，我這條命就可以給妳。」

「可是，長公主殿下，」裴文宣探過身子，湊到李蓉跟前，兩人相隔咫尺，李蓉甚至可以感覺到他們呼吸纏繞在一起，然而這中間不帶半點旖旎。

裴文宣眼神一片清明，他瞧著她，輕聲道，「這麼多年，妳對誰有過真心嗎？」

第二十一章　查證

李蓉看著裴文宣的眼睛，聽他似作玩笑又似認真的詢問。

許久後，她輕輕一笑：「裴大人問得奇怪了，我怎會沒有過真心呢？凡是好看的男人，本宮可都有過真心。」

「殿下知道什麼是真心嗎？」裴文宣接著詢問。

李蓉用小扇輕敲著手掌心，只道：「裴大人以為的真心，是什麼真心？」

「微臣以為，所謂真心，當是將那人放在心頭，信任他，愛護他，不求回報，不畏將來。全心全意，心無瑕疵。一生一世，僅此一人。殿下說有過真心，那不知殿下這心，給過誰？」

聽到這話，李蓉抿唇笑了，她低下頭去，似覺好笑。

裴文宣皺起眉頭：「殿下笑什麼？」

「裴文宣。」李蓉抬起頭來，用金扇遮了半邊臉，一雙眼滿是調笑，「我沒想到，你這把年紀了，還做著這種少年夢。」

聽到這話，裴文宣面色僵了僵，隨後他收起笑容，從容回身，將手壓到腦後，淡道：「是殿下慣來都不曾想過這些罷了。」

「是。」李蓉笑咪咪道，「本宮沒有裴相這樣的閒情雅致，想不到這些。不愧是一份感情守了一輩子的人，」李蓉點頭，「如此赤子之心，本宮佩服。」

裴文宣聽她嘲諷，開口想說點什麼，又覺無論是解釋還是反駁，都有那麼幾分落於人下，於是他憋了半天，把話都咽了下去，扭過身去，便不再說話，假作睡下。

李蓉見他將背影留給自己，輕敲著小扇，慢慢收斂了笑意。

裴文宣同她感情這件事上，是有極大不同的，她對感情要得計較決絕，從來都是別人給她多少，她還別人只能少不能多，雙方之間，只有你我。她對感情吝嗇，要求也高，害怕付出，卻又想要一份全心全意的回報。

而裴文宣這人，則大方得多，只要他確定了喜歡，就能把所有東西都掏給對方，他可以喜歡秦真真喜歡一輩子，哪怕對方嫁他人為妻，對方毫無應答，他也能一直默默守著這份感情，全心全意付出，哪怕秦真真死後近二十七年，他也能為那個人守身如玉，以祭亡魂。

她當年與裴文宣斷得決絕，一來是她自己本身也容不下她的感情裡有半點雜質，自己錯付心意。二來，是她也隱約感覺到，其實裴文宣或許對她也不是全然無意，但是裴文宣這個人先許諾喜歡了秦真真，便容不下自己再喜歡其他人。

他們有各自的執拗，而如今想來，這種根深蒂固在骨子裡的執拗，早就註定了，哪怕沒有秦真真，他們倆也不會在一起。

她的真心太少，哪怕她把自己有的所有捧給裴文宣，對於裴文宣來說，那也永遠是不公正的感情，哪怕裴文宣接受，她自己也很難平衡。

她和蘇容卿就不一樣了，蘇容卿和她是更相似的人，生於鐘鼎之家，他們的真心本就是世上難得，在他們之前有權勢、有家族、有生死，能在這中間捧出一點真情，那就是全部了。李蓉不需要一個人給她多少，但是能把自己有的都給她，那就夠了。

所以哪怕她明知蘇容卿可能會殺了她，明知蘇容卿對她或許中間隔著層層算計仇恨，她卻也未曾怨恨，因為蘇容卿把自己能給的真心，都給了她一個人。

而裴文宣上一世哪怕沒有對她做過什麼，說來也不曾真正背叛，可於感情之事，她卻始終覺得裴文宣落了下乘。

馬車搖搖晃晃，李蓉閉上眼睛眯了一會兒，片刻後，馬車突然停了下來，一個暗衛掀了簾子跳上馬車來，小聲道：「殿下，帖子弄到了。」

暗衛將帖子和詳細記載了這兩人身分的文書遞了過來，同時奉上了衣衫，解釋道：「是太子那邊弄過來的，說是從揚州過來的富商夫妻，販賣絲綢，應當沒有太多人認識。」

「好。」李蓉翻看了請帖，確認了名字之後，點頭道，「下去吧。」

「殿下，」暗衛猶豫了片刻道，「拓跋燕此人關係網極為複雜，他府上怕是不大安全，殿下當真要以身涉險……」

「無妨。」李蓉淡道，「我帶了信號彈，若有事，你們直接圍府就是。」

暗衛見李蓉意志堅決，便應聲下去，旁邊裴文宣還悶頭睡著，李蓉用扇子敲在他身上，轟他出去：「我換衣服，你出去。」

裴文宣有些茫然睜眼，他方才似乎是睡著了，突然被叫醒過來，還不甚清醒。

李蓉見他這番模樣，不由得笑了。

他年輕時候便愛賴床，初初成婚，每天早上醒來叫他去上朝，便是一件難事。

李蓉輕搖著小扇，溫和道：「怎麼，這麼多年了，裴大人賴床的性子還沒改掉？」

聽得李蓉問話，裴文宣清醒了幾分。他翻身坐起來，甩了甩頭，隨後便利索捲了簾子，「妳換好叫我。」而後跳下馬車。

李蓉換了衣服，下了馬車，便看見旁邊已經有侍從準備好的一架商人用馬車。

這馬車不比李蓉馬車豪華寬敞，許多規制也是按著商人的身分來，李蓉坐上馬車後，等了一會兒，便見裴文宣走了上來。

兩人坐在馬車裡，李蓉拿著寫了這對夫婦生平的文書和裴文宣對了一會兒，裴文宣才道：「等我們到了別院，要怎麼辦？」

「拓跋燕的密室建在後院，等進去之後，你先去接近拓跋燕，想辦法讓他領我們進入後院，我借出恭之名繞到密室，拿到帳本之後，我們便走。」

「我怎麼讓他領我們入後院？」裴文宣皺起眉頭。

李蓉白了他一眼，「自己想。」

兩人說著話，馬車便到了拓跋燕的別院。

這個院子建在華京郊外，靠山依水，規模極大。

兩人下了馬車，便見周邊人來人往，雖是深夜，卻也極為繁華，才在門口，絲竹管樂之聲便已貫響。

李蓉跟著裴文宣，兩人拿了帖子，領著暗衛假扮的僕人走上前去，由門童驗過帖子後，便讓人領著他們進了院中。

一入別院，就見周邊人員紛雜，各國口音衣著穿梭其間，周邊有波斯舞女來來往往，甚至於許多大夏國的女子，都穿著波斯舞女的衣服陪著人行走在長廊上。

如此聲色之所，李蓉和裴文宣兩人端端正正的走著，便顯出幾分不合群來。

在這批商人之中，裴文宣整個人看上去太過清正，又生得俊美，加上一個美豔動人的李蓉跟在身後，招惹了不少目光瞧過來。

裴文宣察覺不妥，正想做點什麼，就感覺李蓉伸出手挽了過來，整個人靠在他身上，嬌嗔道：「你走得好快，人家都跟不上啦。」

裴文宣身子微微一僵，但旋即反應過來，他溫柔一笑，似是寵溺道：「夫人說得是，是為夫的過失。」

兩人一挽一笑，頓時和周邊融合不少，裴文宣雖然與這環境格格不入，但李蓉嬌媚動人，裴文宣稍稍溫和神色配合，便似一個溫雅商人帶了夫人過來，也不那麼引人。畢竟，除了商人，鮮少有清貴門第會娶這樣有失體面的女子。

侍從領著兩人進了屋子，一進去便聽有人大笑之聲，李蓉抬眼看了一眼，便見到一個濃眉深鬚的男子在上方坐著，正摟了一個舞姬，和旁人大笑著說著什麼，兩人被侍從引著上前，同拓跋燕道：「老爺，這是揚州王氏綢緞莊的王老爺和夫人。」

裴文宣和李蓉朝著拓跋燕行禮，恭敬道：「六爺。」

拓跋燕家中排行第六，因名字乃異族姓氏，大夏稱呼不便，於是人稱六爺。拓跋燕將兩人上下一打量，目光在李蓉身上多停留了片刻，隨後笑起來道：「王老弟，沒想到你和弟妹竟然如此年輕，我之前還以為你是個糟老頭子，來，坐。」拓跋燕指了旁邊位置，讓人滿了酒道：「來，喝一杯。」

戎人好酒，裴文宣也沒推辭，當即一杯飲盡，拓跋燕見得裴文宣豪爽，亮了眼道：「沒想到王老弟看著溫雅，竟也是個漢子。來，老哥與你喝一喝。」

裴文宣博得了拓跋燕的好感，頓時便與拓跋燕你來我往暢聊起來，兩人一邊喝酒，一邊聊天。裴文宣這人，不搭理人時，能把人氣死，總覺得這是個不知趣的人物，但他若想刻意接近起誰來，他見識廣博，倒是沒他不能接的話頭。

兩人一見如故，裴文宣酒上不停，李蓉給兩人斟酒，幾巡下來，拓跋燕便與裴文宣稱兄道弟起來。李蓉見時機差不多，給裴文宣使了一個眼色，裴文宣接了李蓉的眼神，面上神色不動，笑著同拓跋燕道繼續聊著，但說著說著，話題就到了花草上。

「小弟喜歡花草，尤喜牡丹，以往重金購得幾株魏紫，養在庭院之中，盛開之時，國色天香，不知兄長可有什麼喜歡的？」

商人之間，奇珍異寶是常談之事，古玩畫作，花草珍禽，有點錢的商人都要收集一些，更何況拓跋燕這樣的巨賈？聽裴文宣一提花草，拓跋燕大笑起來：「小弟是沒見過好的牡丹，魏紫算什麼？來，」拓跋燕站起來，「讓老哥帶你去庭院瞧瞧，讓你看看，什麼叫真正的花開時節動京城。」

「兄長有何寶貝？」裘文宣笑起來，「小弟雖不及兄長巨富，但見過的花草是不勝枚舉，兄長說得這樣好，怕不是被人哄騙了吧？」

「沒見識！」拓跋燕聽裘文宣這話，頓時有幾分不滿，抓著裘文宣就道，「來，你隨我來，看看是不是我哄騙你。」

「兄長慢些。」裘文宣被拓跋燕拉扯著，回頭看李蓉，「夫人，快跟上來呀。兄長，別急，且慢著些。」

裘文宣一面走，一面跟著拓跋燕，李蓉笑著起身，同旁邊侍女道：「六爺真是個急脾氣。」

那侍女笑了笑，柔聲道：「老爺慣來如此的。」

說著，李蓉便領著人跟著侍女，同裘文宣拓跋燕一起到了後院。

李蓉進了院落之中，迅速掃了一眼院子，這院子和她記憶中分毫不差，倒沒有太大變化，當年她查拓跋燕，可是把這院子一寸一寸翻過的，對這裡熟悉得很。

李蓉瞧著院中似乎還有些人，不由得道：「後院還有人麼？」

「宴上醉酒之人多，」侍女笑道，「若是老爺好友，便會引到後院來休息。」

李蓉點了點頭，心中差不多有了數，她一面思索著路線，一面放緩了腳步，片刻後，她面露難色，旁邊侍女見她面色有變，不由得道：「夫人可是有礙？」

「我欲出恭，不知哪裡……」

侍女見李蓉詢問，忙道：「夫人請隨我來。」

李蓉點了點頭，轉頭吩咐了旁人，同身後侍從道：「暗香隨我來就好，你們其他人跟著老爺吧。」

其他三人領命，就留了一個女侍暗香跟著李蓉，兩人隨著侍女往東司之處行去。李蓉一面走一面算著和假山的距離，到了最合適的位置，李蓉給暗香使了個眼色，暗香抬手左右兩個手刀，就將走在前方的兩個侍女劈暈過去。

李蓉和暗香將侍女拖到暗處，迅速換上她們的衣服，而後便直接往假山而去。

走到假山之後，李蓉進入山洞，按著記憶摸索而去，隨後踩到一個空處，李蓉蹲下身，按了旁邊一個按鈕，隨後同暗香道：「劍。」

暗香將劍遞給李蓉，李蓉將劍插入地中一撬，便拉開一個鐵板，鐵板下是一個樓梯，暗香拉了劍道：「屬下先下。」說著，暗香便靈巧跳了下去，隨後就聽下方傳來幾聲悶響，暗香道：「殿下，可以了。」

李蓉應了一聲，走了下去。

下方是個地牢，看守的人已經被打暈在了地上，李蓉沒有理會關押在裡面的人，徑直朝著側門而去，側門上有一個旋轉的按鈕，按鈕邊上是波斯文，李蓉朝著暗香揚了揚下巴道：「去把那守衛身上的權杖拿來給我。」

暗香應聲，去拿了守衛身上的權杖。

這裡的門需要密語，密語是每天守衛名字的波斯語，李蓉得了這些守衛的名字，翻譯成波斯語後，扭動對準旁邊的波斯文，隨後門便大開來。

門開之後，是一個極小的房間，房間四面都是書架，上方密密麻麻都是冊子。

拓跋燕擺放這些帳目是有規律的，李蓉按著她記憶中對拓跋燕的瞭解，尋著規律迅速找到了楊家的帳目，她拿出帳目來，翻找了片刻，確定是楊家帳目之後，便放入袖中，隨後道：「走吧。」

暗香應了聲，李蓉關好門，便折回假山之上，兩人剛走出假山沒有多久，就聽身後傳來了聲音：「兩個侍女在前面，抓住她們！」

聽到這話，李蓉便知應當是那兩個侍女暴露了，她囑咐了暗香一句：「分頭走。」隨後她便朝著客房的方向衝去，暗香留在後方將那些人稍稍一攔，便趕往了另一個方向。

李蓉衝到長廊上一路狂奔，急急想要趕往前院而後脫身離開，後方追兵之聲漸響，她心跳快了起來，聽著那些人從身後追來，她急急轉過長廊，正往前跑著，旁邊客房門忽地一開，一個人將她猛地拉了進去，關上房門。

那人一把捣住她的嘴，一把摟住她的腰，李蓉靠在他身上，他靠在房門上。

李蓉可以清晰感知到那人的溫度，鼻尖縈繞那人熟悉的清香，她僵著身子不敢動，外面是追兵叫喊著跑過的聲音。

那人低下頭，附在她耳邊，輕聲道：「是我，殿下。」

第二十二章　蓉蓉

聽到這個聲音，李蓉有片刻恍惚，旋即反應過來，竟是蘇容卿！

他為什麼會在這裡？

李蓉腦中迅速浮現出這個問題，但也同時放鬆下來，既然是蘇容卿，那暫且應該不會有什麼威脅。

兩人沒有說話，外面追兵急急跑了過去，蘇容卿放開李蓉，忙往旁邊退了一步，行了個大禮道：「事從緊急，冒犯殿下，還望殿下見諒。」

李蓉點點頭，她掃了屋中一眼，這裡似乎是個客房，蘇容卿與平日不太一樣，髮絲凌亂，衣衫散開，與堂上參加宴會之人相仿，似是醉酒之後，在此歇息。

李蓉握扇沉吟，她已經特意讓蘇容卿去兵部調動帳本，不說蘇容卿為何沒去兵部。來了此處，就以拓跋燕的行事風格，蘇容卿也不該和他打上交道。

她一時不知如何開口詢問，正斟酌著用詞，便聽蘇容卿道：「殿下，方才微臣在客房中，聽外面喧鬧，有侍從言及有侍女被人打暈，怕是有人混了進來，現下正在四處追查，方才微臣又見殿下被人追趕，猜想打暈侍女之人應是殿下，今夜拓跋燕府上名流眾多，他手下的人應該一時不敢追查太過，殿下不若此刻換上衣服，由微臣送殿下出府。至於其他問題，殿下可在路上再與微臣詳談。」

蘇容卿安排得詳盡，李蓉也不猶疑，立刻道：「好。」

蘇容卿轉過身去，立刻拿出了一套波斯舞女的衣衫奉上，垂眸恭敬道：「還請殿下屈尊，勉強換上這套衣衫，方便微臣領著殿下離開。」

波斯舞女的衣服有面紗，李蓉換上這衣服，便可以大大方方跟著蘇容卿離開，她並不是會計較衣服的人，應聲取了衣服，便進了屏風後面。

蘇容卿背過身去，聽李蓉在屏風後小聲道：「你為何在此？」

「微臣猜想兵部的帳目，如今調看也無意義，便想另闢蹊徑著手。拓跋燕此人與華京貴族相交密切，風傳華京中見不得人的銀子，大多從此人手中經過，過往刑部為查其他案子，令微臣接觸過拓跋燕，頗有幾分交情，故而如今要查楊氏帳目，微臣便想來拓跋燕這裡碰碰運氣，不想就遇到了殿下。」

蘇容卿說完，李蓉也換好了衣衫，她一面戴著面紗，一面走出來，淡道：「你倒也是有心的。」

蘇容卿聽到這話，回過身來，正要說些什麼，目光一抬，便愣在原地。

波斯舞女的服飾暴露甚多，相對於李蓉這樣美豔嬌媚的女子來說，比起宮裝，更要凸顯李蓉之美幾分。短衫長裙，腰間墜珠遮擋，半遮半掩下的腰線隨著李蓉動作舞動，令人難移目光。

「蘇大人？」李蓉見蘇容卿愣神，不由得問了一聲，「還不走？」

蘇容卿得了這話，回過神來，強行移開目光，側身道：「殿下請。」

說著，蘇容卿便開了門，領著李蓉走了出去。

李蓉忙活之時，裴文宣就陪著拓跋燕在院子裡賞花。

裴文宣算著李蓉的時間，引著拓跋燕與假山相反方向的遠處走去，走了一會兒後，裴文宣見老遠似有人舉著火把跑過，他心知不好，見前方便是水榭，讚嘆出聲道：「此處風月甚好，可惜無酒。」

「我的院子，哪裡會沒有酒？」拓跋燕大笑起來，指了前方亭子，拉扯著裴文宣道：「走，老弟，我帶你水榭一飲。」

拓跋燕酒喝得多些，走路有些踉蹌，裴文宣酒量算是不錯，但一晚喝下來，也是有些難受，他強撐著跟著拓跋燕往前，一起進了亭子。

亭子裡果然備著酒，裴文宣笑道：「這些酒哪裡足夠。」他扭頭吩咐了旁人，「去，再去拿些酒來，我要和兄長暢飲一番。」

侍衛應了一聲，便下去領酒，裴文宣心知李蓉怕是待不了多少時間，便給拓跋燕倒了酒，悠然道：「兄長酒量不行啊。」

「你胡說！」拓跋燕得了這話，頗為不滿，「我行走各國，可沒有幾個能喝贏我的。」

「那我同兄長打個賭，我喝兩杯，兄長一杯，看誰先倒下，如何？」

「你太不看不起人了，」拓跋燕拿起酒壺，倒滿酒，一口飲盡之後，倒了一杯給裴文宣，往桌上一磕，大聲道，「喝！」

裴文宣面不改色，一口喝盡。

兩人喝酒喝得很急，裴文宣覺得五臟六腑翻天覆地，臉色極差，而拓跋燕三杯下肚，便撐不住往水榭邊上衝去，裴文宣給旁邊侍衛使了個眼色，隨後站起身作勢去扶拓跋燕，侍衛得了裴文宣意思，在裴文宣起身的瞬間便忙進去，假作侍奉，但無形就擋了拓跋燕侍衛的腳步和視線。

裴文宣到了拓跋燕身後，將他順勢一推，拓跋燕直直墮入湖中，裴文宣驚叫出聲來：「六爺！」

周邊瞬間亂作一團，拓跋燕的侍衛急忙下水去，裴文宣著急道：「救人！快救人啊！」

裴文宣一面說，一面覺得難受，轉過頭扶著亭子便嘔了出來。

這一番動作驚動了守在不遠處的管家，管家忙上前來，急道：「怎得喝成這樣！」隨後見裴文宣扶在一旁嘔得極為厲害，他忙道：「快侍清水來，將王老爺扶到客房去！」

得了這話，侍從趕緊上來，一面給裴文宣奉水漱口，一面將拓跋燕從湖裡撈了出來。

管家見裴文宣漱完口，斜靠在侍從身上，似乎頗為疲憊，恭敬行禮道：「今夜大人醉得厲害，驚著了王老爺，還望王老爺見諒，若不嫌棄，不若今夜就在府中歇下，明日再回吧？」

「不必了。」裴文宣搖搖頭，擺手道，「天色不早，王某明日清晨在城中還有公務，煩請管家讓人去通知我夫人一聲，我先回馬車上，等我夫人一起回家吧。」

兩人說這話，拓跋燕被人撈了上來，裴文宣忙道：「先生還是趕緊去看看六爺如何，我不礙事。」

管家心中記掛著拓跋燕，點了點頭，也沒多說，裴文宣給侍衛使了個眼色，趁著亂便走了出去。

走了沒有多久，裴文宣剛過長廊，人群中就驟然竄出一個人來，跟在了裴文宣侍衛身後，低著頭小聲道：「大人，我與殿下分散跑了，她去了客房那邊。」

裴文宣剛吐完，清醒幾分，卻還是覺得頭疼，肺腑之間翻天倒海。他強忍著不適，正要開口吩咐，就看見蘇容卿衣著寬衫，手持摺扇，懷裡環了個舞娘，同後院門口的侍衛說了聲什麼，便笑著走了出去。

「走。」裴文宣見了蘇容卿，立刻跟上。

暗香小聲道：「殿下……」

「她沒事。」裴文宣疾步往前，領著人追著蘇容卿出了後院。

一到前院，瞬間便熱鬧起來，到處都是人群，裴文宣隱約就見得蘇容卿領著李蓉的一個背影，隨後就轉過長廊不見了。

他頭疼欲裂，腳步卻急，一面控制著自己的姿態，不要讓人發現他的不對，一面又要追著前面的人。

周邊浮光掠影，盡是絲竹管樂之聲，舞娘輕紗隨風而起，帶著香風偶爾拂過路人面頰，一瞬之間，裴文宣覺著自己仿若在一個漫長的幻夢裡，他一時辨不清虛實真假，卻清晰知道，蘇容卿身邊的人是李蓉，而他需得追上去，叫回李蓉。

也不知是何處生出的執念，似若根深蒂固，又來得悄無聲息，他腳步越來越急，而前方兩人偶爾被他捕捉到片刻背影，便是且笑且行，親密無間。

他也不知是過了多久，走了多少路，終於到了人少之處。

他猛地出聲，叫住前面人：「蓉蓉！」

李蓉聽得身後傳來裴文宣的聲音，瞬間頓住步子，她回過頭去，便見公子藍袍白衫，玉冠鑲珠，在燈火下瞧著他。

他似乎是找了她很久，又在她回眸那一瞬間，將匆忙找人那種浮躁感都沉降下去。

波斯舞姬擅跳胡旋舞，曲調熱鬧歡暢，伴隨人鼓掌嬉笑之聲從遠方傳來，而這長廊之上，燭火輝映之下，裴文宣周身縈繞的是似如月光的靜謐。

他大步朝她而來，而後停在她面前，帶著他溫度的外衫在空中懸過弧度，輕輕落在她的身上，遮住她露在夜色中沾染了涼意的肌膚。

他似是醉了，站都有些站不穩，雙手放在李蓉肩上，說話間、噴吐間還帶著幾分酒氣，皺眉道：「我們回去吧？」

「好。」李蓉笑起來，她扭頭看了一眼站在邊上的蘇容卿，點了點頭道：「蘇大人，改日再會。」

蘇容卿輕輕一笑，雙手在身前，行禮道：「再會。」
李蓉將裴文宣的手拉下去，往前走去：「走了。」
裴文宣強撐著跟在她身後，侍衛在長廊遠處等著他們，見他們走動，趕忙跟著走上前。
裴文宣不願在蘇容卿面前落了下風，說不出哪裡來的氣性，只是他慣來要和蘇容卿比個長短，便也沒讓人來扶他。
李蓉走在他前方，走了兩步後，見裴文宣跟著她走得似乎有些難受，她斜睨裴文宣一眼，想起來這個人從來要和蘇容卿爭個高下的死德行，一時有些好笑，又有幾分無奈。
她輕咳一聲，低聲提醒道：「你跟在我身後，不覺得我這個舞姬顯得太過囂張顯眼了嗎？」
裴文宣抬眼瞧她一眼，李蓉本以為他會說點什麼，再撐上片刻，她都做好了再講講道理的準備，誰知裴文宣卻就徑直走上來，抬手搭在她肩上，將她攬在懷裡。
他的溫度遮住了夜風裡的冷，李蓉身披著他的衣服，面上含笑，同他漫步在長廊上，笑著道：「你今夜喝了不少啊？」
裴文宣不說話，李蓉接著道：「不過你放心，你這酒沒白喝，帳本拿到了，明天我們就著手去找秦臨，等楊家給朝堂施壓的時候，就讓川兒帶著秦臨去處理前線的事。」
裴文宣還是不開口，李蓉看他一眼，見他臉色極為難看，她挑了挑眉：「怎麼，你對蘇容卿的厭惡，已經到現在我和蘇容卿說句話你都不高興了？」
裴文宣看她一眼，兩人一起跨過門檻，走出了拓跋燕的院子，李蓉緩慢道：「你也老大不小了，別像個小孩子一樣，上輩子發生過什麼不重要，重要的是如今他能不能用……」

話沒說完，裴文宣突然放開她，衝到了大樹邊上，扶著樹便狂嘔起來。

李蓉被嚇了一跳，隨後才反應過來，裴文宣方才不說話，原來是因為想吐。

裴文宣吐得跪在地上，似乎是要把肺腑都吐出來一般，李蓉慌了神，忙蹲下來替他順背，同旁邊人道：「去，馬車裡拿些水來！」

侍從從馬車裡去取水，裴文宣吐完了，整個人力竭往前撲去，李蓉忙將他往自己身邊一拉，裴文宣竟就直直靠在李蓉身上，澈底賴在了她肩頭。

酒氣撲面而來，李蓉皺起眉頭，這時候侍從端了水來，李蓉趕忙給裴文宣餵了水，裴文宣靠在李蓉肩頭緩了緩。

李蓉輕聲道：「好些了麼？」

裴文宣閉著眼睛緩了緩，隨後才出聲，音調沙啞著，開口頭一句卻是：「蘇容卿那個混帳東西，給妳穿些什麼亂七八糟的。」

李蓉：「……」

她面無表情給裴文宣餵水，淡道：「再漱漱口，你說話我不愛聽。」

第二十三章　舊夢

李蓉說完，就抬手給裴文宣灌水，裴文宣差點給她嗆死，掙扎著推開杯子，急道：「妳做什麼！」

「有精神了？」李蓉笑著起身，同旁邊人道：「扶上去，走了。」

李蓉自己先上了馬車，旁人把裴文宣扶上馬車，隨後就退了出去。

馬車啟程，噠噠離開，李蓉坐在座上，穿著舞娘的衣裙，披著裴文宣的衣服，姿態從容優雅，舉手投足間，無形中就帶了種說不出的嫵媚動人。

裴文宣進了馬車，見得李蓉的模樣，他神色定了定，隨後便移開目光，假作什麼都沒看到一般，去了李蓉對面，閉眼一躺就倒下了。

「也不問問我要帶你去哪裡？」李蓉見裴文宣裝死，笑咪咪詢問。

裴文宣不睜眼，淡道：「反正不會拉我去死。」

「這麼有信心？」李蓉輕笑出聲來：「你如今倒相信我得很。」

「妳大可現下把我殺了，然後明個兒去和親，說不定這波斯舞娘衣服妳就可以長長久久穿了。」

李蓉聽裴文宣這麼嫌棄這衣服，不由得自個兒往下掃了掃，隨後道：「我覺得這衣服挺好看的，你怎麼這麼多意見？」

裴文宣正要開口，李蓉立刻提醒他：「你可千萬別和我提低俗，我記得當年年輕穿這衣服的時候你還和我說過很適合我，別有風味。」

這一句把裴文宣堵得啞口無言，所有話語一時間吐不出來也咽不下去，憋了半天之後，他才道：「我現在覺得不行。」

李蓉嘲諷一笑：「裴文宣，你年輕時候也算個風流公子，現下倒和那些個糟老頭子差不多了。」

他們年輕的時候，裴文宣不像蘇容卿那樣人盡皆知的君子風流，外界都說他有些寡言、木訥，甚至古板。

但其實他也會陪著她在元宵時候一起逛花燈，看她玩樂打扮成這些波斯舞娘的模樣，蒙著面紗加入人群一起跳舞，這時候他還能笑意盈盈誇她，說沒人比她更好看。等跳完了，冷風吹來的時候，他還會悄無聲息將手搭在她的肩頭，用廣袖為她禦寒。

而後她眨著眼問他：「你不生氣麼？」

裴文宣便似笑非笑斜睨向懷裡人：「見得牡丹盛華京，我歡喜來不及，又生什麼氣？」

李蓉挑眉，裴文宣便知這是警告，不許他調笑她，於是他正了色，溫和出聲：「心裡本有幾分不高興，但見妳高興，我竟也沒什麼不高興了。而且，講道理來說，」裴文宣語氣認真，「殿下的一切歸屬於殿下，我本就不當置喙，只要陪伴就好。」

這話聽得人高興，李蓉便道：「我的一切是我的，那你呢？」

裴文宣見李蓉眉眼間有喜色飛揚，他轉著扇子，攬著姑娘，走在華京繁華街頭，替李蓉擋開周邊的人，笑道：「除卻道義、家人、舊友，裴文宣的一切，都是殿下的。」

「道義、家人、舊友。」李蓉念著，頗有些不高興了，「除卻這些，那你還剩下什麼呀？」

「若這些都不除去，」裴文宣無奈，「我人生只有殿下，豈不是一個不忠不孝不義之人？殿下喜歡這樣的人嗎？」

李蓉想了想，倒也是不喜歡的，而且她心底裡也清楚，若真有這樣的情分，她也是要不起的。

她說著好玩，但裴文宣說話慣來認真，她也就不再追問，只是頓住了步子。

裴文宣見她停下腳步，扭頭瞧她，李蓉張開雙手，輕揚了下巴：「算啦，既然你能把自個兒給我這麼多，我也勉為其難對你好一點。」說著，她瞧著裴文宣的外套道：「把外套給我穿上。」

裴文宣聽得這話頓了頓，他愣愣看著李蓉，也不知道是在想什麼，李蓉見他呆愣著，不由得催促他：「快呀。」

裴文宣得了這話，才回過神來，他解下衣衫，披到了李蓉身上，在他將衣服拉到李蓉身前那一刻，元宵節的煙花盛放而起，街上來往人群，男男女女，都一起看向天空。

李蓉也不例外，她急急抬頭，隨後就見煙火落到她眼裡，也就是這個時候，裴文宣悄無聲息握住她的手，在眾人仰頭看著煙花那一瞬間，低頭吻上了她的唇。

那吻一瞬即逝，同煙花一般瞬間消散，卻驚得李蓉站在原地，久不回神，畢竟裴文宣慣來是個謹慎又有幾分古板的人，在人前做這件事，她是從不敢想的。

然而對方卻依舊是從容姿態，握著她的手，笑著道：「殿下，走了。」

李蓉沒說話，她就由他拉著，他走在前面，她踩著他的腳步。

過了好久，她低聲道：「那麼多人，你親我幹嘛呀？」

裴文宣走在前面，她看不見他其實染了紅暈的臉，只聽他一貫清雅中正的聲音，染了幾分難言的旖旎，低聲溫柔道：「蓉蓉，我很高興。」

他沒解釋太多，只是說了那麼一句，他很高興。

至於他在高興什麼，歡喜什麼，為什麼會有那一瞬間的失態，連他自己，都說不清楚。

回憶起那時候的裴文宣，李蓉再看看現在閉著眼睛挺屍的人，忍不住嘆了一口氣，念了聲：「歲月催人老啊。」

「說得好像妳不老一樣。」裴文宣聽她念及以前，煩得側過身，嘀咕道：「老太婆。」

李蓉輕輕「呵」了一聲：「糟老頭子。」

裴文宣不說話，他不知道自己是不是酒喝多了，聽著李蓉說這些，就覺得心裡難受。

如果不提及過往多美好，就意識不到如今的自己多狼狽。

李蓉提醒的時候，他才想起來，自己已經很多年、很多年沒有過少年時那樣的心境，那樣從容、溫柔、坦然、充滿希望且無畏的心境。

他記得自己年少的時候也有諸多喜好，他會畫畫也會作詩，興致來時，還能撫琴舞劍，是一個再合格不過的世家公子。

他會在晴朗的天氣踏山而上，又或乘舟縱情山水之間，那時候他覺得這個世界上每個人都很好，所有事都很美，尤其是李蓉，每次她彎眼笑的時候，他都覺得這世上，似乎再也不會有冬天。

可是他自個兒也不知道怎麼了，李蓉和他爭吵分開，母親離世，李蓉和蘇容卿在一起，秦真真死在後宮，李川性情大變，他手中權勢越大，位置越高，一切也就變得越奇怪。

他每一天都覺得疲憊，什麼事都累，每一日辦完公務，他最大的願望，就是找個地方，安安靜靜的，不要有任何人，讓他關上門，一個人待著。

他害怕見周邊人，因為每一天見到的人，不是要爭吵，就是要謹慎討好，又或者是保持警惕。哪怕是李蓉，見了面，也是無休止的嘲諷和謾罵。

日日夜夜，歲歲年年，反復如此，越累越躁，越躁越累，往復循環之後，他活得像是一隻困獸，每天四處亂撞，直到此刻回頭，才發現早已把自己撞得頭破血流，面目全非。

他聽著李蓉說起如此美好的過往，再睡不著，只是睜著眼盯著晃動的車壁，一言不發。

李蓉抿著茶，見他似乎是睡了，便從旁拿了帳本來翻看，沒一會兒後，她突然聽到裴文宣道：「我很討厭是不是？」

李蓉頓住動作，過了片刻後，她緩聲道：「我不也很討厭嗎？」

裴文宣不說話。

李蓉垂眸翻了書頁，平淡道：「老和你吵架，老說你不是。大家都一樣，你也不用自卑。」

裴文宣聽著李蓉的話，一時說不出話來。

李蓉知他或許是想到什麼，心緒難平，便勸道：「你喝了酒，腦子不好用，別多想了，趕緊睡吧。明天我們就去九廬山找秦臨，按著時間，楊家被圍困的消息很快就會到前線，到時候前線的楊家人肯定要弄點麻煩，川兒怕很快就得過去，在這之前，我們要說服秦臨陪川兒一起到前線去。」

裴文宣聽著李蓉冷靜和他商討著局勢，他幾乎是慣性聽完了李蓉的話，應聲道：「秦臨這人我有數，最怕的其實是崔清河……等明日，九廬山看看情況，不必擔心。」

「嗯。」李蓉得了這話，翻著帳本道，「睡吧。等一會兒到了公主府，我再叫你。」

裴文宣見李蓉不想說下去，便也沒再多話，他閉上眼睛，迷迷糊糊睡過去。

他在睡夢裡，也不知道怎麼的，就夢見自己在廬州守孝那三年時光。那時候他雖無官職，卻也瀟灑，和風煦日時節，他便帶一壺酒、一隻笛，自己乘舟而下，尋一個陰涼之處，在湖上睡一個下午，等回來時，取一些蓮子，路上遇到孩童，就贈給他們。若是荷花盛開之時，也會帶一朵荷花，隨手送給那一日路上遇到的小姑娘。

他在夢裡忍不住笑起來，而後就聽煙花在夢裡綻放，而後是十八歲的李蓉身著波斯舞姬的服裝，戴著面紗，混雜在人群之中，跟著那些人學著動作。

她腰身纖細，靈動如蛇，動起來時，垂在腰間的亮片輕輕晃動，勾勒出一種若有似無的撩人，她的眼睛明亮，隔著人群瞧著他，哪怕遮著半張臉，卻也能瞧出那貓兒一般驕傲又靈動的笑來。

他隔著人群，遠遠瞧著姑娘，忍不住就笑起來。

那姑娘不知道怎麼的，就走到了他面前，她身上披著他的衣服，笑意盈盈看著他。

「裴文宣。」她叫他的名字，叫完了，卻什麼都不說，只是靜靜看著他。

而後她身邊出現了一個青年，那人神色溫和，和她靜靜站著，那人和裴文宣一樣的眉眼，卻是截然不同的氣質。

「裴文宣。」李蓉笑起來，「我走啦。」

說著，李蓉和青年手拉著手，身形慢慢消融，裴文宣依稀聽見人叫他：「裴大人？裴公子？裴文宣？裴狗！」

裴文宣在這一聲聲呼喚中緩慢睜開眼睛，看見李蓉正低頭瞧著他，輕拍著他的臉道：「你這是暈了還是睡著了？趕緊起來啊，走了。」

裴文宣恍惚回神，他故作鎮定點了點頭，緩慢起身。

李蓉打量了他一下，見他是醒了，便道：「我先下去，你緩緩。」

說著，李蓉便下了馬車，裴文宣緩了片刻，也起身，下了馬車。

而後兩個人抬起頭，看見公主府的牌匾。

這是他們生活多年的地方，兩人都再熟悉不過，只是歷經生死回來，再站在門前，便有了幾分難以言喻的滄桑感。

兩人對視了一眼，李蓉笑了：「回來了。」

裴文宣也笑了笑，他低下頭，溫和道：「進去吧。」

李蓉鮮少來公主府，她一來，整個公主府立刻起燈，喧鬧起來。

李蓉和裴文宣一起去了後院，裴文宣被安排了另一個房間，裴文宣看著這熟悉又陌生的地方，聽著李蓉熟練吩咐道：「把這裡種一顆桃花樹，那邊的紅楓移到東園去，屋裡的熏香全換成洛家的蒼蘭木，還有那個花瓶……」

李蓉打算改動的地方著實的多，一路走到了後院門口，侍從同裴文宣道：「公子這邊請。」

裴文宣點了點頭，他同李蓉道別：「殿下，微臣先去休息。」

「行。」李蓉隨口點頭，又扭頭同管家道，「還有那邊那株月季……」

裴文宣聽著李蓉的話，回頭走在長廊上。他看著落在長廊的月光，聽著李蓉喋喋不休的聲音，走了幾步，又頓住步子，他回過頭，便見李蓉還穿著舞姬的衣服，披著他的袍子，卻十分有氣勢的指使著人。

那模樣和她年少時有許多不同，又似乎沒什麼不同。

裴文宣靜靜看了片刻，忍不住笑起來。

他突然出聲：「殿下！」

李蓉回過頭來，便見裴文宣站在長廊。

他看著她，突然道：「其實妳這套衣服也挺好看的。」

李蓉得了這話，愣了愣，就見裴文宣雙手放在身前，行了個禮，溫和道：「殿下好眠。」

那一瞬間，李蓉有片刻恍惚，覺得似乎是看到了二十歲的裴文宣，又似乎不是。

她忍不住輕輕拍了拍自己的臉。

「我得早點睡了。」她喃喃出聲。

第二十四章 訪山

李蓉覺得自己產生了幻覺，趕緊讓人準備了香湯，洗了澡之後，美孜孜去睡了。

兩人將將睡下，一個太監由宮女引著，急急進了寧妃宮中。

寧妃正坐在位置上看著書信，便聽外面傳來侍女的通報聲：「娘娘，明公公求見。」

寧妃聽到這話，頓了頓動作，隨後急道：「叫他進來！」

一個四十歲出頭的男人從外面急急走了進來，他進殿之後先恭敬跪下，旁邊的侍女立刻瞭然退開去。

寧妃見到來人，壓低了聲道：「可是母親傳了消息？」

「平樂公主下午已經帶人將公子和老夫人都圍困在了府中。」男人迅速開口，「平樂公主趕到之前，老夫人讓人出來傳話，說如今楊家一切，全繫娘娘。」

「這還用母親傳話嗎？」寧妃急喝了一聲。

男人神色不變，只道，「娘娘，冷靜一些。」

寧妃不說話，她深吸了一口氣，退到了旁邊位置上，坐了下來。

明輝是楊家放在宮中的線人，非緊急情況不會這麼直接來找她。她緩了片刻，抬頭道：「你來做什麼？」

「方才拓跋燕傳了消息來，說帳本被偷走了。」

寧妃得了這話愣了愣，一時有些反應不過來，片刻後，她終於明白過來，不可思議的道：「他竟然留了帳本？」

「是。」明輝眼中帶著冷色，「而且，他說了，帳本不止一套。」

這話是威脅了。

寧妃坐在位置上，愣愣說不出話來。

如今她父兄在戰場之上吃了敗仗，侄兒被裴家一個落魄嫡子斬殺，全家女眷、孩兒被一個女娃娃困在府中，舉家上下都指望著她一個人。

明輝見寧妃愣神，他候了片刻，隨後提醒道：「娘娘，時間不多，帳本的事，需得早做定奪。」

「帳本誰拿走的？」

寧妃想了一會兒，看向明輝，明輝舉了畫像上來：「這是拓跋燕給的畫像，說可能是這兩個人，奴才看過了，是平樂殿下，還有……」明輝抬起頭，冷聲道，「裴文宣。」

聽得這話，寧妃似是覺得荒謬，她忍不住笑起來，反問了句：「裴文宣？」她不可置信道：「就是那個，殺了泉兒的裴文宣？」

「是。」

「欺人太甚……」寧妃退了一步，胸口劇烈起伏，「這小兒，欺人太甚！」

「娘娘。」明輝冷靜道，「是殺是留，還請娘娘立刻明示。」

「不能殺。」寧妃抬起手來，阻止了明輝的動作，只道，「現下不能殺，帳本是他和平樂一起拿的，殺了只留更多把柄。」

「那娘娘的意思是？」

明輝盯著寧妃，寧妃沉吟片刻，隨後道：「裴文宣的父親是不是裴禮之？裴禮賢是不是一直很想殺了他？」

「是。」明輝立刻道，「裴文宣若死，裴禮之的家業就名正言順是裴禮賢的。如今裴禮賢也是藉著裴文宣母親的名義管控著裴家的財產。」

「你今夜就去找裴禮賢，」寧妃迅速吩咐，「和他要一個裴文宣的東西。然後聯繫拓跋燕的管家王順，你就同他說，養他那麼久，該有點用處。」

「娘娘的意思是？」

「拓跋燕死了，他那帳本就沒有人證對映，是個死物。如果拓跋燕死了，只有這個帳本，它不足以成為證據，必須和兵部以及邊關收支的帳本放在一起對應，所以拓跋燕不在，平樂不敢拿出來。我們藉著拓跋燕的死先把那小子送進牢獄之中，先穩住情況。」

寧妃說著，情緒慢慢緩下來，她看著潔亮的地板，繼續道：「泉兒死的消息，如今已經送往前線，等父兄在前線收到消息，便會為我們想辦法。在此之前，我們只要不要讓裴文宣再查下去就是了。」

「明白。」明輝應聲之後，起身道：「娘娘，我這就去辦。」

寧妃點了點頭，明輝恭敬退下，等房間裡再無一人，只留月光傾瀉於地時，寧妃抬起手來摀住額頭，痛苦閉上眼睛。

李蓉和裴文宣在各自房間一覺睡到天明，李蓉梳洗之後，便到了馬車上等著裴文宣。沒等一會兒，就聽外面傳來腳步聲，隨後有人掀起簾子，忽地跳了上來。

李蓉嚇了一跳，見是裴文宣。今日的裴文宣和平日有幾分不同，他穿了銀色卷雲紋路水藍色蠶絲外衫，印壓著白色綢布單衫，頭髮由髮帶半挽，鬢角隨意落下幾縷，手中握了一把摺扇，看上去帶了幾分青年風流氣息。

李蓉上下一打量，頗為嫌棄道，「你這是做什麼，冒冒失失的。」

「妳人催得急。」裴文宣往她身邊施施然一坐，拈了塊糕點道，「我還在刮著鬍子，他們一排人就站在外面，說殿下在等著我，」他抬眼瞧她，笑道，「微臣哪兒敢讓殿下等不是？」

他將糕點扔進嘴裡，又替自己倒了茶。

李蓉見他精神似乎很好，不由得道：「你昨夜喝的是酒還是返老還童湯？今個兒像個剛發苗的豆芽菜似的，生機勃勃的很。」

「我想過了。」裴文宣喝了口茶，感慨道，「咱們倆這際遇古今難有，得好好珍惜，既然回了二十歲，便當個二十歲的人。」

李蓉聽著他的話，抿茶不言，裴文宣扭頭看了馬車外車水馬龍，面上帶笑：「好好看看三十年前的華京是怎個模樣，試著年輕一遭，也不是壞事。」裴文宣轉頭看向李蓉：「殿下覺得呢？」

李蓉看著裴文宣，輕輕一笑：「本宮不需要這些體會。」

裴文宣抬起手，開口正要勸一勸，就聽李蓉接著道：「本宮永在錦瑟好年華。」

裴文宣僵住了，片刻後，他嘆息出聲：「論不要臉，還是您強。」他看了一眼外面的路，轉頭道：「咱們直接去九廬山？」

「嗯。」李蓉端茶輕抿，「秦臨那個脾氣你也知道，第一次去反正見不到人，咱們幫川兒送個拜帖，喝喝茶，等回來就是了。」

裴文宣點點頭。

上一世李川去找秦臨的時候，已經是在兩年後。楊家這一仗死灰復燃，又盤踞在西北和李明內耗，李明有的是耐心抽絲剝繭，把楊家耗了個差不多，也把西北邊防耗了個差不多，安插一批人手架空了楊家，可兩年後戎國再犯時，這批人手就在戰場上輸了個乾乾淨淨。

李川就是在這個時候，聽秦真真舉薦，找到了秦臨。

秦臨生在戰場上，十五歲之前一直長於邊關，曾以八百輕騎突襲敵營斬敵三千，是北境一員悍將。只是那時他還太年少，主帥又是他父親，便鮮有人知。後來他父親戰死沙場，他也就被帶回了華京，因為不擅長華京人事，於是長居九廬山，一待就是七年。

若不是秦真真舉薦，秦臨或許一輩子都不會回到戰場。

那時李川還是太子，但為了請秦臨，也是日日去九廬山，風餐露宿日夜苦等，等了五天才見著人，據說送了無數東西，最後親自扶著秦臨上馬車，才終於召下了秦臨。

李川力保秦臨上戰場，而秦臨也不辜負這份期望，僅僅只用了十五天時間，就奪回了失去的城池，穩住了西北防線。

西北防線的穩固，軍權似乎有移交之勢，這也就澈底刺激了李明。李明示意柔妃設宴，隨後誣陷太子李川褻瀆貴妃，李川下獄之後，迅速將皇后軟禁，李蓉下獄，裴文宣與李明虛與委蛇，偽作願意配合他抓捕秦臨，方才倖免於難。

那大概是他們所有人一生最灰暗的時刻。

李川心存死志，李蓉亦同他說可用她的命換他的前程。

可這樣的困局，他們終究也還是走了出去。

秦真真孤身攀過雪山找到秦臨，讓秦臨得以逃脫伏擊。

裴文宣跳河逃出華京，遊說世家為李川爭取到支持，最終攢足錢糧，募集士兵，讓秦臨帶兵圍攻華京，而後裴文宣攜朝臣逼宮，才終於換得李川登基。

但這樣得來的皇位，也就註定了後續世家昌盛，尾大不掉的局面。

這種環境之下所誕生的帝王李川，也澈底磨平了少年心性。

上一世風起雲湧，在兩人心中瞬息而過，他們卻都默契的沒有提及，李蓉看著話本，裴文宣扭頭瞧著馬車外面。

行了半個時辰，兩人一起到了九廬山，秦臨的竹屋建在半山之上，兩人一起往上行去。

九廬山風景秀麗，兩人一路往上，山路曲折蜿蜒，兩人緩緩而行，一路爬到山腰，還沒到秦臨的竹屋，就看見了一塊牌子：「生人與狗不得入內」。

「他怕狗。」裴文宣小聲提醒。

李蓉抬了抬眼，直接道：「有人在嗎？」

沒一會兒，一個青年便從小院門口走了出來，他身著青衫，髮帶半挽了頭髮，生得白淨清秀，看上去倒十分溫和。

青年到了兩人身前，恭敬道：「不知二位……」

「在下裴文宣。」裴文宣心知這人就是秦臨的好友崔清河，但面上卻也不顯，假作只當他是侍從一般，彬彬有禮道，「這位是平樂公主，我等奉太子殿下之令，欲求見秦公子。」

「二位說笑了。」崔清河將手搭在身前，「我家公子避世已久，太子怎會知道我家公子？二位找錯了吧？」

「公子白起轉世，有戰神之能，當年平丘帶八百輕騎斬敵三千，可謂神勇無雙，太子殿下惜才若渴，特意遣我等前來送上拜帖，明日會親自來此，還望秦公子一見。」裴文宣將拜帖遞了過去，崔清河接了帖子，看了一眼帖子上的字。

裴文宣的字寫得極好，後來他當丞相時，在華京中還獨成一派，為許多人臨摹學習。

崔清河看了這字片刻，笑起來道：「這字是裴公子寫的？」

「是。」

「寫得漂亮。」崔清河收了帖子，「沖著這字兒，我也會為裴公子引薦，不過我家公子脾氣古怪，明日就算太子來，也未必會見。」

「無妨。」李蓉笑起來：「有才之人任性些無妨，若是有才再長得好看的人任性，那更是理所當然了。」

聽到這話，崔清河大笑起來：「公主當真風趣。」崔清河看了看天色，隨後道：「天色已晚，今日竹屋不請二位，二位回去吧。」

兩人早猜到這話，倒也沒有不喜，和崔清河從容告別，便一起下山。

此時已近黃昏，裴文宣還神清氣爽，李蓉卻已有些疲憊了。

但李蓉面上不顯，跟著裴文宣往下，落日緩緩而下，晚霞流淌而過，鳥雀騰飛而起，從山上往下看，可見金黃流淌於碧綠的麥田，在黃昏微風之中，蕩漾出一片溫柔之色。

李蓉腳步越來越慢，裴文宣察覺，他回頭看了李蓉幾眼，見李蓉面上猶自強撐，他輕咳了一聲，將扇子一開，頗為感慨道：「前些年秦臨去的時候，說要葬在這裡，我送他上山，走到這兒已經覺得不行了，如今再來，都打了個轉，卻也不覺疲憊。」說著，裴文宣高興感慨：「年輕當真不錯！」

聽到這話，李蓉就不高興了。

她累了個半死，見裴文宣還這麼生龍活虎，便有些不忿。

她停住了步子，裴文宣扭過頭來，看見李蓉站在原地不動，挑起眉頭，明知故問：「怎的不走了？」

李蓉不說話，她朝他招了招手。

裴文宣走上前去，停在她身前：「怎的了？」

「轉過去。」李蓉出聲，裴文宣知她要做什麼，轉過身去，隨後又聽李蓉開口：「蹲下去。」

話多，裴文宣就聽出李蓉氣息不穩，他一面聽李蓉的話蹲下去，一面笑起來：「殿下的體力不行啊。」

話剛說完，李蓉忽地就整個人撲了上來，裴文宣一個踉蹌，好在反應的快，穩穩定住，察覺李蓉趴在他身上，他回頭笑道：「殿下妳這是做什麼？」

「不是體力好嗎？」李蓉淡道：「給你增加點難度，背我下去。」

「殿下。」裴文宣聽這話，玩笑著道，「這不太好吧？不成體統。」

「沒人看見。」李蓉直接道，「而且我何時要過體統？」

這倒是，要體統當年也不會養蘇容卿。

裴文宣假作嘆息：「殿下是欺負臣啊。」

李蓉翻了個白眼，她掛在他脖子上，催促道：「快走，別耽擱，都天黑了。」

裴文宣認命起身，背著李蓉往前，一面走一面感慨：「殿下，您吃不少啊。」

「裴大人，」李蓉學著裴文宣先前的口吻，「這是你體力不行啊。」

「您要是能輕如飛燕，那微臣體力就行了。」

「我要是輕如飛燕，你體力的確可以，」李蓉說著，趴在他肩頭，似笑非笑，「畢竟，裴大人喜歡瘦一些的，是不是？」

這話裴文宣一時沒品出味，片刻後他反應過來，一時啞聲了。

「李蓉……」片刻後，他終於憋出聲來，「女人做成妳這樣，我可真服了妳了。」

「是不是很成功？是不是很快樂？」李蓉接口，「不必羡慕，像本宮這麼優秀的人，很少的。」

裴文宣被李蓉逗樂，一面背著往前走，一面和她拌著嘴。

夕陽緩緩落下，明月照亮夜空，月光漏過樹葉的間隙，落到兩人身上。

李蓉和裴文宣吵累了，她忍不住靠在裴文宣肩頭，有些想睡了。

裴文宣見她睏了，也就沒吵她，他背著李蓉，緩步下山。到了山腳，遠處有著田野裡的蛙聲，夾雜著微風撲面而來，他背著姑娘，聽著山林輕吟。

有那麼一瞬間，裴文宣突然覺得，內心有了一種難言的平靜。

他不由得放緩了腳步，慢慢往前，李蓉察覺裴文宣腳步變慢，低聲道：「裴文宣，你是不是累了啊？」

裴文宣聽這話，不由得笑了。

「沒呢。」他抬頭看向前方，「妳放心睡吧，我背妳回去就是了。」

「嗯。」李蓉抱緊他的脖子。

過了一會兒後，李蓉輕聲道：「裴文宣。」

「嗯？」

「我覺得，你還是年輕的時候比較可愛。」

裴文宣愣了愣，隨後就聽李蓉接著道：「就算那時候你腦子不太清醒，許多事拎不清，可我想想，還是覺得那時候你還是很好的。至少，」她低笑起來，「長得好一些。」

「妳這人……」裴文宣忍不住想要說說她，卻又不知道說什麼，憋了半天，最終也沒說出口來。

等回了馬車上，李蓉倒在小榻上歇息，裴文宣替她蓋了被子，又為她熄了燈，坐在一旁看著田郊夜色。

他內心升騰出一種說不出的平靜，扭頭看向李蓉。

月光下的姑娘蜷成一團，他瞧著那身形，就忍不住笑了。

他也不知道怎麼的，突然就覺得，重生這事也挺好的。

重生回來，和李蓉又迫不得已捲在一塊，本來他迷茫無措，還覺得有那麼幾分說不出的無奈，畢竟被命運逼著走，誰都覺得難受。

這一刻他坐在這，卻突然覺得，這世上的事情，不到最後，好像也不知道到底好不好。

像是拆一份禮物，沒看到禮物呈現出來的那一剎，也不知道自己到底喜不喜歡。

馬車先送他回裴府，他察覺即將要到了，便先收拾了東西，他本想要不要告訴李蓉，又覺得還還是不要打擾她，於是打算悄無聲息離開。

等馬車停了，裴文宣拿了東西，掀了簾子，剛一探出頭來，他便看見迎面是一批身著捕快服飾的人，他們腰上懸刀，將馬車圍了一圈。

領頭站在前方的人掏出權杖，冷聲道：「刑部辦案，捉拿嫌犯裴文宣。」那人盯著裴文宣，「裴大人，煩請隨本官走一趟。」

第二十五章　投靠

裴文宣認出這是督捕司郎中黎奎，他瞧著了這個人片刻，也沒出聲。

李蓉聽得外面聲響，用金扇挑起車簾，見到督捕司的人後，她不由得笑了起來，念了聲：「黎大人？」

黎奎沒想到李蓉居然識得他，頗有些意外，趕忙行禮道：「見過殿下，殿下千歲。」

「不知黎大人在此所為何事呀？」李蓉瞧著黎奎，聲音柔和，裴文宣側了側身，幫李蓉捲著轎簾。

黎奎見李蓉詢問，恭敬道：「稟告公主，今日有一商戶至順天府報官，聲稱裴大人殺害其主人，卑職得令，前來請裴大人入獄協助調查。」

「陛下可知此事？」

「卑職知道，裴大人如今得聖令查楊氏案，故而此令由順天府遞交刑部，刑部特意在下午已提交陛下，得陛下旨意，才敢前來。」

聽到這話，李蓉不由得笑了。

「早上報案，一路就能過兩司直接提請到陛下那裡，」李蓉說著，轉頭看向裴文宣，笑道，「看來裴大人也是重要人物啊。」

裴文宣聽得李蓉打趣，扭頭笑道：「看來，我需得隨裡黎大人走一趟了。」裴文宣行了個禮，「殿下，後續的事，只能靠著殿下自己了。」

李蓉點了點頭，隨後她又想起來：「黎大人，不知前來那商戶是誰？」

「稟殿下，」黎奎一板一眼，「死者乃一外域商人，名為拓跋燕。」

李蓉點點頭，意料之中。

裴文宣瞧了李蓉一眼，李蓉給了他一個放心的眼神後，朝黎奎道：「既然如此，裴大人便隨黎大人走吧。不過黎大人，」李蓉看著黎奎，眼中帶了幾分意味深長的審視，「本宮聽聞刑部牢獄嚴苛，不會有屈打成招這種事吧？」

「不會。」聽這話，黎奎趕緊道，「殿下放心，卑職只是奉命行事，裴大人乃正人君子，卑職信裴大人，如今也只不過是走個流程，裴大人不會有什麼事的。」

李蓉聽明白黎奎的保證，知道裴文宣在牢獄中不會有太大問題，但她想了想，還是不大放心，朝黎奎招了招手，黎奎忙上前來。

李蓉壓低了聲，盯著黎奎道：「裴文宣如今是本宮的人，未來還有可能『繼續』是本宮的人。」李蓉咬重了繼續兩個字，盯著黎奎，「本宮會每天去牢獄看裴文宣，黎大人，本宮的意思，你明白嗎？」

「明白。」黎奎忙低聲道：「殿下放心，刑部有適合裴大人的牢房。」

李蓉得了這話，點了點頭，看了一眼裴文宣後，只道：「有事我會去找你，去吧。」

裴文宣從容一笑，朝著黎奎道：「黎大人，請。」

裴文宣隨著黎奎一起離開，靜蘭從馬車外上來，頗為擔憂道：「殿下，拓跋燕死了的話……」

「不會這麼簡單。」李蓉敲打著小桌，緩聲道：「這事肯定是寧妃做的，她久居深宮，不瞭解這些人的保命手段。」

李蓉淡道：「他一個外域之人，敢做這種刀尖舔血的事，就有做這種事的本事。如今他要麼沒事逃竄在外，要麼必然還留著後手，等著扳倒楊家。」李蓉轉動扇子，忍不住笑起來：「寧妃以為殺了拓跋燕就能了事？她得知道，卸磨殺驢，這在這行裡，可是大忌。就算拓跋燕自己不反撲，這些幫著處理髒銀的人，也一定會幫著反撲，否則他們這個圈子，不就成貴族手中的麵團，仍由他們磋磨了嗎？」

商戶手無權勢，若不是能撕咬血肉的狠人，哪裡能立足於華京？所以打從一開始李蓉就沒想過去保護拓跋燕，畢竟不管拓跋燕死不死，只要楊家對他動手，他一定能給楊家撕出血來。如今帳目拿到，只等找機會讓李川和秦臨去前線，這時候裴文宣待在牢裡……也未必不是壞事。

裴文宣在外面活動太多，楊家心裡警惕，怕會更多動作。如今裴文宣入獄，楊家至少穩住。

李蓉心裡盤算著，小扇輕敲著手心，在馬車中閉目養神，一路進了宮城。

回到宮內，李蓉到桌邊去拿了一張紙條，寫上：「明日晨時出城，九廬山找秦臨，勿讓人知」，寫好之後，她交給靜蘭，淡道：「把紙條給太子，但別讓人知道。」

靜蘭應了聲，李蓉走入房中。

過了不久後，李川正和幕僚商討著西北前線上的事情，侍從端了杯茶過來，李川一面說話一面接過茶來，茶碗剛入手中，他便察覺觸感不對，但他面色不動，鎮定將紙條收入袖中。等同所有人聊得差不多，他送走了眾人，獨身回屋時，打開紙條一看，見到了李蓉的字跡，而字跡之下，是他們姐弟設置的獨立暗紋。

李川心中有數，吩咐了人道：「明日我休沐出宮，去護國寺給母后祈福。」

李川吩咐好後，太監低聲應是。

而此刻明月當空，明樂宮中，柔妃給李明揉著肩，低聲道：「寧妃鬧這麼大的動靜，陛下也不管管麼？」

李明輕輕一笑：「這有什麼好管？裴文宣那小崽子要當朕的刀，這點事都斬不斷，去死得了。」

「殿下，」柔妃嘆了口氣，「還好平樂沒嫁給楊泉，楊家如今這般能折騰，要是讓楊家和上官家聯了姻，這還了得？」

李明不說話，他端了茶，吹開上面的茶葉。

「的確……」他聲音帶冷，「是朕小看了楊家。」說著，他聲音放低：「也小看了太子。」

宮中人一夜難眠，只有李蓉好生睡了一覺，等到清晨起來，她便直接去了刑部查看裴文宣情況。

她拿了宮中權杖，用錢財上下打點，便順利見了裴文宣。

裴文宣睡了一夜牢房，看上去精神倒是極好，李蓉瞧著他的模樣，不由得笑起來：「你在這牢裡，過得倒還不錯呀？」

「那可不嘛。」裴文宣瞧著李蓉，笑道，「在外面天天折騰，覺都睡不好，進了這兒來，每天什麼都不必做，睡得也很好。」

「那大人可得待一陣子了。」李蓉走上前去，靠近裴文宣，「如今大人待在這裡，或許比較好。」

裴文宣聽著這話，也走上前來，兩人就隔著木欄，靠得極近。

「殿下去找人了？」裴文宣低聲開口。

李蓉應聲，隨後極快道：「你在這裡待一會兒，我過幾天就來。」

「妳也來？」裴文宣有些奇怪：「妳來做什麼？」

「楊家很快就要反撲，到時候朝堂上怕得做點樣子，不然壓不住，到時候我也進來，咱們倆都在牢裡帶著，等川兒去前線穩住楊家，我再讓人寫道摺子，讓我們出去。」

裴文宣將李蓉的話在腦子裡思索了片刻，點了點頭。

李蓉看了他房間裡一眼，隨後道：「你現在這兒住著，探個底，看看怎麼住舒服點，給個經驗。」

裴文宣：「……」

「殿下，」他不得不提醒李蓉，「我覺得這事您可能比我有經驗。」

「太多年了，忘了。」李蓉低聲道，接著她迅速道：「我給你帶了些吃穿用度的東西，你自個兒好好打理吧，我先走了。」

裴文宣點了點頭，兩人面對面站了片刻，李蓉忍不住笑了。

「沒想到，我也有站在牢獄門口和你說話的一天。」

「當是個趣味吧。」

裴文宣輕輕一笑，隨後正要勸李蓉離開，就聽門口傳來一聲恭敬的喚聲：「殿下。」

裴文宣和李蓉一起移目，便見蘇容卿站在門口，他朝著李蓉恭敬行禮，隨後直起身來，先看了一眼裴文宣，又將目光落到李蓉身上。

而後他笑起來，溫和聲道：「微臣聽聞殿下在此處，特意過來找殿下。」

「哦？」李蓉挑眉，「蘇大人有事？」

「之前殿下讓微臣去調兵部帳目，微臣已按殿下的意思辦妥了。」

李蓉得了這話，不由得愣了愣。她讓蘇容卿去取兵部的帳目，其實就是隨便找個理由給蘇容卿一點事幹，她料想兵部的人不會這麼容易把帳目交出來，怕是要左右推脫，到時候估計還是得借李川的人手來行事。誰曾想蘇容卿竟然當真給她辦妥了？

但她也只是有些驚愣，隨後回過神來，笑起來道：「蘇大人費心，那我們這就過去。」

蘇容卿笑著點頭，退開身來，李蓉回頭看了裴文宣一眼，笑道：「裴大人，本宮先走了。」

裴文宣恭敬行禮，目送李蓉離開。

李蓉領著蘇容卿一起出了刑部，她先上了自己的馬車，隨後才想起蘇容卿來，轉頭道：「蘇大人不介意的話，不如與本宮共乘，有什麼事馬車上說完，到兵部就直接查帳吧。」

蘇容卿規規矩矩行禮，而後上了馬車。

上馬車之後，他坐在李蓉對面，保持著幾分距離，看上去再有禮不過。

這樣的蘇容卿讓李蓉既熟悉又陌生，在她記憶裡，蘇容卿入府之前，和她之間的確是這副模樣。

溫和有禮中帶著幾分體貼，倒的確是世人皆讚的君子。

兩人沉默無言，片刻後，蘇容卿給李蓉倒了茶，平和道：「如今裴大人入獄，楊氏這個案子，公主打算如何查辦？」

「正常程序，先查兵部的帳本，再與楊家人協商，查他府中下人的口徑。」

蘇容卿靜靜聽著，沉默不言，李蓉抬眼：「蘇大人以為呢？」

「殿下和裴大人去拓跋燕的府中是為何？」

蘇容卿突然問了這麼一句，李蓉輕笑：「這話當我問蘇大人才是，蘇大人在拓跋燕府中剛好救下本宮，怎麼就這麼巧？」

「這世上沒有巧合，只有用心。」蘇容卿緩聲道，「我本就是沖著拓跋燕而去，酒宴上早見到了公主和裴大人，本不想相見，所以特意避開，但擔心公主出事，故而早早準備了舞姬的衣服，就等著公主來。」

李蓉未曾想蘇容卿答得如此坦蕩，她小扇敲著手心，緩聲道：「本案蘇大人只是督查，不知蘇大人為何如此積極查案，還這樣幫扶本宮，本宮倒有些不解了。」

蘇容卿握著茶杯，抿了口茶。

「微臣想交給公主一封投名狀。」

蘇容卿緩聲開口，李蓉頓住動作，隨後她見蘇容卿抬眼，靜靜注視著他：「微臣願為殿下所驅使，盡心輔佐太子，不知殿下，」他盯著李蓉，意味深長，「意下如何？」

第二十六章　入獄

李蓉不說話，她靜靜注視著蘇容卿。

蘇容卿仍由她打量著，也未曾言語。

許久之後，李蓉緩聲開口：「我記得，蘇家慣來只效忠陛下。」

「是。」蘇容卿平穩道，「所以容卿只是容卿，不代表蘇家。」

李蓉明白了蘇容卿的意思，她輕敲著小桌，外面是街道喧嘩之聲，蘇容卿靜候著李蓉的回應。

「為什麼要這時候來選擇太子？」李蓉緩聲開口。

蘇容卿垂眸，平靜沉穩道：「當今陛下盛年之時好戰，以致大夏民生多艱，如今寵幸權臣，更增民難，太子仁德，提倡外儒內道，修生養息，容卿願見天下如此，故而追隨殿下。」

「你可直接同太子說，」李蓉端了茶，「同我說這些做什麼？」

「太子心中坦蕩，不能藏事，容卿如今之立場，不當為太子知曉。」

李蓉聽明白了。

蘇容卿哪怕是代表著自己，但他作為蘇家子弟，如果讓李明知道他投靠了太子，那李明對太子的猜忌怕是更深。如今他找到了機會，同她表明立場，那日後做事，她至少能幫李川謀劃時用上蘇容卿。

李蓉聽著沒有說話，蘇容卿疑惑抬頭，他不由得道：「殿下？」

「你無需做這些。」李蓉回了神，平淡道，「蘇家歷代中正，陛下信你們是因這份忠義，你不必站隊，好好做自己分內的事，日後若是太子出事，你們可以自安其身。」李蓉看他，只道，「若太子登基，只要你們像如今一般做好自己的事，只要本宮還在，那蘇家就一直是蘇家。」

蘇容卿得了這話，沉默不言，似乎是在思索。

李蓉見他似是不安，安撫道：「我說這話，並非拒絕你投靠，只是我覺得……」李蓉遲疑了片刻，才緩聲開口，「蘇公子乃翩翩君子，就別沾染這些事了。」

雖然她與蘇容卿真正相識於他落魄之後，她所知所見的蘇容卿，便是如今這番政客模樣，但是她卻也會記得，蘇容卿同她提及年少時，眼裡那份依稀柔軟的光芒。

她和裴文宣回來，人已經老了，那是沒辦法的事，可看著面前尚還年少的蘇容卿，她不免生了幾分愛護之心。

蘇容卿得了她的話，有片刻恍惚，李蓉轉動了手中扇子，輕咳一聲，轉了話題：「蘇大人，且將兵部帳本的情況同我說一下吧。」

聽到這話，蘇容卿這才回了神，恭敬應下，將兵部目前帳目已經掌握的情況一一清點。

兩人一前一後進了兵部，蘇容卿早已打點好官員，李蓉到了擺放帳目的房間中，調出了所有西北邊境相關的帳目，帶著人對過帳本。

這些帳目繁多，李蓉在兵部一待就是兩日。兩日之後，她對完帳目，便立刻帶人，由刑部出調令，將所有相關人士集體提審。

與此同時，李蓉也吩咐靜蘭將公主府所有人手安排下去，一直盯著拓跋燕府中所有異動，並每日詢問李川去九廬山的情況。

她心知至多再過五日，邊境一定有消息會傳過來，而這五日，就是她安排一切的時間。

她這些動作都做得不算太大，查帳和提審那些官員對於楊家來說都不算是致命傷，他們明面上的帳目不可能有任何問題，在寧妃看來，李蓉這些動作，甚至是找錯了方向，她也樂得看李蓉像個無頭蒼蠅一樣亂轉。

而李蓉查拓跋燕這事，更是進行得悄無聲息，連每日跟著她查帳的蘇容卿都不知道她還咬著拓跋燕沒放。

連著辦案四日，李蓉差不多將整個兵部給楊氏撥軍餉的流程、數目幾乎清理了一遍，她心滿意足拿著口供走出兵部時，已是半夜。

剛出大門，靜蘭就走上前來，低聲道：「殿下，拓跋燕找到了。」

聽到這話，李蓉便樂了，她就知道拓跋燕這人不可能這麼容易死。她克制著情緒，領著人往前，一面走一面低聲道：「人呢？」

「在城郊，還在追。」

「我即刻過去。」說著，李蓉便將人安排，一批人偽作護送著她回公主府，另一批人跟著她，輕騎便裝，直接出了城。

到了城郊之後，便有人等在那裡，見李蓉過來，低聲道：「殿下，人抓到了。」

李蓉點了頭，跟著一行人到了一個破屋。屋裡站滿了暗衛，中間一個大漢被人綁在椅子上，他渾身濕淋淋的，身上都是傷，看上去十分疲憊。

李蓉走到那人身前，笑著道：「六爺好久不見啊。」

拓跋燕聽到這聲音，他喘息著抬起頭來，盯著李蓉看了一會兒，沙啞出聲：「是妳。」

「是我。」李蓉點頭道，「六爺這些時日過得不好吧？我以為六爺該出華京，怎麼還在華京附近蹓躂呢？」

「妳到底是誰？」拓跋燕盯著李蓉，直接道：「妳要做什麼？」

「我是誰你大概已經清楚了。」李蓉輕笑，「如今就是想要六爺幫個忙，你那個帳本，只有帳本是不夠的，六爺看看，能不能當個人證？」

「這不合規矩。」拓跋燕低聲道：「既然公主能找到我這兒，就應該知道，我們這一行，可以死，不能違背了這規矩。」

「六爺，是他們先要殺你。」李蓉柔聲開口，「他們殺你，你反擊，這能算壞了規矩嗎？」李蓉說著，蹲下來，笑咪咪看著拓跋燕：「六爺，你們的規矩我知道，客人的事，你們不能透漏半分。可你若一點反擊的念頭都沒有，你藏著這些帳本做什麼？」

「這只是威脅，」拓跋燕冷靜開口，「威脅一旦用了，那就再也不是威脅了。」

「你就是怕你把帳本拿出來供了楊家，那些其他家被你握著帳本的，就會殺了你。可是六爺，有命，才有被殺的機會。」

「那妳殺了我吧。」拓跋燕冷聲道：「落到妳手裡，我也沒想過活著。」

「六爺說笑了，我哪兒會殺你呀？」李蓉溫和道，「您怕的是商行的那些手段，你以為……」李蓉手輕柔搭在拓跋燕的肩頭，「本宮不會嗎？」

「悄悄告訴你，用刑這事啊，」李蓉靠在拓跋燕身邊，聲音柔軟，「宮裡可比你們商行鑽研得多了，來人。」李蓉直起身來，淡道：「先把他指甲給我拔了！」

李蓉走到已經被人清理乾淨的椅子上，從旁邊接了茶，笑意盈盈道：「六爺，現下也快天亮了，商行三十九道刑怕是用不到明晚，我給你加幾道如何？」

話音剛落，拓跋燕慘叫出聲，鮮血落在李蓉裙子上，李蓉垂眸喝茶，神色如常。

旁邊靜蘭白了臉色，李蓉淡道：「不舒服就出去吧。」

靜蘭得了這話，搗了嘴匆匆離開，李蓉端著茶碗，平和道：「六爺，做人不能一直抱著規矩過活，要學著審時度勢，您如今出去也是死，留在本宮身邊，還能有一條活路。您今個兒硬骨頭，三十九道刑能忍，但您以為您死了就是完了嗎？您的妻子在廬州清水鎮上當一個繡娘，兒子如今也在入學年紀，聽說您給他安排了一個身分，明年想入鳳山書院讀書，許多事啊，別太固執，您想想。」李蓉抬眼輕笑，「再想想。」

李蓉說完，轉頭吩咐：「把蜂蜜給他塗上。」

話音剛落，拓跋燕的聲音便傳來：「我招！」

所有人動作頓住，李蓉抬眼看他，這個人用血紅的眼盯著她，咬牙道：「我給妳口供，但是妳得保證一件事。」

「你妻子會接到我身邊來，孩子會入更好的香山書院。」李蓉知道他要說什麼，直接道，「你入公主府做事，只要你老實，」李蓉盯著他，「本宮不虧待自己人。」

拓跋燕不說話，他喘息著，盯著李蓉，許久後，李蓉揚了揚下巴：「紙筆給他。」

旁邊侍從送了紙筆過去，拓跋燕解開繩子，顫抖著手開始寫口供。

他寫得極為艱難，寫完送交到李蓉手裡，李蓉看了一遍，確認了口供沒有問題之後，吩咐了旁邊人將拓跋燕安置到李川那裡，而後才上了馬車，領著人回了公主府。

她一夜未眠，坐在馬車上閉目養神，盤算著如今的安排。

楊家貪汙軍餉的證據，在華京這邊的基本已經齊全，有兵部的帳目，拓跋燕的口供，還有那本私帳，所有相關參與人員的口供她也已經拿到，接下來，她只需要等邊關帳目到手即可。

她心裡正盤算著，外面突然傳來了馬蹄聲，隨後她的馬車猛地停住，就聽有人道：「車上可是平樂公主殿下？」

李蓉示意了靜蘭一下，靜蘭掀了簾子，探出頭去，就見外面立著刑部的人馬。

靜蘭皺起眉頭：「你們是？」

「下官督捕司王青，傳陛下口諭，近日來，平樂公主濫用職權徇私枉法，藉以查案之名行欺壓肱股之臣之實，並與嫌犯裴文宣勾結，有謀害他人之嫌，罰禁足一月，並移交刑部，協查拓跋燕遇害一案。」

聽到這話，靜蘭愣了愣，她回頭看了一眼掀起簾子來的李蓉，不知如何開口。

拓跋燕就在他們手裡，只要把他們把人交出來，李蓉便不可能進刑部，裴文宣也會隨之放出來。

然而李蓉不說話，靜蘭也就不敢多說，李蓉看著面前男人，她笑了笑，溫和道：「本宮需要被押著過去嗎？」

王青恭敬讓開，忙道：「卑職跟著殿下即可。」

李蓉點了點頭，隨後吩咐車內的靜梅：「妳先帶人過去，把牢房打掃一下。」

靜梅恭敬出聲，忙下了馬車，領著人先行過去。

李蓉回了馬車，閉上眼睛，沒有多說。

沒了一會兒，她便到了刑部牢房，王青走在前方，畢恭畢敬，大家心裡都清楚，只要李川不倒，李蓉來刑部，也就是做個樣子。

「王大人，這牢房我能選住在哪兒嗎？」李蓉溫和道。

「當然可以，」王青如今見著李蓉，心裡都在打顫，生怕惹了這位金枝玉葉，連忙道，「殿下看中哪間房了？」

「裴大人旁邊的房我能住嗎？」李蓉笑了笑：「有個熟人，也免得心裡害怕。」

「殿下說的是。」王青諂媚道，「公主和裴大人牽扯的是一個案子，本也該是在一起的。」說著，王青便領著李蓉到了牢獄盡頭。

這盡頭處的牢房是特別設置，明顯是給達官貴人居住，單獨一個轉角，零散幾間牢房，除了裴文宣躺在裡面看著書，根本沒有其他人。

裴文宣正躺在床上看著一本遊記，見李蓉進來了，他便站起身來，將書放在小桌上，往牆邊環胸一靠，笑咪咪瞧著李蓉。

李蓉見他看過來，先選了裴文宣旁邊的牢房，讓人進去布置以後，便走到裴文宣面前。

裴文宣上下將她一打量，笑道：「殿下來這麼快，莫不是想念微臣了？」

李蓉「噗哧」笑出聲來，張扇擋住自己半張臉：「看來在牢裡其他沒學會，裴大人這張嘴可長進不少。」

「還好、還好。」裴文宣點頭，一臉認真道，「殿下本來說每日來探望微臣一次，結果微臣等了這麼幾日，都不見殿下一個影子，每日日思夜想，輾轉難眠，望穿秋水，望眼欲穿，苦中作樂，憶苦思甜，如今得見殿下，心中萬千言語，太過激蕩，多有冒犯，也望殿下見諒。」

李蓉被裴文宣逗樂，用扇子遮著臉笑個不停。

裴文宣見李蓉神色高興，便知外面並無大礙，小聲道：「都辦妥了？」

「兩件事辦妥了一件。」李蓉說著，看了一眼周遭，低聲道：「等會兒說。」

靜蘭、靜梅帶了東西將整個牢房打理乾淨，放上熏香，又準備了簾子，遮擋在牢房門口，不過一刻不到，整個牢房便與平日李蓉待的臥室差不多去。等布置好了一切後，靜蘭與李蓉約定了每日來探望的時間，李蓉住進了牢房，所有人這才離開。

方才還人聲沸騰，不過頃刻間，這裡就剩下了李蓉和裴文宣，兩人相隔著一堵牆。

裴文宣靠在牆上，接著道：「辦妥哪一件？」

沒有人回答，裴文宣有些奇怪，正要接著再問，就看染了紅色指甲的一隻手夾著一張紙條伸了過來。

裴文宣彎腰取了那紙條，打開來看，便見到李蓉的字跡，寫著：「取證」。

「這不重要。」裴文宣搖了搖頭，抬眼看向旁邊，雖然他看不見李蓉，但這個動作卻也讓他心安幾分，「人呢？殿下請到了嗎？」

「還在請。」李蓉見裴文宣全不遮掩，便知此處應是安全了，她也不寫紙條，乾脆道，「他是那麼好請下山的人嗎？」

「倒也不出所料。」裴文宣將紙條撕碎，一面撕一面忍不住皺起眉頭，詢問李蓉，「妳說上輩子他是怎麼請下來的？我記得他沒這麼難請啊。」

上輩子秦臨雖然也拿翹，但感覺也沒這麼過分，如今李川去請也請了四天，怎麼一點動靜都沒？

李蓉聽裴文宣這麼問，心裡也有些忐忑，她不由得道：「是不是，咱們提前這事，影響了？」

就像她搞個春宴，就惹出了楊泉，如今他們提前請秦臨……

「不會請不到吧？」李蓉不由得有些懷疑。

裴文宣忙道：「妳別烏鴉嘴。」

「要是請不到怎麼辦？」李蓉對裴文宣的制止完全不聽，皺起眉頭。

裴文宣見李蓉完全不聽他的，只能道，「能怎麼辦？涼拌。」

李蓉聽裴文宣說風涼話，她用扇子輕敲著手心，悠悠道，「裴文宣，要是秦臨下不來，我就給你塞到西北去。要麼把西北給我帶回來，要麼我就把你埋在那兒。」

李蓉聲音很平穩，但尾音說「埋」字的時候，裴文宣聽出了幾分血氣。

裴文宣心裡有些發涼，但他也不是這種事能嚇住的，他輕咳了一聲，有些不好意思道：「主要就是妳介意，妳要是不介意，我還是有辦法的。」

「比如？」

「他畢竟是真……」

裴文宣話沒說口，就聽李蓉道，「真什麼？」

裴文宣話鋒一轉，便換了個稱呼：「秦二小姐的親哥哥。」

「所以呢？」李蓉扇著扇子，聲線帶著笑，裴文宣卻總聽出了幾分難言的涼意。

裴文宣不知怎的，心裡有些發慌，但他還是硬撐著頭皮，艱難道：「我覺得，我可能，還是有幾分面子的？」

「哈！」李蓉忍不住笑了，「你一個被退婚的男人能有什麼面子？你還要不要臉了？」

「我被退婚這事，她肯定是被迫的。」

「裴文宣我發現你個人，其他能力一般般，就自欺欺人這點特別強。」李蓉聽不下去，拿著扇子敲打著地面，「她對川兒那心思天地可鑒，有你什麼事？說真的，要不是她對川兒一心一意根本沒你這狗東西半點位置，上輩子就沖你幫她還敢瞞著我，她敢有半點回應我就廢了她！」

「妳這邏輯不對。」裴文宣聽著李蓉的話，認真道，「她喜歡殿下那是後來的事情了，她退我婚的時候我才守孝回來，那時候她還沒見到殿下，她退我婚肯定是被家裡逼的。」

李蓉聽裴文宣的話，差點嘔出血來，關鍵是秦真真什麼時候喜歡李川嗎？是她根本不喜歡他裴文宣！退婚完全是自願、自發、自我表態！

她深吸了一口氣，克制著情緒道：「裴文宣，你真的該感激你我現在在坐牢。」

「不然呢？」裴文宣聽不明白李蓉的話。

他還在想著秦臨的事，就聽李蓉陰惻惻道，「要沒這木欄攔著，我現在就過去抓瞎你的眼！」

裴文宣：「……」

他覺得今天的李蓉格外暴躁，沉默了一會兒後，他小心翼翼道：「妳是公主，還是注意一下身分，動手，不好看的。」

「我動手是不好看，」李蓉冷笑，「我讓其他人動手就成。」

「女孩子家，」裴文宣隨口接道，「打打殺殺的不好，妳喝口茶，消消火，我們繼續聊。」

「我和你沒什麼好聊。」李蓉站起身來，冷聲道：「找你的真真聊。」

「妳今個兒脾氣怎麼這麼大啊？我以為咱們倆在這個話題上也吵夠了。」裴文宣嘆了一口氣，想了想，他不由得道，「妳最近是不是審人了？」

李蓉動作頓住，裴文宣見她不回聲，心裡就瞭然了。

李蓉慣來是這樣的，見了血容易失態。

上輩子就是這樣，只是那時候她和他雖然是同盟，卻還是有各自的考量，李蓉信不過他，許多事不會由他經手，所以他也幫不了她。

好在這一世不一樣，至少如今，他們倆是絕對站在一條線上的。

裴文宣沉默了一會兒，他緩聲道：「以後這事我幹吧，妳別碰了。」

「不必。」李蓉冷淡出聲，「不關你的事。」

「算我請妳行不行？」裴文宣嘆了口氣，他知道李蓉在氣頭上，緩聲道，「以後咱們倆要一起生活了，別總這麼置氣。妳去審人，搞得心裡不舒服，回來向我撒氣，苦的不還是我？我求妳了，我的殿下，」裴文宣拉長了聲音，「給微臣一條活路，讓微臣幫妳做這些吧，行麼？」

李蓉冷笑一聲，沒有答話，她走到床上，正準備躺下，就聽外面傳來說話的聲音。

沒一會兒，李川就帶著一個人走了進來，李川還穿著民間常服，明顯不是從宮裡出來的，他急急走到李蓉牢房門口，忙道：「姐，我聽說妳出事了，特意從九廬山趕了回來，妳還好吧？」

「好。」李蓉點頭，「意料之中，不必擔心。秦臨請到了嗎？」

「還沒。」李川搖搖頭，隨後似是想起什麼來，忙道，「不過快請到了。」

李蓉應了一聲，便聽旁邊腳步聲。

李川帶來的人穿著一身黑色斗篷，五官隱於斗篷之下，看不清面容。她一進來，李蓉便注意到了她，李蓉本還猜想這人身分，但見這人走到裴文宣牢房面前，她心裡便有數了。

裴文宣應當也猜出了來人的身分，但他沒有出聲，只是靜靜看著。

那人沒有說話，她只是抬起素白纖瘦的手，摘下了上方寬大的帽子，露出她清秀素雅的五官。

她生得不算美，但是讓人極為舒服，寡淡中帶了幾分平和，最難得的是那份出塵之氣，明明身在俗世之中，卻又似乎超脫於世俗之外。

裴文宣靜靜看著她，似乎在意料之外，又似乎早已有所察覺。

女子溫和一笑。

「許久不見了，」她出聲，平和道，「裴大哥。」

第二十七章　牡丹

「好久不見。」裴文宣在她進來的那一瞬，便早做好準備，確認了來人後，並沒有半分意外，笑起來道：「算起來應該快四年了吧？」

他們兩人說話，李蓉就給李川做了個眼神，然後領著李川走到牢房最邊緣，距離裴文宣最遠的地方，小聲道：「她怎麼來了？」

「姐妳認識她啊？」

李川看了一眼正在說話的兩人，和李蓉低聲道：「在九廬山秦臨家門口遇見的，我過去時候她也不知道在幹什麼，我瞧著她要快摔了，就過去救她，結果這女人不識好人心就算了，力氣還大得要命，回頭一巴掌就給我抽地上了。」李川說著，心有餘悸抬上胸口：「還好我命大。」

李蓉：「……」

「然後呢？」李蓉不想聽李川怎麼被打的，直接跳往重點。

李川注意力很容易就被她吸引過去，他回頭「哦」了一聲後，接著道：「我就和她說我是太子，找秦臨，她一聽我是誰，立刻就慫了，又跪又道歉，最後就說幫我請秦臨，但條件就是……」李川揚了揚下巴，「來看看裴文宣。」

說著，李川皺起眉頭，打量著正在敘舊的兩個人道：「姐，他們是不是有情況啊？」

李蓉：「……」

李川難得聰明了一回。

李川在政務上倒還算平穩，但在感情這件事上，李蓉覺得，其心志與六歲基本沒有區別。

秦真真正和裴文宣說話，她大致問了一下裴文宣的情況，裴文宣都一一答了，秦真真確認裴文宣沒問題後，舒了口氣道：「聽聞兄長入獄，心中一直頗為不安。大哥雖說幫我打聽，但也沒什麼回覆，所以我才冒昧前來。如今知曉兄長無礙，那我便放心了。兄長若有其他需要幫助之處，不必避諱，真真雖為女流，但也願盡綿薄之力。」

裴文宣聽著秦真真的話，點了點頭，只道：「妳放心，我這邊能應付。」

秦真真應了一聲，沒有出聲，過了許久之後，她才道：「還有，退婚一事……」她似乎是不知怎麼說，遲疑了很久，似在斟酌用詞，才道，「未能親自登門說明，還望兄長見諒。」

「無妨。」裴文宣擺擺手，「我知這不是妳的本意，我不怪妳，妳不必擔心。」

「他還被這姑娘退過婚啊？」李川聽到這裡，小聲詢問李蓉。

李蓉似笑非笑，只道，「聽著就是。」

「裴大哥誤會了。」秦真真的笑起來，有些愧疚道，「這就是我的意思，叔父和大哥也不過只是幫我傳達。其實當時我本想一起過去，親自同裴大哥說清楚，但長輩覺得，那種場合我出面不好，所以沒有過去，也不知裴二叔是否將我的意思轉達清楚。」

裴文宣愣了愣，他靜靜聽著秦真真說話。

其實在很早之前，他本以為，自己聽著這些話，大約會有幾分難受亦或是傷心，再不濟也當有幾分不甘羞惱。

可是此刻他聽著秦真真開口，竟然莫名覺得，其實也沒有什麼所謂。

好像一個早已離開他生命的人，與他不徐不疾談論著往事。

「我兄長自幼相識，兄長照顧我甚多，雙親定下婚約，但我年長之後，其實便對婚約有所擔憂。兄長父母恩愛，耳濡目染之下，乃性情中人，但真真愚笨，對兄長並無男女之情，而兄長對真真也是義大於情，故而兄長與真真成親，怕一生都過不上所嚮往的生活。所以在真真父母逝世之後，便想找裴叔叔解除婚約。只是不巧遇見裴叔叔病故，裴大哥為守孝回廬州，便沒能來得及。」

「當時給封書信就好。」裴文宣笑起來，「也是你們實誠。」

「裴叔已故去，我怎能在此時落井下石？好在兄長如今回到華京，也開始步入官場，以兄長之能，來日可期。」秦真真笑起來，「真真也無掛念，所以讓大哥帶著玉佩前去退婚，但我雖退婚，卻並非惡意，還望兄長見諒。」

裴文宣點了點頭，正要說話，就聽見李蓉在隔壁暗笑的聲音。

他不知道怎麼，一時竟就有種被人看了笑話的羞惱感，臉上驟地紅了起來。

秦真真見裴文宣不說話，她不由得有些疑惑，隱約聽到克制不住的笑聲，便轉過頭去，看見了靠著牆一直低頭暗笑的李蓉。

秦真真皺起眉頭，有些不能理解，為什麼這個平樂公主從一開始就樂個不停？她不由得開口，遲疑著道：「請問……殿下您在笑什麼？」

「沒什麼。」李蓉聽秦真真開口問話，她也覺得自己過分，平復了一下情緒，擦了擦眼角笑出來的眼淚，趕緊道：「就是想到了一點好笑的事。」

裴文宣冷著臉，想瞪李蓉，又知隔著牆李蓉看不見，他心中暗暗生氣，不用李蓉說，他一想就知道李蓉是想起方才吵嘴的事在笑話他。

他才信誓旦旦說秦真真不是自願退婚，當事人就這麼過來啪啪打臉，他面上一時有些掛不住，不想讓這種笑話繼續給了李蓉看下去，便輕咳了一聲，趕緊道：「其實這也不是什麼大事，妳和秦大哥的性子我清楚，妳不用擔心我這邊，耽誤妳三年，也是我的過失。此地不宜久留，妳同太子殿下先回去吧，妳回去勸你哥幾句，太子殿下……」

「這事我哥心裡有數。」秦真真聽裴文宣說到這事，點頭認真道，「兄長你放心，大哥會去的，只是還得再等一日。」

「哦，妳哥會去，妳還和我說妳幫我勸，讓我幫妳？」李川在旁邊聽著，挑起眉頭來，「妳騙我啊？」

秦真真聽著李川開口，頓時失了之前的平和，冷漠出聲道：「是民女勸了他才去的，何騙有之？」

「妳……」

李蓉見李川又要吵，趕緊提醒李川，「川兒，不得無禮。」

李川聽這話，轉頭看向李蓉，頗為震驚：「姐，我話都沒說，妳就說我無禮？」

「你想說什麼，我已經知道了。」李蓉挑眉，隨後道：「行了，別說這些有的沒的，你現下回去，把朝堂上的事打聽清楚，明天早上做個準備。父皇能讓我來這裡，證明楊家那邊應當是給他施壓了，如果不出預料，明日早朝，父皇應當會將你派往西北監戰。你不可直接答應，一定要不斷推拒。」

「我明白。」李川抿唇，「這些事我早準備好了，妳放心。」

「秦二小姐。」李蓉抬眼，看向旁邊的秦真真，「明日若太子被逼派往前線，妳兄長可確定能去？」

她盯著秦真真，秦真真得了這話，恭敬行禮道：「公主殿下放心，兄長為難殿下，不過是想探查殿下品性，並無拒絕之意。」

李蓉點頭，想了想後，她看向李川，又道：「若秦臨隨你去前線，你不要讓人知道。悄悄把他放進軍營，不要讓別人知道這是你的人。」

李川愣了愣，片刻後，他反應過來，應聲道：「明白。」

費了那麼大周章扳倒楊家，他們不是為李明做嫁衣的。根本目的，是為了讓李川在西北安插進自己的人手，李明一定會在這場戰爭後期將主將換下，把所有功勞攬在頭上。如果秦臨直接跟著李川過去，怕才冒了頭，後面就要被李明掐了尖。

如今最穩妥的方法，就是秦臨帶著他那好友崔清河到前線去，以一個和李川無關的身分從頭開始，然後以他二人之智謀，替李川出謀劃策，解決楊家在西北邊境的隱患之後，再擊戎國。

等西北邊境平頂，李明換掉主將，不可能把下面將領全線換人，秦臨留在西北，他們這邊再在華京配合秦臨的軍餉安排和調動，假以時日，西北的軍權，早晚會落到秦臨手中。

這些盤算，在場除了秦真真，其他人都心裡清楚，李川恭敬道：「阿姐放心，我會安排的。」

李蓉應了一聲，看了看天色：「如今也不早了，你先回去吧。」

李蓉恭敬出聲，轉頭看向秦真真：「妳可以走了吧？」

秦真真看了裴文宣一眼，猶豫了片刻後，才道：「裴大哥，如今你我年長，日後怕是不能多見，還望裴大哥多多保重。日後若有什麼難處需要秦氏幫忙，兄長可直接讓人上九廬山找大哥的人，真真必當竭盡全力，在所不辭。」

聽著秦真真的話，裴文宣笑了笑，像一個老者看著朝氣蓬勃的少年，點頭道：「行，我記著了，妳回去吧。」

秦真真點了點頭，重新戴上帽子，回了李川身邊。

李川看了李蓉一眼：「姐，我走了啊。」

李蓉不耐煩揮手，李川領著秦真真往外走去。

李川埋汰著秦真真個子矮，秦真真冷著神色不理他。

李蓉瞧著走遠的兩人，突然叫住李川：「川兒。」

李川有些疑惑回頭，就看見長廊盡頭，李蓉站在牢獄中靜靜看著他，他看她的神色裡帶著些許掙扎，李川有些看不明白，許久後，他才聽李蓉開口道：「等會兒你讓其他人送秦二小姐就是，宮中還有事等著你，你不必去了。」

聽到這話，李川就笑了：「知道了，這種事妳也要吩咐，當我小孩子啊？」

李川擺了擺手，就帶著秦真真一起離開。

李蓉見著李川的背影，站著還有些茫然，裴文宣雖然沒見到李蓉的神色，但她的心思，他卻也是猜到幾分：「不想讓太子和秦二小姐再碰到一起了？」

這次他注意了用詞，沒有再叫「真真」。

李蓉聽了他的話，淡道：「你想？」

「這次遇到得早了點。」裴文宣有些擔憂，「不知會出現什麼變故。」

李蓉不說話。裴文宣的擔心她理解，就像她只是辦個春宴，就將所有事折騰得與上一世全然不同，而如今李川與秦真真早遇見這麼久，誰也不知道會有什麼變化。

上一世李川和秦真真是在一年後才認識的。

秦真真因為選妃入宮，成為李川的側妃。那時候李川一共納了五個女子，上官雅為正妃，剩下四位都是從不同家族選出來的側妃。

一開始李川鬧著不願意，後來被輪流訓斥，最後李蓉勸說之下，終於應了婚事。

李蓉記得，大約也就是那時候起，李川便越來越不像年少，他開始寡言，冷漠，做事也越發沉穩，體面。

秦真真是因為秦家有兵權，皇后考慮拉攏世家兵權納入東宮的。入東宮頭些時候，秦真真與李川不和，李川幾乎不與她見面，她出身寒族，又正直不屈，在東宮裡多受欺負。

聽聞下人剋扣她冬日碳銀、貪她的月俸，而她一直不曾說過，直到後來東宮兩個妃子互相陷害，其中一個跳入湖中，冬日寒涼，當時誰都知道這是做戲，不去搭救，唯獨秦真真路過，直接縱身入湖，把人撈了起來。

人是救了，她卻病倒，屋內棉絮破舊，又無炭火，下人不肯請大夫，奄奄一息之際，下人在裴文宣入太子府時偷偷攔在了路上求救。彼時秦臨還在戰場，裴文宣得知之後，暗中幫忙，才把人從鬼門關救了回來。

而正是這麼縱湖救人一事，被裴文宣送到了李川面前，秦真真才入了李川的眼。

也不知道李川是怎麼回事，以前一直不懂情愛，結果突然就開了竅。從太子一路到帝王，一直盛寵於秦真真，秦真真也不辜負這一番寵愛，哪怕李川下獄，她也能一人一劍廝殺出去，躲過追兵，攀過雪山，遠赴北境帶著援兵回來。

算起來本也是麗人，可惜生在宮廷，宮廷之中，盛寵之下所帶來的不僅是愛，還有利刃。

於是在李川登基後的第二年，秦真真誕下李平，緊接著就死在了後宮。

她死那天，李川一直抱著她的屍首不肯放，是李蓉過去了，才把人從李川懷裡拖出來。

秦真真死後，李川堅持以皇后之禮下葬，提前將她放入了自己的皇陵。

那時候大家只是覺得李川消寂，以為過些年李川就會好起來。

誰知他並沒有，他脾氣越來越差，也越來越暴戾，年少一直以仁德著稱的太子，最終也走上了和李明相似的老路。

他窮兵黷武，打壓世家，鐵血手腕鎮壓朝堂，而後揮劍平定北方。朝臣一面罵他，一面敬他，也只有李蓉稍稍能夠管些他。

但後來蘇家一案，他們姐弟，最終還是有了隔閡。她在朝堂指著他罵要廢了他，他便讓人將她拖出去打了板子。

蘇家一案後，她因傷臥床，李川來看她。

那時候他已經很消瘦了，他們隔著簾子，李蓉看著他的身影，覺得他彷彿一道剪影。

他那一日說了很多，像是年少時一樣，談天說地，就說些趣事，說到末時，他忽然開口。

他說：「阿姐，我心裡有隻野獸，我關不住牠，我害怕牠，也害怕自己。傷了阿姐，對不起。」

「好在，」李川輕笑起來，「我該做的，已經做完了。日後，一切就拜託姐姐了。」

說完之後，他站起身來，似若出世的方士一般，飄然離開了她的房間。

在蘇家人下葬後不久，李川宣布出家。

裴文宣帶著群臣堵在了大行宮跪了一天，終於達成了妥協，李川不出家，但也不再管事。

此後二十五年，李川再沒上過一次早朝，朝中交給裴文宣和李蓉，裴文宣擴大科舉，擁立寒門，改革稅法，廣開商貿。而世家在被李川打擊之後，只能尋求李蓉的庇護，在李蓉的帶領下，廣修學堂，培育無數風流人物，各有所長。

這二十五年，是大夏盛世。

可這個盛世裡，卻有一個每日沉迷於方士所描繪的幻術之中，企圖尋找起死回生之法的君王。

她在後半生無數次回想，如果她沒讓李川經歷太子被廢，沒讓他和秦真真相遇，是不是她的弟弟這一生都會像年少時那樣，永遠心懷希望，如寒日之火，照此世間。

只是那時候，沒有什麼回頭路可走，她不去想無法改變的事，也就渾渾噩噩一直走了下去。可如今卻不一樣，她當真有了選擇。

他們兩個人靠在同一面牆上，各自站在兩邊，李蓉不說話，裴文宣仰頭看著午後的天空，過了好久後，李蓉緩慢出聲：「這次，你不會再讓她入宮了吧。」

裴文宣不說話，李蓉有些疑惑：「怎的不應聲？」

「看妳。」裴文宣平淡開口。

李蓉頗有些詫異了：「為何看我？」

「妳若同意，我會去同秦臨說一聲，說過了，他們還要她入宮，那就是她的事。至於要不要直接插手讓她不能入宮，那是妳的事。」

這話把李蓉說懵了，她聽不明白。

她緩了片刻，左思右想，小心翼翼道：「不好意思，你能不能……說明白一點？我有些聽不懂。」

裴文宣得了這話，垂下眼眸：「當年我就不該插手的。」

李蓉更不明白了，她隱約是懂了這句子上的字面意思，裴文宣似乎是說，他不打算再管秦真真了——可這又怎麼可能呢？

李蓉茫然。

且不說秦真真在裴文宣心裡的分量，哪怕秦真真在裴文宣心裡沒什麼分量，只是個朋友，依照裴文宣的個性，也不可能明知秦真真入宮會死，還眼睜睜看著秦真真去死的。

而且什麼叫若她同意？她需要同意什麼？

他裴文宣的事，什麼時候需要她來同意了？她管得著嗎？

李蓉整個人一頭霧水，她甚至都不知道這問題該分成幾個問題、該從哪個角度發問了。

裴文宣靠著牆，低著頭不說話，他知道李蓉是要問他的，他心跳得有些快，有那麼些緊張，他有些期待著李蓉問出口來，畢竟這是他那麼多年，都沒有找到合適時機說出口的話。

可他又不知道該不該答，畢竟，這麼多年過去了，說這些，似乎徒增人傷感遺憾以外，也沒什麼其他多餘的用處。

兩人靜靜緩了緩，李蓉終於出口：「那個，你的意思是不是，我讓你管，你才管，我不讓你的話，你就不管了？」

裴文宣低著頭，片刻後，他輕聲應了一聲：「嗯。」

「為……為什麼？」李蓉說話都有些結巴了。

裴文宣垂著眼眸，緩慢出聲：「人和人之間，本是有界限的，每個人身上都是蛛網，一張網牽扯著其他人，每個人都需要在這個界限中活動，若是超過了，你往哪一邊偏一點，都會引起另一邊人的疼。」

裴文宣這話說得含蓄，但李蓉卻聽明白了，她輕輕靠在牆上，聽裴文宣難得認真又平和的言語。

「她有她的哥哥、她的丈夫，她自己本來也該承擔起她的人生，她的每一個選擇，都會帶來其結果，任何人的插足，都不是一件好事。」

「我有我的責任，無論這個責任從何而來。如今我既然答應了妳成婚，我便會以一個丈夫的要求約束自己。」

「直到咱們契約結束？」李蓉輕笑。

裴文宣沉默，片刻後，他淡道：「或許吧。」

李蓉聽著裴文宣說話，拉了個蒲團到牆角，盤腿坐下來後，整理著衣衫，感慨道：「裴文宣，這五十年你當真沒白活啊。你要是早早有這點覺悟，咱們上輩子，說不定還真能白頭到老呢。」

裴文宣得了這話，睫毛輕顫。

他也不知道怎麼的，就覺得李蓉這話像利刃一般，瞬間貫穿了他。他一時也分辨不出這種感覺來自何處，或許是因遺憾，或許是對上一世的不滿，又或許是，上一世年少時那未曾言說過的感情，蟄伏經年後，某一瞬的反撲，一口狠狠下去，就撕咬得人鮮血淋漓。

疼痛讓裴文宣下意識鎮定下來，他慣來在極致的情緒下，便會進入一種極端的冷靜。

李蓉整理著衣服，對裴文宣的感覺渾然不知，繼續笑道：「我當年就知道你這人肯定大有出息，事早晚能想明白，果不其然啊，你說如今就你這模樣，你這想法，出去得多少姑娘喜歡你。」

「妳早知我會想明白？」

裴文宣聲音有些冷淡，李蓉搖著扇子，應聲道，「我看人還是很準的。」

「那妳怎麼看我？」裴文宣突然有些好奇。

「現在還是以前？」

「當年。」

聽到這話，李蓉認真想了想，努力回想了三十年前的裴文宣，慢慢道：「你那時候人挺好的，就是心裡面執拗，想不開。」

「怎麼說？」

「當年你許諾過要照顧秦真真，你就想著君子一言、駟馬難追，也不管自個兒是個什麼情況，就要去幫人家。」李蓉一面說，一面給自己倒茶，分析著道，「而且你心裡一直覺得自己喜歡的是秦真真，等見了我，突然拜倒在我的石榴裙下，你心裡就崩潰、矛盾了。你接受不了啊，覺得自己怎麼是這麼三心二意的男人呢？所以說，你這個人，動機是沒有問題的，就是想不開。」

裴文宣聽著李蓉雲淡風輕描述著過去的一切，他垂著眼眸，他聽著李蓉評價他的一切，都覺得刺耳極了。可他又清楚知道，這份刺耳的根本原因，來自於李蓉說的話都是真的。

「妳那時候，」他聲音平穩，沒帶半點情緒，「就知道我喜歡妳。」

「我又不傻。」李蓉吹著茶上的綠葉：「你要不是喜歡，能對我這麼好？只是當年還是臉皮薄，心裡覺得你喜歡我，有些不敢確定罷了。」

裴文宣沒說話，李蓉喝了一口茶：「怎麼不說話，我說得不對？」

「倒也不是不對。」裴文宣笑起來，其實這些話放在當年，甚至於放在相遇之處，他都覺得難以啟齒，可此刻李蓉這麼坐著和他靜靜交談，他突然就覺得好似說出來也沒有多大的關係，自然而然道：「只是除了難以接受自己是這麼個快速移情別戀的人以外，其實還一層原因。」

「哦？」李蓉挑眉，「我倒沒想到，說來聽聽。」

「大約就是，若是喜歡妳，其實便是我對皇權低了頭。」

這話讓李蓉愣住，裴文宣低笑了一聲，似乎有些無奈：「妳當公主當慣了，大約也習慣了被安排命運，可我當年沒有。當年本來對人生有諸多打算，突然被塞了個殿下當夫人，心裡其實是挺憋屈的，但又覺得妳也無辜，所以想著好好待妳。可聖旨可以控制我的人，卻不當控制我的心。我若喜歡妳，也是一種認輸吧。」

「你可真夠叛逆的呀？」李蓉覺得有些好笑，裴文宣想起來，也覺得年少的自己有那麼幾分說不清的執拗。

兩人沉默片刻後，裴文宣想了想，終於還是忍不住道：「不過那時候，我看不清楚自己，妳既然看清了，為什麼不等等我？」

若她願意再等一等，他或許就能看清自己的內心，就能學會成長，他們上一世也不至於有這樣的結局。

李蓉聽這話不免笑了：「你說得好笑，我又不是收破爛的，憑什麼等你？」

「裴文宣，其實你一直看不清一點。」李蓉看著杯子裡的自己，聲音平和，「上一世並非你對不起我，我黯然離去，然後自暴自棄，與一個閹人共度餘生。而是我其實可以得到你，我選擇了不要，我另覓新歡，與心中所喜相伴白頭。」

「我一生沒有憎惡過秦真真。一個女人憎恨她的情敵，是因為她覺得感情這場競爭中，以如今的自己面對一個很好的女人，並沒有勝算。」

「於是她總去希望對方多麼令人噁心，是她的愛人瞎了眼，有一天她的愛人會恍然醒悟，發現自己多好多美，可我不需要這樣的安慰。」

李蓉輕輕一笑。

「我知道我贏過秦真真輕而易舉，我得到你甚至什麼都不必做，可是我不願意。」

李蓉仰起頭來，看見彩霞漫天，晚燕飛鳴，她心中忽升幾分說不出的暢意：「我李蓉天潢貴胄，帝王血親，容貌不說豔絕天下，但也算名盛於華京，錢財權勢不過點綴，知書達禮、冰雪聰明，我這樣的女子，你問我為什麼不等你，你當問的是──」

李蓉將杯中茶水一飲而盡：「你憑什麼讓我等你？就算裴大人生得好看，」李蓉拖長了聲音，音調間帶了幾分俏皮，「我也不至於如此色令智昏啊。」

裴文宣聽著李蓉的話，她言語從容豁達，哪怕是埋汰著他，說著令人不悅的往事，卻也難得讓人心中開闊，心曠神怡。

裴文宣環抱著自己的胸，聽著李蓉說話，他低頭看著腳下，想了許久，忍不住輕笑一聲。

他突然覺得，自己彷彿是頭一次認識李蓉。

如今的李蓉和她年少時不太一樣，她有著二十歲李蓉的堅持和原則，卻有了二十歲李蓉遠遠沒有的豁達和平靜。

以前他們總是爭執，吵架，他一見到她身邊的蘇容卿，就難以克制自己。

如今他放下偏見來看，竟然有了一種說不出來的讚賞與喜愛。

這種喜愛無關情愛，只是覺得這世上女子如李蓉這樣的，當真讓人難以移開目光。

李蓉見裴文宣久不答話，不由得想自己或許戳了裴文宣的心窩，他這人慣來小氣，如今被紮了心窩子，怕是許久都不會說話了。

她有些無奈，暗罵一聲這人小氣得緊，起身道：「這天還聊不聊了？不聊我走了啊。」

裴文宣不說話，李蓉便站起身來，自個兒去翻了一本書，坐在桌邊磕瓜子看起話本來。

沒了一會兒，她抬起頭來，就發現牢房邊角上突兀地多出來一捲紙。

這紙被一根紅色的絲帶捲起來，看上去規規矩矩，彷彿是送人的禮物，倒漂亮得很。

李蓉有些疑惑，走上前去，彎腰拾起了這被捲起來的字，就看見上面是裴文宣的筆跡，寫著：

公主殿下親啟。

裴文宣的字慣來化腐朽為神奇，再普通的東西，加上他的字，都能顯出幾分風雅來。

李蓉抿唇覺得有些好笑，她拉開了絲帶，打開了這張紙。

紙張緩緩展開，就見十八歲的李蓉身著宮裝，頭簪牡丹，側身回頭一笑。

那模樣是十八歲的模樣，可那笑容卻不是十八歲的李蓉。

明媚張揚中帶萬千嫵媚，李蓉也分辨不出來，這到底是自己什麼時候的模樣。

畫下面提了裴文宣的字。

唯有牡丹真國色，花開時節動京城。

李蓉看見這句話，不由得笑開來。

裴文宣站在書桌前，他細細勾勒著畫上李蓉的線條。

其實他上一世他一直沒敢正視的一件事，便是他那一生，從未覺得，有任何女子，比李蓉更加美麗。

唯有牡丹真國色，而他心中有牡丹之豔的姑娘，也唯有一個李蓉。

第二十八章　拂花

和裴文宣相識多年，李蓉是清楚知道裴文宣的本事的。

他這個人和你作對的時候，能把你氣到昏死，但是他要是刻意討好起誰來，那拍馬屁的能力普通人可謂望塵莫及。

畢竟，裴文宣也是出身世家高門的嫡子，他本就聰慧非凡，據聞當年在書院之中，幾乎是門門魁首，君子六藝樣樣精通，要哄個姑娘，可謂手到擒來。

李蓉看見他的話，心情一派舒暢，過了一會兒之後，裴文宣就看見有張紙條包裹著石子從隔壁扔了過來，裴文宣愣了愣，沒想過李蓉還會回信，趕緊過去撿了石子，蹲在地上打開一看，是李蓉娟秀中帶了幾分凌厲的字跡：

會說話就多說點。

裴文宣看著這字，幾乎就想出李蓉挑眉帶笑說這話的模樣，他不知道怎麼的，居然覺得李蓉這副傲慢囂張的模樣，竟然也有幾分可愛起來。

像隻貓兒一般翹起了尾巴，驕傲得惹人憐愛。

裴文宣頓生逗弄之心，過了片刻後，李蓉就得了回信，裴文宣手長，直接將紙條遞過去，李蓉忙上去接了，打開了一看，發現還是一幅畫，這次畫簡單了許多，寥寥幾筆，勾勒了一個罈子，上面著「牡丹」二字，旁邊題了四個字「陳年牡丹」。

李蓉看見這四個字，立刻把紙揉成一團砸了出去，不再理這狗東西了。

裴文宣見李蓉把紙砸了，便知道李蓉是生氣了，他忙出聲道：「哎哎哎，殿下，別生氣啊，開個玩笑。」

「人不與狗共言。」李蓉冷淡開口，「休吠！」

裴文宣被李蓉的話哽住了，但他也知道李蓉是在氣頭上，他趕忙又去給李蓉寫了幾首讚美詩，伸手遞過去，小聲道：「公主、公主，妳看看？」

李蓉懶得搭理他，自己嗑著瓜子看話本。

裴文宣手痠，又換了一隻手，繼續搖著手裡的紙：「公主，我錯了，我給妳賠禮道歉，我不逗妳了。妳看看唄？」

李蓉抬眼看了一眼外面晃來晃去的白紙，又低頭看自己的話本子。

裴文宣換著聲線叫她：「公主？殿下？李蓉……」

話還沒喊完，外面就傳來了人說話的聲音，還有一些腳步聲，裴文宣立刻站起身來，靠在牆邊。

剛整理完衣衫，就見一個身著緋紅色官服的青年從長道走了出來。

他來得應當很急，額頭上有些細汗，一進牢房，他目光就落在李蓉那邊，見李蓉尚還安好，他頓時舒了口氣，朝著李蓉恭敬行了個禮：「殿下。」

李蓉頗有些意外，她看向來人有些疑惑道：「蘇大人？」

蘇容卿行完禮，直起身來，朝著裴文宣點了點頭：「裴大人。」

裴文宣不鹹不淡點點頭，李蓉見蘇容卿頭上有汗，她不免笑起來：「蘇大人為何來得如此著急？先擦擦汗吧。」說著，她便遞了一方帕子過去。

蘇容卿見到李蓉遞過來的帕子，他猶豫了片刻，然而不等李蓉反應，他立刻又恭敬伸出手去，雙手接了李蓉遞過來的帕子：「謝殿下。」

蘇容卿接了手帕，輕輕擦了擦額頭，裴文宣靠在牆上靜靜瞧著，手裡捲起來的紙有一搭沒一搭敲著自己肩膀。

蘇容卿一面擦著額頭一面緩下氣息，隨後道：「路上來得有些急，殿下莫要見笑。」

「來這麼急做什麼？」李蓉輕笑。

蘇容卿恭敬道：「今日得知殿下出了事，便想趕過來，但被陛下召見，如今才得從宮中脫身，怕殿下在獄中遭人刁難，故而趕著過來。」

蘇容卿說話一直都是很平穩的，沒有裴文宣那樣抑揚頓挫的聲線，他的一舉一動，都彷彿是用矩尺時時刻刻度量著，連聲音都是如此。

李蓉聽他的話，反問道：「今日早朝怎麼了？」

「今日早朝，邊關傳來消息，」蘇容卿正了神色，「兩日前戎國攻城，守城主將趙翼戰死前線，此刻全線退兵到汾城，楊家上次遞交了辭呈。」

「辭呈？」李蓉笑起來：「怎麼說的？」

蘇容卿神色不太好看，卻還是如是複述：「楊鳴說，楊泉犯下彌天大禍，招惹了公主，楊家無顏面對天家，故而要求告老還鄉，說會帶著楊家子弟歸隱山林，希望殿下放他們一條生路。」

「誅心之言。」裴文宣淡聲開口，李蓉用扇子輕敲著手心。

如果平時楊家遞交辭呈，朝廷可能還沒這麼慌亂，可如今戰場主將身亡，眼看著戎國就要打過來，這時候楊家遞交辭呈，就是一種威脅了。

「其他人怎麼說？」李蓉冷靜詢問。

「殿下應該知道，世家大多是和楊家站在一起，」蘇容卿答得流暢，「世家並不喜歡變動，楊家守護邊關，無論如何，過去他們已經守了這麼久，除非切實威脅到世家的利益，世家是不會改變立場的。如今楊家這麼一逼，今日朝臣震動，滿朝文武要求陛下將殿下關押，以安邊關將士之心。」

「我明白了。」李蓉點點頭。

蘇容卿抬眼看向李蓉：「微臣需做些什麼？」

「不必。」李蓉搖了搖頭，「你辦好自個兒的事就好。」

蘇容卿抿緊唇，似是有些不甘心，他接著道：「殿下，我之前說的話……」

「我都知道。」李蓉截斷他，認真道：「可我對你說的那些話，也是真心的。我並非因為戒備或者看不起你的才能拒絕你，而是蘇大人當真不必介入這些事。我允諾蘇大人的話，並非戲言。」

蘇容卿不說話，李蓉見他似是失落，笑起來道：「若蘇大人一定想做點什麼，不若下次來的時候，替本宮帶點東西？」

「公主想要什麼？」蘇容卿得了這話，終於有些反應。

李蓉想了想：「帶幾本書吧，我喜歡看話本，你看書多，推薦幾本。」

蘇容卿恭敬應下，李蓉又問了一下早朝的具體情況，說完之後，兩人沉默下來。

過了片刻後，蘇容卿恭敬道：「若無他事，微臣告退。」

李蓉點點頭，只道：「去吧，下次別來這麼急，這華京裡我出不了事。」

蘇容卿行禮退開。

等他走出去，裴文宣的聲音悠悠響起來：「殿下，我看的書也不少，我給妳推薦幾本吧？」

「不必了。」李蓉回聲道，「裴大人推薦的書本宮看膩了，想換一本瞧瞧。」

聽得這話，裴文宣下意識就想反擊，然而在話出口的前一瞬間，他突然又頓住了。

他突然想起來，他不該再這麼過下去，不該總和李蓉吵架，哪怕是為了蘇容卿。

李蓉說的其實不錯，一個人總希望自己的敵人不好，本質是他內心深處的自卑。

他不喜歡蘇容卿，總說他不好，其實也不過是他的遷怒和面對蘇容卿的自卑與憤怒。

可已經過了一世了，他重新開始了，李蓉是個好姑娘，他也不想總和李蓉吵下去。

於是他克制住自己，沒有出聲。

李蓉見裴文宣不說話，不由得有些奇怪，以前在蘇容卿這件事上，他幾乎是一點就炸，哪裡能沉默這麼久？

她小心翼翼道：「裴文宣？」

裴文宣不說話，李蓉不由得有了些不好的揣測：「裴文宣，你怎麼不說話？你是不是出事了？」

「沒。」裴文宣緩了緩情緒，他換了個姿勢，靠在牆上，調整了聲線，故作淡定道：「我就是在想之前蘇容卿和妳說什麼了，妳拒絕他什麼了？」

李蓉有些詫異，她以為裴文宣還要再同她吵吵，卻不想裴文宣竟然也開始心胸開闊了？

裴文宣見她不說話，不由得道：「怎麼不說話？不方便說？」

「不是。」李蓉回過神來，「裴文宣，你轉變太大了，我害怕。你……你要不再罵個幾句？」

裴文宣：「……」

「我說妳這個人，」裴文宣嘆了一口氣，「不吵架過不去是不是？」

「這樣就對了，」李蓉點點頭，「這樣我心裡好受點兒。」

裴文宣：「……」

「蘇容卿說他想投靠太子，我沒答應。」李蓉見裴文宣恢復正常，也回了裴文宣的問題。

「為何不答應？」裴文宣皺起眉頭，要是蘇容卿站在李川這邊，並不是件壞事。

「我覺得他不是該做這些事的人。」李蓉平淡開口，「上一世蘇家的禍事，主要是蘇容華有問題，這輩子讓蘇容華離肅王遠些就好了。他不必早早跟著川兒，他當他的刑部侍郎，好好幹事，川兒不會為難他。」

「妳是怕過早捲入這些事，髒了他的心吧？」裴文宣徑直開口，李蓉沒有說話，裴文宣當她默認，他心裡有口氣，上不去也下不來。

「妳對他好得很，」裴文宣聲音平淡，「倒是不怕拉我下水，髒了我的心。」

「你的心有什麼好髒？」李蓉不理解裴文宣這份矯情，直接嫌棄道，「都幾十歲的人了，還要和人家年輕人相比，不害臊。」

「那妳呢？」裴文宣立刻回擊，「幾十歲的人了，還想著人家年輕人，不害臊。」

李蓉不說話了，裴文宣頓時覺得自己這話也說得重了些。

李蓉和蘇容卿是有感情的，他心裡知道，哪怕蘇容卿殺了她，可他們之間的結局並不是他們倆感情不好，只是立場不同。李蓉回來想改變蘇容卿的立場，對他好些，倒也沒什麼，只是他心裡終究有那麼幾分難受。

他不由得道：「我年輕的時候，妳從來沒勸過我要離這些事遠些。」

李蓉心裡覺得蘇容卿是翩翩君子不染紅塵，不希望他沾染上黨爭之事，可當年的裴文宣呢？難道他不也心有丘壑，裝萬水千山？

「當年咱們有得選嗎？」李蓉平淡開口。

裴文宣心裡壓著，「是沒得選，但妳也從沒想過這事，不是嗎？」

李蓉沉默，裴文宣深吸一口氣：「歸根到底，妳對我和蘇容卿的感情，終究不一樣罷了。」

「你明知如此，又比什麼呢？」李蓉平靜出聲，裴文宣僵住。

李蓉淡道：「我和他在一起二十五年，我與你在一起不足一年，你要這麼比，不是自己給自己找不痛快麼？而且你如今比這些又做什麼？你自個兒也說了，這一世重頭開始了，你打算重頭過。」

裴文宣不說話，李蓉靠在牆上，用扇子輕輕搭在肩頭。

他們兩人只隔著一道牆，背靠著背，各自垂眼看著地面。

「妳說的也是。」裴文宣輕笑，「重新開始，我不該糾結這些。我會慢慢改，日後妳別同我計較。」

李蓉應聲無言，裴文宣直起身來，只道：「我歇下了，妳早點休息吧。」

他語氣平和，可不知道怎麼的，李蓉還是從裡面聽出了幾分失落難堪。

她知道，裴文宣心裡，面對蘇容卿，生來有一種說不出的自卑感。

蘇裴雖然都是大族，但蘇家乃百年名門，而裴家本來只算一個二流貴族，在裴文宣父親那一代人的努力下，生生擠進了一等名門。

裴文宣年少便十分聰慧，又生得俊美，與蘇容卿各在華京最頂尖的兩家書院各自都是其中魁首，於是年年放在一起比較，如果只談個人，裴文宣自然不會輸，可是有些東西，卻需得幾百年積累傳承才能有得起，於是人們提及裴文宣，總會說一句：「可惜……」。

他年少便因家世略輸蘇容卿一籌，後來感情之事，哪怕蘇容卿身受宮刑，他還輸給了蘇容卿，這於裴文宣來說，不是「重新來過」四個字就能放下的。

若是平日爭執著，李蓉倒懶得管他心裡那些個難受，可如今裴文宣態度好起來，她想著這人，倒有了幾分不忍。

她想了想，終於還是道：「裴文宣。」

對面裝睡不說話，李蓉緩聲道：「我讓他離這些事遠點，是因為如今他只有二十多歲，而我已經算是長輩，心有幾分愛護之心，並非其他感情。我和他不可能再開始，他是二十歲的蘇容卿，我是五十歲的李蓉，我老了。」

「如果你不是重來，我遇見二十歲的你，」李蓉頓了頓，終於還是道，「只要你不給招麻煩，能幫我也會幫的。」

裴文宣聽著李蓉的話，不知怎麼的，就有了些難受。

這種難受和之前的酸澀不太一樣，之前他想著自個兒，難受。

可如今他想著的卻是，李蓉怎麼用這種口氣說話？

她那人囂張慣了，也從來不心疼在意別人，如今驟然說這些話，裴文宣聽著，就覺得比她罵他還難受了。

「妳別老提妳老了、老了，」裴文宣甕聲道，「咱們都二十歲，咱們年輕得很。」

李蓉輕輕一笑，她沒多說。

裴文宣心裡悶了一會兒，他起身來，到了邊角，招呼李蓉：「殿下，妳過來一下。」

李蓉有些疑惑，但她還是到了邊角，蹲了下去，疑惑道：「做什麼？」

「殿下，妳把手給我。」

裴文宣伸出手來，李蓉雖然不明白他要幹什麼，還是伸手出去。

兩人看不到對方，但可以看見雙方的手，裴文宣一把握住她的手，李蓉不由得顫了顫。

裴文宣的手很瘦，骨節分明，皮膚燥熱溫暖，帶了幾分男人獨有的粗糙。

而李蓉的手纖細柔軟，皮膚細膩光滑，指甲精修後染了丹蔻，裴文宣一握，就將她的手全攥在了手裡。

說不出的酥麻感順騰而上，不過是頃刻間就讓兩人回想起年少時某些荒唐歲月。可如今急急放手又顯得失態，於是兩人都故作鎮定，彷彿毫無感覺。

李蓉淡道：「你這是做什麼？若說不出個理由，可就是犯上了。」

裴文宣臉紅得厲害，但他也是強作平靜，慶幸如今兩人看不見對方。他輕輕放了一個東西塞進李蓉手心，而後從容放了手，只道：「殿下，給妳個好東西，妳吃了試試。」

李蓉有些茫然，她將手收回來，攤開來，便看見是一個圓圓的小藥丸，她不由得有些警惕道：「這是什麼東西？」

「殿下，妳吃了試試就知道了。」

「萬一是毒藥呢？」

「我給妳下毒還需要現在嗎？之前妳還吃了我的魚。」

李蓉：「……」

說的倒也有道理，李蓉想了想，就將藥丸放進了嘴裡。

帶著梅花香的甜味在嘴裡散開，李蓉有些茫然，隨後就聽裴文宣問：「甜不甜？」

「甜……」李蓉不解：「你給我吃的這是什麼？」

「是糖丸。」裴文宣笑起來，「妳當年不就喜歡吃甜的嗎？十八歲覺得甜，五十歲也覺得甜，李蓉，妳別太在意年齡這事，只要妳自己不覺得自己老，妳永遠是個小姑娘。」

李蓉沒說話，她和裴文宣一起蹲著，她含著糖丸，還手抱膝，將臉貼在手臂上，笑道：「你還有什麼好聽話，多說說給我聽？」

裴文宣聽她話裡帶了笑，自己心裡也舒服了，他站起身來，回了床上：「不說了，沒興致了。妳要想聽，明日再來，本公子高興了再給妳說幾句。」

李蓉得了他這話，啐了他一口，拉上簾子，起身自己回了床上。

李蓉一覺睡到天亮，第二天睡醒之後，靜蘭就帶著人來了，他們領著人伺候李蓉和裴文宣梳洗完畢就開始打掃牢房，李蓉和裴文宣站在院子裡無事，乾脆就打起太極來。

年輕時多折騰，老來愛養生，兩人後來都是受過病痛之苦的，對身體也是多加注意。

李川來的時候，便看見到兩個人正在打太極。他站到正打著太極李蓉身後，疑惑道：「姐，妳什麼時候開始打太極了？」

「我還可以打五禽戲。」李蓉牛頭不對馬嘴的接。

李川噎了一下，隨後道，「不是，我是問妳什麼時候開始會這種太皇太后喜歡做的事了。」

裴文宣一聽這話就不高興了，他昨晚才勸了李蓉，就怕李川一說又想不開，立刻道：「保養身子從什麼時候開始都不晚，殿下，你也該早早練起。」

李川覺得這兩人有病。

但他來不及多和他們拌嘴，直接道：「姐，今個兒詔令下了。」

「你去？」李蓉知道李川指的是西北的事，楊家遞交辭呈，李明得派人去西北解決戰事，現下將李川派出去，是他們早就謀算好的。

「我去監軍。」

李川應聲下來，李蓉點點頭，「那人去嗎？」

知道李蓉問的是秦臨，李川點點頭道：「去了，分成兩路過去，我先給他個身分暗中安排。」

「好。」李蓉平和道，「過去之後，盡快拿到帳本。」

「我明白。」

李川應了聲，李蓉打著太極道，「去吧，這裡有我。」

李川得了這話，他看了看李蓉，又看了看裴文宣，片刻後，他叫了一聲裴文宣：「喂。」

裴文宣假裝沒聽到，繼續打太極，李川知道他是晾著他，雖然有些生氣，但也來不及計較，只道：「孤離開這些時日，你要好好照顧我阿姐。」

「我不需要他照顧，」李蓉立刻道，「你趕緊走吧你。」

「好走不送。」裴文宣打著太極接了聲。

李川被這兩人噎住了，憋了半天，終於道，「算了，我走了。」

說完之後，他甩了袖子，往長廊外走出去，走了幾步後，他突然叫了一聲：「阿姐。」

李蓉回過頭，就見李川突然跑了回來，一把抱住她。

他身子輕輕顫抖著，低聲道：「阿姐，如果我沒回來……」

「有阿姐在。」李蓉抬起手輕撫上李川的背，平和道，「你會平安。無論什麼時候，阿姐都會保護你。」

聽著李蓉的話，李川內心有一種莫名的平和，他突然就生了諸多勇氣，覺得這一路上，似乎有人張開了雙翼，悄無聲息護在他身後。

「阿姐，」李川低聲道，「我會好好回來的，妳也不要害怕。」

「我回來了，我保護妳。」

李蓉聽著李川的話，忍不住笑起來。

李川放開她，這一次他沒有回頭了，一路小跑了出去。

裴文宣站在李蓉身後，他看著李蓉的神情，那種平和、從容、帶了某些希望的神情，是他之後數十年，都未曾見到過的。

「李蓉。」他忍不住叫她。

李蓉回過頭來，有些疑惑：「嗯？」

裴文宣靜靜看著轉頭瞧他的李蓉，他看到少女清澈如水的眼倒映著自己的影子，看著不知哪裡吹來的春末桃花翩然而落。

他看著此刻的李蓉，突然有種莫名的衝動。

他希望李蓉能用這樣的眼神、這樣的笑容，過一輩子。

如果李蓉能這樣過一輩子……他委屈一點，對她好一些，也不是不可以的。

「裴文宣？」李蓉見裴文宣不說話，不由得叫他。

裴文宣回了神，他輕輕一笑，抬手拂過她的頭頂。

「花落在妳頭上了。」他輕聲道：「我為妳拂開。」

願為妳拂塵拂雪，願為妳奔波半生。

只是那一刻，裴文宣自己都不知道，原來他可以為李蓉做的事，有那麼多。

第二十九章　融洽

裴文宣那片刻的溫柔讓李蓉愣了愣。

裴文宣見她愣神，不由得笑起來：「妳怎的了？」

李蓉盯著他的臉看了片刻，隨後抬起頭來，拍了拍他的肩，感慨道：「我眼光的確不錯。」

裴文宣頗為茫然，李蓉便已經握了扇子進了自個兒的牢房中。

她的房間已經打掃完畢，靜蘭、靜梅問了她的需求，沒有其他事，便退了下去。

兩人各自在各自的牢房裡，看書、打棋譜，閒著無事吵嘴兩句，日子也就消磨過去。

等到了晚上，蘇容卿便提了食盒過來，將食盒和幾本話本子交給了李蓉，隨後將朝中近日發生的事都彙報了一遍。

李蓉聽著他彙報這些，一面聽著，一面低頭看著蘇容卿給的話本子，等蘇容卿說完後，她也沒過問朝堂上的事，只道：「你給的這幾本話本看上去都挺有意思的，這幾天我應該就能看完了，你下次再給我找些類似的。」

蘇容卿愣了愣，隨後應了下來，有些猶豫道：「殿下沒有什麼要讓我帶的話嗎？」

「沒什麼。」李蓉說著，想了想，她又道，「日後你也不必多來，若讓陛下知道了，對你不好。」

蘇容卿得了這話，沉默下去，過了一會兒後，他苦笑起來，溫和道：「殿下說的是。」

李蓉點了點頭，沒有再說話。

蘇容卿在牢房門口站了片刻，隨後道：「若無他事，微臣先退下了。」

李蓉應了一聲，態度頗為平淡，蘇容卿恭敬行禮之後，便退了下去。

等他走了，裴文宣才靠著牆睜開眼，淡道：「不留著多說幾句？」

「說了做什麼？」李蓉翻著話本子，眼都不抬，「反正也留不住的人。」

「李蓉。」裴文宣靠著牆坐在蒲團上，曲著膝，一隻手搭在膝蓋上，一隻手放在腿上，緩聲道，「妳當真不想和蘇容卿再續前緣了？」

「不想。」

「為什麼？」裴文宣有些好奇，「妳還是介懷他殺了妳？」

李蓉的動作頓了頓，她一時也不知道怎麼回應，她對蘇容卿的感情，比起裴文宣來說，複雜太多了。

他們之間有太多愛恨，也有太多糾葛。她和裴文宣之間，談的只有喜歡或者不喜歡，可她和蘇容卿之間，卻就介於愛與恨的中間，她與蘇容卿互相提防，互相陪伴，給了真心，也充滿猜忌。

不是沒有心動，甚至於也衝動過想和裴文宣和離，只是蘇容卿清晰的讓她看到，蘇容卿不願意要她這份衝動。

她上一世像一隻小心翼翼試探這個世界的貓兒，她每一次伸手，都遇到火焰灼燒，儘管蘇容卿這團火溫柔又美麗，可對於她而言，遙遙望著這美麗的煙火，或許比觸碰好太多了。

她不說話，裴文宣也沉默，他也不知道怎麼的，從他意識到李蓉和自己認知的不太一樣開始，他就很想探究李蓉，很想知道，在他缺席的這二十五年裡，李蓉到底是什麼樣。

說起來他心裡不舒服，可是又忍不住想問。

過了許久後，裴文宣才道：「妳要是想不清楚，不如和我說說，我幫妳分析分析。」

李蓉聽到他這話，忍不住笑了：「感情事上你自己就是個糊塗蛋，你還幫我分析？」

「不識廬山真面目，只緣身在此山中。」裴文宣覺得李蓉說得不對，立刻反駁道，「我自己搞不清楚，未必搞不清楚妳的。」

李蓉聽笑了，覺得裴文宣像個不能自醫的大夫，被人質疑了醫術跳腳。

她本也懶得和他多說，但獄中閒著無事，便也就散漫的聊起來。

裴文宣問，她答，細細說著他不在的二十五年，另一個人和她的人生。

二十五年一說就很長，從黃昏說到半夜，裴文宣聽，她說，偶爾裴文宣也會說起自己的事來，李蓉聽著，也覺得新奇。

夜裡下起小雨，裴文宣正說著他因為一直沒有子嗣，被族人猜測他不行，拚命想要給他過繼一個孩子。

李蓉聽得入神，又覺得睏，淅淅瀝瀝雨聲響起來，裴文宣突然道：「妳蓋被子沒？」

李蓉恍惚反應過來，懶懶起身從旁邊撤了一條毯子，蓋在身上後，接著道：「蓋上了，你繼續說。」

「妳腿疼不疼？」裴文宣忽地又問。

李蓉知他是想起她陰雨天就腿疼的事情來，笑著道，「我還年輕呢，這點小雨，不疼的。」

「妳那時候也年輕。」裴文宣溫和道，「秋天還是容易疼的。」

李蓉沉默下來，她記得的，那時候她秋天夜裡腿疼，她起初沒有告訴過裴文宣，裴文宣見她半夜總是睡不著，臉色不好，去打聽了，才知道是她年少時被罰跪得久了，落下的病根。

於是他學了按摩，某天夜裡下起雨來，她輾轉反側睡不著，裴文宣就起身來，給她蓋好了被子，然後一點一點按在她腿上的穴位上，輕聲問她：「蓉蓉，妳還疼不疼？」

那是她第一次在秋雨之夜安安穩穩的睡過去，那時候，她心裡就覺得，其實成婚這件事，比她所預期的，要好很多。

她想起那時候的自己和裴文宣，不知是因為太過久遠的歲月，哪怕有著後來不甚開心的結果，也覺得有些溫情。

裴文宣提到這件事，便接著問：「後來還是腿疼嗎？」

「疼啊。」李蓉輕嘆。

裴文宣看著前方，聽著細雨：「蘇容卿不管嗎？」

「管的。」李蓉溫和道，「只是人老了，身子總要差一些。」

「他對妳還是好的。」

「他很好的，就是中間隔著太多了。」

兩人沉默下去，一時也忘了最初聊天的初衷是什麼。

李蓉有些犯睏，抓了毯子，起身道：「睡吧。」而後便起身回了床上，自個兒裹了被子，閉上眼睛睡了過去。

李川走後，兩個人也沒什麼事，幾乎就只需要等候就是。

靜蘭每日會來給李蓉打掃牢房，順帶就將外面的消息告訴李蓉一聲。李蓉讓靜蘭將自己的話帶給皇后，讓皇后配合著找皇帝鬧事，希望皇帝把李川召回來，不要管她在不在牢裡。只有皇后呈現出不願意李川去邊境的態度，皇帝才會相信李川去邊境這件事是對他有利，而不是對李川有利的；而皇后不管她，對於李明而言，也是皇后與李蓉可能不合的表現。

哪怕不是表現，也是日後李明挑撥李蓉和皇后的一個藉口。

兩人每天在牢房裡養生等消息，閒著無事吵嘴聊天，又或者找些遊戲打發時間。

裴文宣讀書多，各種雜書均有涉獵，哪怕是養顏之術、貓貓狗狗，他都知道得不少。而上一世他除卻平日政治鬥爭，收集的小道消息也多，兩人在牢中無事，閒聊起這些來，發現竟也算是不錯的話題。

除了聊天，兩人還隔著一堵牆，在牢房外面放棋桌，伸著手下棋，又或者是猜拳、猜謎，無聊到極致，就玩起看誰伸手快的遊戲來。

李蓉嫌棄裴文宣力氣大，於是裴文宣負責躲，她負責打，裴文宣倒也機靈，幾乎都打不中，回回李蓉的手抽在地上，砸得疼。

蘇容卿偶爾會來看李蓉，每次來就帶寫話本，彙報一下外界情況，恭恭敬敬，倒也挑不出什麼錯處來。

裴文宣起初看著蘇容卿胸口疼，但他想著自己該學著面對蘇容卿，該學著看開一點，大方一點，不斷催眠著，倒也緩和不少，至少見了面，他稍稍能控制情緒，不開口嘲諷了。

在牢裡一過就是一個半月，進來的時候正是芳菲盡時，轉眼就聽夏荷盛開。

這時候前線終於傳來捷報，李川不僅守住了前線，甚至還連下三城，而楊家人因私通外敵被李川扣押拿下，隨後將人和證據一路送往華京。

李蓉得到這消息時是在正午，蘇容卿在早朝得了消息，立刻就趕了過來，將事情告知了李蓉。

李蓉面上不顯，她用摺扇輕敲著手心，平和道：「蘇大人有心了，此事本宮已知曉，不過本宮如今還是戴罪之身，這些外界之事，本宮暫時管不了。」

蘇容卿聽得這話，他面色變了變，然而片刻後，他便低下頭去，恭敬行禮道：「此事殿下知曉就好，微臣也只是前來告知。」

李蓉應了一聲，蘇容卿見李蓉還同平日一樣冷淡，便退了下去。

等他一走，裴文宣便笑了起來：「蘇大人整日碰妳這顆硬釘子，我瞧著都有些可憐蘇大人了。」

「您還是可憐可憐您自己吧。」李蓉思索著接下來的事宜，張口就懟。

裴文宣聳聳肩，倒也不甚在意，反正他被懟慣了，也不多這一句。

沒了一會兒後，李蓉便站起身來，如今既然李川把楊家人送過來了，便是她該動手的時候了。

她到了書桌邊上，開始思索著如何寫這張摺子。

楊家的案子已經到了時候，她需要和李明申請出獄繼續審楊泉的案子。可這封摺子這時候由她寫，又怕李明懷疑起她，想著她和李川串通了做這件事。

她左思右想，終於意識到，這事可能還是得求裴文宣。

她猶豫了片刻，跑到牆角去，叫裴文宣道：「裴文宣，快，幫我個忙。」

裴文宣早就靠在牆邊等著她，聽她終於來了，用摺扇輕敲著自己的肩膀，悠然道：「殿下說笑了，微臣一個可憐之人，哪裡幫得起殿下的忙？」

「你別貧啊。」李蓉見他趁機報復，趕緊道，「這是正事，別同我鬧。」

「殿下方才才說微臣可憐，現下又要用微臣，微臣聽不懂殿下的意思。」

李蓉明白了，她要是不低個頭，裴文宣估計能給她拿翹一晚上。

她瞧了一眼旁邊，見裴文宣的衣服從木欄裡擠出來，便知他是靠在牆邊等著她，她想了想便伸出手去，抓住了裴文宣的衣角。

裴文宣奇怪垂眸，旋即就聽隔壁響起一聲嬌滴滴的喚聲：「裴哥哥——」

裴文宣整個打了個顫，嚇得扇子都掉到了地上。

李蓉聽到扇子落地的聲音，當即大笑起來，裴文宣頗為無奈。

「李蓉，妳可以罵人，但妳不能這麼嚇人啊。」

「少廢話，寫不寫？」

裴文宣聽李蓉要起脾氣，抬手扶額，嘆息出聲：「罷了、罷了，本公子寬宏大量，不同女人計較。妳既然叫我一聲哥哥，那我就幫妳這個忙。」裴文宣加重了語氣，刻意強調：「我的蓉、蓉、妹、妹。」

第三十章　區別

裴文宣應了李蓉之後，回到書桌面前，提筆開始思索怎麼幫李蓉寫這封摺子。

他們兩人想出去，李蓉主動寫，不好，顯得她太想搞死楊家了，以李明的性格，怕是會多想。

李蓉如今要扮演的角色，就是一個有些聰慧，但因為對父母的信任，而對太子、帝王之間的鬥爭近乎一無所知的公主。

就像她過去的十八年，眼前見著什麼就是什麼，不能有太多其他。

查楊家，是因為楊泉犯上，除此之外，不能關聯更多，若是李川前面得了捷報，她立刻就去查人，怕引猜忌。所以李蓉要他寫這封摺子，可是他若寫了這封摺子，那首先就得解釋的是，他怎麼知道的消息。

他可以說是利用了李蓉，也可以說是自己父親留下來的暗線，但是一個謊總需要無數謊言來圓，撒謊越多，漏洞越多。

裴文宣想了片刻，又放下了筆。

「殿下。」他喚了旁邊的李蓉一聲，李蓉正等著他寫摺子，就聽他道，「這摺子我不能寫。」

「嗯？」李蓉聽這話，便知裴文宣有其他考量，直接道，「那你打算如何出去？」

裴文宣想了想，低聲道：「找皇后。」

李蓉聽得這話，她旋即就反應過來，正要回應，就聽裴文宣細緻跟她解釋道：「妳先讓太子給個名單，凡是太子覺得不合適的人，都放在這封名單上，讓太子向陛下討賞。這個名單最好多放一些西北世家望族之人，還有一些忠於陛下的將領。」

「西北邊境，陛下少有接觸，真正的親信早在前面征戰中被楊家構陷，下面的普通將領陛下其實並不熟悉，這些人出現在太子討賞的名單上，陛下一定會疑心這些是太子的人，反而將他們撤掉。」李蓉思索著，接了裴文宣的話。

裴文宣知道這種事和李蓉說最輕鬆，不需要多說，對方就能明白你在想些什麼，這種默契讓裴文宣心裡有幾分舒適，他放鬆道：「對，而且如果這些人出身世家，當然也不能太顯眼的世家，陛下撤了他們，自然也是寒了那些西北世家的心。」

「陛下撤了這些人，心裡便會想起收拾楊家了。」李蓉用小扇敲著手心，「到時候，陛下必然要先派人到邊關，換下太子的人手，再將太子召回，讓我們開始審楊家案，拔除楊家。」

「所以，如今我們以不變應萬變是最好的。等陛下什麼時候想起咱們，他自然會來幫我，這時候妳把拓跋燕主動放出去，陛下的人找到拓跋燕，問題也就不大了。」裴文宣輕笑起來，「甚至於，咱們連帳本都不必碰，等到時候陛下派了人到邊境去，我們找陛下要這個帳本。」

「你說得有道理。」

「不過有一點，」裴文宣正色，「拓跋燕，這人妳控制得住嗎？」

「他妻兒我已經讓人找到了，問題不大。」李蓉淡道。

「那就好。」裴文宣點了點頭，「妳這就讓人去辦吧。」

於是裴文宣摺子沒寫，倒是李蓉等第二天靜蘭來後，讓靜蘭給東宮帶了消息，東宮的人從華京飛鴿傳書，將李蓉的意思傳給李川。

李川在邊境得了消息，連夜找了秦臨和崔清河一干人來，暗中商擬了一份名單，他們保留了一些將才，挑選了幾個中庸世家和忠於李明的將領，又選了幾個本來就是李川用來當障眼法的將領，混雜在一起，就送到了華京，向李明討賞。

李明接到李川求賞的摺子，氣得在御書房砸了杯子。

第二日靜蘭來遞消息給李蓉，小聲道：「聽說陛下氣得厲害，說太子去了邊境，翅膀就硬了，想拉攏人心，集結黨羽，還是幾位老臣勸了許久，才將陛下勸了下來。」

李蓉聽了這話，點了點頭，靜蘭瞧了她的神色，低聲道：「殿下也別太難過。」

「我又什麼難過？」李蓉輕輕一笑：「陛下是這個性子，我早知道了。」

靜蘭有些詫異，她深知公主過往慣來和李明關係極好，而李蓉說完這話，也知失言，嘆了口氣道：「我又不傻，指婚這事，還看不清楚嗎？」

靜蘭聽得這話，便理解這位公主轉變從何而來，她忙道：「殿下看得開就好。」

李明得了李川的摺子，沒了幾天，確認前線戰事基本穩住以後，便立刻將李川召回來，同時把自己的嫡系將領派了過去，接替西北軍職，把李川摺子上討賞的一批將領明升暗降，從西北原本的位置上調走，散到了其他各軍隊文職之中去。

軍隊這地方，一個將領被挪走等於撤權，樹挪活，人挪死，被調走的將領心中都清楚，哪怕給他們再好聽的名頭，也是撤了他們的職，一時之間，西北酒宴盛行，許多老將都在酒宴之上痛哭流涕，雖不明說，雙方卻也都知道，對方寒的是什麼心。

李川從西北回來那日，新任將領領著軍隊送著李川出城，李川站在馬車之上，回頭同將領道：「章大人不必送了，孤起行了。願章大人在西北，」李川意味深長一笑，「官運亨通。」

章秋神色恭恭敬敬，行禮道：「恭送殿下。」

李川回過頭去，看見士兵如浪潮跪下，西北夏日風捲黃沙，帶著熱氣撲面而來，他目光一一掃過軍隊，不經意間，看見幾張年輕的面容。

秦臨、崔清河等人混在人群中，他們暗中抬眼，靜靜看著李川，李川面色不動，他點了點頭，隨後轉身進入了馬車。

坐上馬車之後，他轉頭看了一眼大漠烈日。

那一望無際的荒野，承載著數萬人的命途，血與劍廝殺中走出來的少年太子，從未如此深切體會過，將士、百姓、江山、皇權，這一切詞語之下，所積壓的累累白骨。

他閉上眼睛，沉默無聲。

所有的命令下去，李明見李川終於決定回來，心中終於舒了口氣，知道這一次上官氏是認了栽。

他的人已經清楚查過，上官家這次出了血本，上官嫡系能調動的軍隊耗損近半，名下商鋪也多有轉賣，就是為了湊著軍餉去幫太子。

太子是上官氏的希望，而李明想的就是，等他一點一點磨垮上官氏的元氣，他再毀掉上官家這拚命保全的希望。

這一次毀了楊家，削弱太子，他可謂大勝。

想到這裡，李明就想起了那個給自己出主意的人來，他想了想，喚了自己旁邊的太監福來，吩咐道：「裴文宣那個案子，找個人去瞧瞧吧。」

福來笑著應聲下去。

隔了兩日，便有一個落魄商人衝到了順天府擊鼓鳴冤，順天府的人衝出來後，皺眉道：「你是何人？為何擊鼓？」

那落魄商人抬起頭來，沙啞出聲道：「草民拓跋燕，前來狀告將軍府楊氏，貪贓枉法，通敵賣國，欺壓良民，縱凶殺人！」

順天府的人得了這話，頓時大驚，連圍觀的人都不由得有些奇異，前些時日才說死了的人怎麼活了呢？若他沒死，那如今入獄的裴文宣，殺的又是誰？

順天府不敢判案，直接呈報入刑部，案子從刑部轉入御史臺，最後當天夜裡，便到了李明手上。

如此大案，還牽扯了自己最心愛的女兒，李明決定當朝審案，夜裡通知了刑部，準備好了所有與案情相關的物件。

三日後，天還沒亮，李蓉和裴文宣還在牢裡睡得迷迷糊糊，便聽見外面傳來腳步聲，隨後蘇容卿領著侍衛提燈而入，整個牢房一瞬間變得燈火通明。

李蓉的牢房拉了簾子，裴文宣則直接被火光驚醒，他睜了眼，便看見是侍衛站在長廊兩邊沒進來，而蘇容卿則行到牢房前，朝著李蓉的牢房恭敬行禮道：「殿下，陛下提請殿下與裴大人入朝協助審案，還請殿下起身，隨微臣上朝。」

李蓉在牢房中應了一聲，蘇容卿又道：「殿下，微臣已從公主府帶了侍從過來服侍殿下，不知可方便入內？」

這倒是體貼得緊了。

裴文宣洗著臉的動作頓了頓，忍不住看了一眼蘇容卿。

蘇容卿面色不動，只聽旁邊傳來拉簾子的聲音，隨後就見李蓉穿著紅紗薄衫，散著頭髮，手裡拿著小金扇，斜斜往邊上一靠，打著哈欠道：「進來吧。」

蘇容卿沒有抬眼，低著頭上前開了牢房門，幾個侍女緊接著就端著水盆走了進去，蘇容卿為李蓉拉上簾子，而後就等在了外面。

李蓉梳洗完畢出來時，裴文宣也差不多梳洗完畢，兩人一起出了牢房，跟在蘇容卿身後一起出了大獄。

這時天還沒亮，所有人卻都精神得很，李蓉先上了馬車，裴文宣正準備走到後面的馬車去，就看見蘇容卿竟是毫不避嫌，直接跳上了李蓉的馬車。

裴文宣動作頓了頓，片刻後，他做了一個決定。

他也上了李蓉的馬車。

李蓉剛進馬車時還有些困頓，旋即就看見蘇容卿跳了上來，她嚇了一跳，下意識道：「你上來做什麼？」

「有許多事要同殿下說明，到宮中怕來不及，還望殿下見諒。」

蘇容卿答得恭敬，李蓉緩了緩，點頭道：「蘇大人有心……」

話沒說完，裴文宣便捲了簾子跳了進來，李蓉不由得又道：「你又上來做什麼？」

裴文宣下意識想把那一句「他能來我不能？」甩出來，但一看見蘇容卿的臉，他就憋回去了。

平日吵吵鬧鬧無所謂，人前還是要規矩的，於是他恭敬道：「有些事要同殿下商議，到宮中怕來不及，還望殿下見諒。」

李蓉：「……」

說辭如此相似，她都不好意思拒絕。

「那裴大人一起吧。」

李蓉招呼了兩個人進來，兩人不需要商量，就各自找了一邊坐下，李蓉坐在正上方的主位上，不知道為什麼，體會到了一種莫名的焦慮和尷尬。

三人靜靜沉默著，蘇容卿垂眸不言，裴文宣張合著手裡扇子，也沒出聲。

李蓉沒事替自己倒茶，流水聲響起來，兩人一起看向她，李蓉提著茶壺的動作僵住，片刻後，她露出一個尷尬的笑容來，勸說二人道：「喝茶。」

說著，她親自給兩個人各倒了一杯茶，接著在端起茶的時候，先送給誰又成了問題。先給蘇容卿，以裴文宣那個小心眼，怕是等一會兒一定會找著法子報復。先給裴文宣，蘇容卿按官位身分都比裴文宣高，這不大合乎常理。

她端著杯子僵著動作，兩人靜靜看著她手裡的茶，李蓉一瞬間覺得自己拿的不是茶，是一個隨時可能炸開的炮仗。

片刻後，李蓉一咬牙，乾脆將手裡的茶一飲而盡，冷靜道：「有點渴，再喝一杯。」她拋卻這尷尬的氣氛，直入正題，轉頭看向蘇容卿道：「蘇大人，你有什麼事要告知本宮？」

蘇容卿的事倒是規整，幾乎就是把他所知的所有消息事無巨細都告知了李蓉，等說完之後，他總結道：「西北邊境昨日已經將過去的帳目送過來，因為之前這件事是微臣督查，如今公主與裴大人一起入獄，故而就由微臣接手，微臣連夜讓將兵部、拓跋燕、以及前線的帳目核對，加上拓跋燕的口供以及殿下之前審查的人的口供，此案應當沒有多大問題。」

李蓉點了點頭，感激道：「蘇大人有心了。」

「為殿下做事，是臣的本分。」

兩人說著話，裴文宣就在一旁靜靜聽著，等蘇容卿和李蓉聊完了，李蓉回過頭來，看向裴文宣，微笑道：「裴大人又有什麼事要告知本宮呢？」

「哦，這事不大，」裴文宣笑著抬起扇子，指了李蓉頭上的髮簪，「殿下的髮簪歪了。」

李蓉：「……」

他真的是一點面子都不給她，敷衍都懶得敷衍她。

李蓉正想讓人停了馬車，把裴文宣給轟下去，結果就察覺身邊人忽然起身，一隻手壓著袖子抬起手來，輕輕扶正了她的髮簪，平和道：「殿下，好了。」

李蓉呆愣著反應不過來，裴文宣冷眼看著蘇容卿，蘇容卿從容回到自己位置，面色平靜，全然沒有理會裴文宣的視線。

李蓉見氣氛又尷尬下來，輕咳了一聲，兩人看過來，李蓉忙端起茶杯，勸道：「喝茶。」

兩人不說話，李蓉覺得更尷尬了。

好在馬車一會兒就到了宮裡，一到皇宮，李蓉趕緊道：「到了，我們趕緊走吧。」說著，她甚至都沒理兩人站沒站起來，趕緊就跳下了馬車。

出了馬車，清晨微風襲來，李蓉頓覺心曠神怡，她握扇提步，同靜蘭道：「走吧，我們先進去。」

「不等兩位大人？」

靜蘭有些茫然，按理說一道來，李蓉應當同他們一起入宮才是，結果李蓉聽了她的話，趕緊用扇子遮住半張臉，露出嫌棄之色來：「趕緊走吧，離他們遠點。」

說著，李蓉便領著靜蘭先行。

裴文宣和蘇容卿並肩步入宮城，蘇容卿溫和道：「裴大人對在下似乎多有意見？」

「蘇大人不覺得……」裴文宣轉頭瞧他，淡道，「蘇大人對公主，過於照顧了些嗎？」

「哦？」蘇容卿笑起來，渾不在意道，「有嗎？在下不過是盡一個臣子的本分罷了。」

「蘇大人打算娶親嗎？」

面對裴文宣忽地詢問，蘇容卿有些奇怪：「裴大人為何問這個？」

「還望蘇大人繼續堅持這個做臣子的本分，」裴文宣轉頭輕笑，「尤其在尊夫人面前。」

蘇容卿面色不動，裴文宣行禮道：「蘇大人還要入殿，下官就不打擾蘇大人了。」說完，裴文宣便直起身來，往旁邊行去。

蘇容卿是要像普通臣子一樣在早朝一開始入殿的，便先去隊伍中站好，而李蓉和裴文宣則在門口等宣召。

李蓉見裴文宣面上含笑走過來，便知裴文宣的心情應當是不太好。

裴文宣要真高興，那笑容不是這樣，他現下的笑容，放在上一世他當丞相的時候，一般是要出事的。

李蓉面色不動，等著裴文宣出招，裴文宣站到李蓉身邊來，手持笏板，一言不發。

敵不動、我不動，裴文宣不出聲，李蓉便開始想其他事，她在腦海中將今日可能發生的事都順一遍，正想著，就聽裴文宣先堅持不住，開口道：「殿下沒有什麼想問微臣的麼？」

「嗯？」李蓉回神，聽裴文宣這麼問，果斷道，「不想問，沒興趣。」

裴文宣：「……」

李蓉繼續神遊四方，裴文宣忍了一會兒後才道：「可微臣想說。」

「我知道攔不住你。」李蓉嘆了口氣，「說吧，不說我怕你憋死。」

「殿下這話，已經快把微臣憋死了。」裴文宣不鹹不淡地道。

「要不你再憋憋？」李蓉真誠提議道。

裴文宣忍不住了，直接道：「我覺得蘇容卿對妳別有用心。」

「真的嗎？」李蓉聲音毫無波瀾，「我好開心。」

「李蓉，」裴文宣叫了她的名字，「我說正經的，蘇容卿對妳太好了。」

李蓉聽裴文宣說話，也不再同他玩鬧，她聽著太監宣朝的聲音，看著大臣魚貫而入，平靜出聲：「裴文宣，你知道蘇容卿和你最大的不同是什麼嗎？」

裴文宣不說話，他順著李蓉的目光，看向晨光下那些神色或憂或喜、或麻木、或張揚的大臣，聽李蓉淡道：「他比你心狠。」

「家族、榮耀、傳承。」他們兩個人落在遠處青年身上，晨光下的青年身著緋紅色官服，手執笏板，舉止優雅規整，氣度清貴高華。他跟隨在人群中，拾白玉階而上，步入代表著一國權力漩渦的大殿。

「這是蘇容卿一生所背負的東西，在這些東西之下，他自幼所學便是克制、冷靜、隱忍。」

李蓉的聲音有些遙遠，飄忽中帶了幾分憐憫和隱約的相惜。

「他不會擁有你所以為的情緒，他不會因為感情對我好。」李蓉說得格外冷靜，「他所看重的不是我，而是川兒。這一點，我時刻記得，而你，」李蓉抬眼看他，鳳眼似如古井寒潭，克制又冷靜，在這種絕對的「靜寂」之下，便帶了幾分讓人逃脫不出的引人美麗。

她一字一句強調，「也需記得。」

第三十一章　落幕

裴文宣看著李蓉，長久沒有說話。

李蓉不由得笑了：「你一貫話多，怎麼不評價幾句？」

裴文宣雙手握著笏板自然垂在身前，低頭輕笑了一聲。

李蓉挑眉：「你笑什麼？」

「殿下，」裴文宣笑著看向她，「這麼多年，您還是可愛得很。」

李蓉有些茫然，便就是這時，大殿中傳來太監宣召的聲音：「宣，平樂公主、裴文宣，入殿——」

聽到這一聲宣召，兩人立刻正了神色，對視一眼之後，便一前一後步入大殿。

大殿之上，寧妃和楊泉的父親、楊家的執掌者楊烈一起跪在地上，李明坐在高座上，看著兩人走進來，李蓉和裴文宣目不斜視，上前跪到寧妃邊上，朝著李明見禮。

「平樂，」李明讓兩個人起身來，平靜道，「之前讓妳主審楊家案，妳查得如何？」

李明的問題，李蓉是不敢答得太透徹的，太透徹、太聰明，倒怕李明起疑。於是李蓉笑了笑，輕咳道：「這事是裴大人協助兒臣辦案，他會說話，我不大會，讓裴大人來說吧。」

「裴文宣。」

「微臣在。」

裴文宣站出來，李明看著出列的年輕臣子，緩慢道：「前些時日，你被狀告謀殺富商拓跋燕，最近這個拓跋燕又活了，到順天府狀告狀，說楊家派人追殺他，你可清楚？」

「稟告陛下，」裴文宣恭敬道，「此事還請容微臣細稟告。」

「說吧。」

「兩月前，平樂公主在郊外別院設置春宴，楊泉想要與公主殿下結親，故而在公主回宮路上派人伏擊，想英雄救美，以蒙蔽殿下。微臣回府路上察覺楊泉意圖，為救公主，與楊泉起了衝突，而後為太子殿下所救，太子將在下與公主一起帶入宮中，微臣面見聖上，聖上憫臣受驚，特意派人護送微臣回府，不想楊泉因微臣破壞他的計畫懷恨在心，竟膽大包天，於微臣回府路上設伏刺殺，微臣情急之下，失手殺了楊二公子。」

「陛下得知楊泉如此膽大行事，特派平樂公主為主審、微臣協助、蘇侍郎督查，聯手徹查楊氏，我等領命，微臣立案徹查後，便得人暗中寫信，揭露楊氏在西北所作所為，言及，楊氏多年來，一直通敵賣國。」

「你胡說！」楊烈聽到這話，朝著裴文宣大吼起來。

裴文宣面色不動，李蓉站在一旁，笑咪咪搖著扇子，看著裴文宣淡聲繼續道：「按照此人所說，戎國苦寒，至今刀劍仍舊多為銅製，不過一蠻夷小國。是楊氏為穩固自己地位，與戎國達成協議，每年秋季，戎國便派兵來犯，楊氏要兵、要糧，要到之後，再與戎國平分，假作戰爭，實為演戲，多年來大大小小的捷報，都不過是戎國拿錢，配合楊氏演戲……」

「黃口小兒！」楊烈激動得站起來。

李蓉見得楊烈動作，手中金扇「唰」的捏緊，厲喝出聲：「跪下！」

她這一聲叱喝鏗鏘有力，倒將楊烈驚得清醒幾分，他咬了牙，又跪下來。

裴文宣淡淡瞧他一眼，繼續道：「此乃一家之言，但既然有如此風言，微臣自然要去查證。微臣聽聞，華京之中有一外域商人拓跋燕，多次購買過楊家文物，於是微臣便向公主請示，一起去找這位拓跋燕查案。到了拓跋燕府中，微臣盜取了拓跋燕府中與楊氏相關交易往來紀錄的帳本，發現這些年來，楊氏光是從這個拓跋燕手中所獲取的錢財，就為數不菲。這拓跋燕所購買楊氏出手的古玩遠超正常價格，明顯不是普通交易，於是微臣順藤摸瓜，又找兵部查證，將所有帳本流水對照、相關人員一一排查審問。」

「此事或許傳入了寧妃耳中，」裴文宣看向寧妃，寧妃跪在地上，神色不動，裴文宣轉過頭去，繼續道，「為消除證據，他們殺害拓跋燕，並嫁禍到微臣和平樂公主頭上，同時，楊烈得知自己府中家眷被困，便設計殺害了當時前線主將，而後遞上辭呈，威脅陛下。」

「陛下。」裴文宣抬起頭來，神色鄭重，「如今西北前線十年帳冊、兵部帳本、拓跋燕手中帳本均已對帳完畢，拓跋燕流轉到楊氏府中的錢財與時間，和兵部、前線帳冊中所記載的帳本均能吻合，加上拓跋燕等人口供，足以證明，這些年來楊家在邊關中飽私囊一事。」

「他們為什麼能留下這麼多錢，如今前線回報中，戎國有進攻過程中，為什麼有大量我大夏之兵器？種種證據加起來，可知當初報信之人所說，的確無疑。」

「楊家所作所為，欺君枉法，害國害民，上不尊天子，下不顧百姓，通敵以欺我大夏。

陛下，」裴文宣跪下，叩首道，「如此大罪，楊氏不可留啊！」

裴文宣一番話說完，滿朝文武皆驚，眾人呆呆看著跪著的楊烈和寧妃。

許久後，李明開口出聲：「楊烈，你可還有話說？」

楊烈跪在地上，他低著頭，想了許久，嘲諷一笑：「陛下說什麼，就是什麼吧。」

李明看向寧妃，淡道，「寧妃，妳呢？」

寧妃聽著李明的話，她抬手撐著膝蓋，姿態優雅站了起來。

「事已至此，陛下問這些，又有什麼意思呢？」

寧妃揚起頭來，看向李明：「楊家犯了什麼罪，那不都是陛下的意思嗎？陛下需要楊家，楊家就在邊關，廝殺半生。如今陛下覺得楊家礙著陛下，想將扶肅王，楊家就通敵賣國、欺君枉法……」寧妃笑起出聲來，「哈！好笑，好笑至極！」

「楊婉！」李明厲喝出聲：「妳放肆！」

「我放肆？」寧妃抬手指向李明，厲喝出聲，「你李氏逼我至此，還容不得我放肆？」

寧妃轉頭，看向朝臣，「我告訴你們，我楊氏之今日，就是你們之來日……」

「來人，」李明冷聲下令，「將這個瘋女人拖出去。」

說著，士兵就衝了上來，去拉扯寧妃。

寧妃將門出身，奮力掙扎起來，竟然一時拉不出去，她一面推開士兵的拉扯，一面撲向李蓉：「李蓉妳這個傻子，他早就想廢了李川！他給妳指婚的這些男人，沒一個是好的！他恨不得把妳和親出去，讓妳死在外面，妳還敬他、愛他……你們李氏不得好死！不得好死！」

士兵拉扯著寧妃，寧妃彷彿是拚了命一般，往著李蓉的方向撲過來。

裴文宣不著痕跡擋在李蓉身前，李蓉靜靜看著寧妃，神色平靜如死。

寧妃嘶吼著，尖叫著，直到最後，在她從頭上拔出金簪那一瞬間，李明大喝出聲：「殺了她！」

刀劍猛地貫穿寧妃的身體，也就是那一片刻，裴文宣下意識抬手擋在了李蓉眼睛之上。

鮮血濺上裴文宣擋在李蓉身前的袖子，李蓉手握金扇，垂下眼眸，漠然不動。

她的視線可以看到寧妃的血在大殿之上浸潤開去，一路蔓延到她跟前。

而後她聽見有人拖著寧妃出去的聲音，她突然開口：「慢著。」

所有人看向她，就見她用金扇按下裴文宣擋在他眼前的手，看著似如豬狗一般被人拖著出去的寧妃，冷靜道：「世族天家，不得辱其身，取擔架白布來，好好抬出去。」

她脫下外衫，走到寧妃身前，蓋到了寧妃身上。

沒了片刻，外面的人抬著擔架過來，將寧妃抬上擔架，蓋上白布，抬著端了下去。

裴文宣走到李蓉身後，看向楊烈，只道：「楊將軍，認罪否？」

楊烈抬起頭來，他用渾濁的眼靜靜看著李蓉，許久後，他叩首下去，低啞出聲：「微臣知罪。」

這句「微臣知罪」，昭告了楊家澈底的落幕。

李明緩了片刻後，頗有些疲憊道：「帶下去吧。接下來的事，移交刑部，楊氏一族全部收押，念在其祖上有功於朝廷，留個全屍，賜鴆吧。」

「微臣……」楊烈顫抖著出聲，「謝過陛下。」

楊烈領罪之後，便被帶了下去，李蓉和裴文宣也一起退下。到了門口時，楊烈一個踉蹌，裴文宣伸手扶住他，楊烈抬起頭來，靜靜看著這個將他全族置於死地的青年。

「你知道你在做什麼嗎？」他啞聲開口：「年輕人，刀不是那麼好當的。」

裴文宣神色平靜，他抬眼看向楊烈：「那楊將軍，又知道自己在做什麼嗎？」

楊烈有些聽不明白，裴文宣扶著他走出去，淡道：「我讀過楊將軍年少的詩，楊將軍曾經寫，『白馬領兵刀向北，橫掃天關報國恩』，將軍還記得嗎？」

楊烈神色恍惚，片刻後，他苦澀笑開：「竟有人還知道這些。」

「年少有志，為何不繼續下去呢？」裴文宣抬眼看他。

楊烈搖了搖頭：「一個人，是撈不乾淨泥潭的。」

「官官相護，關係錯節，裴公子出身世家，應當比我更清楚這些道理。少年志氣凌雲，但最後總會發現，長者說的話，總是對的。」楊烈輕輕一笑，抬手拍了拍裴文宣的肩。

「裴大人，送到這裡吧。」楊烈轉過身去，他手上戴著鐵鍊，走得緩慢又沉穩。「終有一日，裴大人會知道，老朽的意思。」

裴文宣不說話，他雙手攏在袖中，站在長階之上，靜靜看著楊烈走遠。

李蓉站在裴文宣身邊，輕聲道：「將死之人，問他這些做什麼？」

「將死之人才會告訴妳，他為什麼而死，而妳以後也才知道，如何不因此而死，不讓他人因此而死。」裴文宣平和道。

「他那些話，你不早明白嗎？」李蓉輕笑，「活了五十年，白活了？」

聽到這話，裴文宣也笑起來：「不瞞公主殿下，他那些話，活了五十年，我的確也沒明白。」

「撒謊。」李蓉立刻道，「你若不明白這些，同我爭什麼儲君？你年少時也說你想要老百姓過得好一點，最後還不是為了私權和我爭來爭去？」

裴文宣聽到這話，他靜默無言。

他有些想解釋，卻又知他的解釋，是不當讓李蓉知道的。

李蓉永遠無法理解他的野心，他的抱負，他那近乎天真的想法。

因為李蓉生來在高處，她從不曾像他一樣，走過田野，看過山河，在盧州結交過各類好友，看過黎民艱辛。

維護正統和穩定是李蓉的信仰，而他卻深知這樣的信仰若是堅持下去，大夏的盡頭，便已經可以預期。但這些話他不能言說，李蓉也無法理解。

李蓉見他不說話，便當是戳了他的軟肋，又覺得話說重了，一面同他往前行走，一面用扇子敲著手心，挽救著話題道：「不過人都是這樣的，我年輕時候不也想過這些嗎？你今日還怕我見血，我見得多了……」

「李蓉。」裴文宣突然打斷她，神色裡不見喜怒，李蓉轉頭瞧他，就見他道，「妳每次見血的時候，左手都會顫一下。」

李蓉緩慢收斂了神色，裴文宣繼續道：「妳總和我說，妳和蘇容卿這樣的人沒有真心，也說妳自私自利，可不是每個人都能在朝堂之上，因為心中不忍，冒著風險去給一個死掉的人披一件衣服。」

「說出來的話，不一定是真的。」兩人走到宮門前，裴文宣停住步子，轉頭看她，「而有些話雖是玩笑，不一定是假的。」

「例如呢？」李蓉徑直發問。

裴文宣看著她，好久後，他突然道：「此次出宮去，成婚之前怕是都難再見了。這短時間我打算重建之前的資訊網，我需要一些錢。」

李蓉：「……」

「我真的很想知道，」李蓉看著裴文宣，滿臉讚嘆，「您是怎麼能和女人要錢要得這麼順手的？」

「因為您今天給我的錢，來日我都能加倍還回來。」裴文宣從容一笑，「這生意您看要不要做吧？」

上輩子裴文宣的暗網比李川的還強，他在建立暗網上有一套他自己設立的制度，保證其效率，李蓉許多資訊管道都得從他那裡走，而暗網所伴隨的是各大商鋪，李蓉衣食無憂的後半生，可以說一大半財產都來源於早期給裴文宣投下的錢。

這樣穩賺不賠的生意，誰不做誰是傻子。

李蓉不是傻子，便取了自己的權杖交到裴文宣手裡：「有事就去公主府找管家，不過我可同你說好了，我現下錢不多，就這麼點資產，你可別亂來。」

「看來娶公主也沒多大好處啊。」裴文宣拿了權杖，露出嫌棄之色來，「也不知道其他公主會不會有錢些……」

「你給我還回來！」

李蓉伸手就去抓權杖，裴文宣舉著權杖就背到了身後，用另一隻手攔住李蓉道：「注意儀態，殿下，我知我姿色動人，妳可別非禮我。」

「裴文宣，你沒臉沒皮！」李蓉快被他氣笑了。

裴文宣挑眉一笑，眉眼間帶了自得之色，隨後轉過頭去，將手背在身後，往宮門走去：「公主送到這裡就好，微臣告退了。」

「誰送你！你用我一個銅板，你都得給我記上帳！我要查帳！」李蓉恨不得撕了他，只是眾人在側，她不好說得太過。

氣勢洶洶吼完，她氣順了些，正轉身要離開，就見裴文宣突然叫住她道：「還有……」

李蓉回過頭，看向宮門前的青年，他停下步子，回頭瞧著她，忽地彎眉一笑：「如果還有下次，我還是會擋著妳的眼睛。」

李蓉愣了愣。

裴文宣眼中帶了幾許說不出的溫柔，似如夏日暖風，輕輕捲繞在人身上。他放低了聲音，溫和道，「姑娘家家的，有個人護著，總是好的。」

裴文宣說完這句，倒真的沒回頭，走出了宮門。

李蓉靜靜看著他的背影，有那麼一瞬間，她竟然覺得，哪怕認識三十多年，她似乎也沒有真正理解過，裴文宣到底是怎樣一個人。

她恍惚了片刻，便聽旁邊靜蘭出聲來：「殿下，陛下似乎下朝了。」

李蓉聽了這話，回神過來，整理了幾分心緒，轉身道：「去找陛下吧。」

李蓉讓人去通報了李明，隨後就趕了過去，同李明一道用膳。

李明剛下朝到了太和宮，換了常服之後，正拿著帕子淨手，便聽通報說李蓉來了。

他笑著讓人將李蓉宣進來，李蓉給他行禮之後，李明上下打量了李蓉一眼，笑咪咪道：「瘦了。」

「那地方根本沒法待。」李蓉不高興道，「能不瘦嗎？」

「怎麼，」李明將熱帕子扔回水盆，到了飯桌面前，「怨朕？」

「倒也沒有。」李蓉嘆了一口氣，「是他楊家欺人太甚了，父皇你有你的難處，我也知道。」

「這妳都懂了？」李明笑起來，招呼她坐下，「妳倒是長大了。」

「這有什麼不好懂的？」李蓉坐下來，「裴文宣一說我就懂了呀。」

李明聽著李蓉說到裴文宣，不由得多看了她一眼：「聽說妳和他關一起的？」

「是呀。」李蓉取了筷子，隨意道，「不然我一個認識的人都沒有，晚上沒人陪我，多害怕啊。」

「你們相處也有一段日子了。」李明取了太監挑過魚刺的魚，緩慢道，「妳覺得他人怎麼樣？」

「啊？」李蓉聽了這話，頓時有些僵硬，面上閃過些不自然，小聲道，「就……還可以。」

「還可以是什麼意思？」李明看李蓉的模樣，便有了數，笑了一聲，「朕給了妳四個人選，楊泉沒了，妳總得選一個吧？」

「就……」李蓉紅著臉，「就……挺好啊。」

李明難得見李蓉扭捏，忍不住笑出聲來：「我們平樂什麼時候連話都說不清了？是不是那裴家小子不行，要不行的話，崔玉郎和寧世子，妳選一個。」

「我也沒說他不行啊。」李蓉急了，趕緊道：「裴公子挺好的。」

「可算實話了。」李明抬起筷子夾了菜，笑著道：「妳這麼多年也沒人管得住妳，這裴家小子倒有幾分本事。他同妳怎麼說的，朕把妳關了，妳還不哭著來罵朕？」

「他同我說了，父皇疼愛我，若能幫我，肯定會幫的，一定是您有難處，不然您不會這麼對我。父女同心，我向著父皇，我便永遠是父皇的小心肝。」

「他這點，倒也說不得不錯。」李明嘆了一口氣，「妳此番入獄，長大不少。妳母后呢？她去看過妳嗎？」

李蓉聽李明的話，頓時露出失落的神色來：「她……應當也有她的難處。」

李明嗤笑了一聲：「她倒是的確有難處。妳在牢裡，她不記掛半點，天天替川兒來同朕吵鬧，沒見提過妳半句。」

李蓉聽著，眼眶就紅了。

李明吃飯的動作頓住，片刻後，他慢慢道：「凡事有父皇，妳不必難過。今個兒沒在殿上給妳和裴文宣指婚，是想著見了血氣，不太好。等一會兒我讓人將賜婚的聖旨交到裴府去，妳嫁出去，日後住進公主府，也就不必操心宮裡的事了。」

「我日後不能在宮裡住了嗎？」李蓉聽到這話，抬起頭來，紅著眼看著李明。

李明無奈笑起來：「哪兒有一直住在宮裡的公主？妳嫁人了，便好好和裴文宣過日子吧。」

李蓉低下頭去，看上去又有些難過了。

李明頓了頓筷子，隨後道：「唉，一頓飯吃得哭哭啼啼的，不說這些了，高興些，說點妳婚事的事吧，朕打算把婚期擬在下月初三，妳覺得如何？」

「都聽父皇的。」李蓉吸了吸鼻子：「我婚事不是早就已經在談了嗎，被楊家這事耽擱了兩個月，禮部就不管了？」

「妳可別冤枉他們。」李明笑起來，「禮部不僅管了，還給妳準備了兩套嫁衣，妳去選一套。」

「當真？」提到衣服，李蓉眼睛亮起來。

李明見她像個孩子一樣，不由得笑起來：「孩子氣，朕還能騙妳？」

李蓉高興起來，同李明說起婚事流程，倒當真像個十八歲姑娘一般，黏著父親說著生活瑣事。一頓飯吃完，父女心情都好起來。

李蓉送著李明去御書房，李明臨走前，突然想起來：「蓉兒今日為何給寧妃那樣的人披衣服？見了血，不怕嗎？」

「怎麼不怕？」李蓉笑起來，「可兒臣是公主，總不能讓人看了笑話。寧妃……也相處過，」李蓉嘆息出聲來，「那樣子，看著不忍。」

「妳呀。」李明抬手指了指她，頗有些恨鐵不成鋼道，「太心軟了。行了，回去吧，福來，」李明轉頭看向旁邊的太監，「讓禮部把兩套嫁衣都給公主送過去挑選，公主若有什麼要求，讓禮部加上。朕的平樂公主大婚，」李明拍了拍福來的肩，「別亂來。」

福來得了這話，彎著腰送著李明進了御書房，隨後轉頭看向李蓉，笑道：「殿下，您看陛下對您多上心。」

「那是，」李蓉笑起來，頗為驕傲道，「我可是父皇最寵愛的女兒。」說著，李蓉擺了擺手：「本宮先回去了，福來公公不送。」

「恭送殿下。」福來彎了腰，恭敬行禮。

李蓉和李明談完婚事，打著哈欠回了皇宮，與此同時，裴文宣也到了自己家中。他早上剛出獄，便讓人通知了童業，下朝之後，他躲過了裴家其他長輩的馬車，自個兒等到了童業來接他。

童業帶了一輛破舊的馬車過來，抱怨著道：「公子，您也別嫌馬車破，咱們上次同院裡拿那馬車沒還回去，管馬車那老婦人天天找我要錢，您這麼久沒回府，我也沒這錢賠給她，她說不賠錢就不再給咱們馬車用了，今個兒能借出一輛來不錯了。」

裴文宣坐在馬車裡閉目養神，這些小事他根本懶得理會。

童業見他不說話，嘆了口氣道：「這些老刁奴，就是欺負咱們，你看二老爺、三老爺院裡那些公子哥兒，誰會因為一輛馬車被刁難的？不過公子，您什麼時候發月俸？這馬車錢得早點還，不然明個兒您上朝都沒法子了。」

「先去換套衣服，就有錢了。」

換套衣服，他就去公主府拿錢。有了李蓉的錢，他就自己給自己買輛馬車，不能買貴的，被李蓉發現了怕是要罵他揮霍，先隨便買一架，等以後他自己有錢了，再換輛好車。

裴文宣認認真真盤算著，童業聽裴文宣的話，頗為擔心，總覺得裴文宣怕是在獄中受了什麼刺激。

裴文宣到了裴府，和童業進了門，繞著長廊回了自己的院子。

剛到院落門口，他便察覺不對，隱約看到自己院子裡站滿了人，他心裡頓覺不好，立刻開始分析起來，此刻在他院中的人是誰。能在裴府帶著人這麼在院中等他的只有兩批人，要麼是他母親，要麼是他二叔、三叔。

而這兩批人，無論是誰，怕都是想攔著他娶李蓉。他母親當年一直不喜歡他娶公主這件事情，只是沒辦法接受，如今賜婚聖旨還沒下，他母親過來「挽救局勢」也完全可能。

如果是他二叔、三叔，那更不希望他娶公主，一旦他娶公主，就等於有了靠山，脫離了裴家掌控。

一想到這批人是來攪亂他婚事的，他就覺得煩躁。

雖然娶李蓉這件事是被逼無奈，但的確也已經成了他的目標，為了娶李蓉，他殺了楊泉搞垮了一個楊家，如今還要有人攔他？

他一想就覺得心情煩躁，甩了袖子往前衝出進去，低喝道：「娶個媳婦兒怎麼這麼難。」

童業有些發懵，旋即就看裴文宣手裡抓了笏板，冷著臉踏入小院，一眼掃向坐在小院裡等著他的一干奴僕，冷著聲道：「你們在這裡做什麼？誰允許你們進來的？」

裴文宣已經準備好了，誰敢置喙他的婚事，今個兒他就要殺雞儆猴，拿這些下人打上面的臉。

誰曾想，最前方的一個胖女人走上前來，朝著裴文宣行了個禮，恭敬道：「大公子，奴婢等大公子快兩個月啦。聽聞大公子今日回來，特意在這裡等候公子。」

「等我做什麼？」裴文宣皺起眉頭，察覺出幾分不對。

女人輕輕一笑：「您兩個月前借那輛馬車，帳還沒平呢，本來一輛馬車不算什麼，但畢竟是一家子的東西，凡事還是得立個規矩，您別覺得是老奴在為難您。您看您是拿錢平了帳，還是把馬車還回來？」

裴文宣：「……」

裴文宣沉默了片刻，調整了情緒，平靜道：「多少錢？」

女人豎起兩個指頭：「二百兩。」

他一個月除去糧食、綢布這些額外的補貼，到手的月俸就二兩，很好，他確定——還不起。

第三十二章　賜婚

這是一個比不讓他娶老婆更艱難尷尬的問題。

裴文宣不說話了，他心裡思索著，如何體面又優雅的說出自己要拖欠債務的問題。

女人瞧著他，笑容掛在臉上，眼裡卻帶了幾分看好戲般的嘲弄。

片刻後，裴文宣終於找到了些狀態，他正要開口，就聽見外面傳來了一聲焦急的大呼：「大公子！大公子！」

所有人都轉過頭去，裴文宣看到跑來的是門房，稍稍一想，便知道可能是賜婚的聖旨到了。

那僕人喘著粗氣，停在裴文宣面前，結巴道：「聖旨……大公子……門口……」

裴文宣不等他說完便笑起來，轉過身就朝著門外走了出去。

要錢的女僕這才反應過來，趕緊上前問門房道：「什麼聖旨啊？」

「外面來了宮裡的人，」門房緩過氣來了，出聲解釋，「要宣讀聖旨，府裡的老爺、夫人、公子都得過去，好像有大事要發生了。」

聽這話，所有人對視一眼，趕緊跑到前院，想親眼瞧瞧發生了什麼。

裴文宣到門口時，裴家人已經都到了。

裴禮賢的大兒子裴文德見裴文宣走過來，嗤笑了一聲，嘲諷道：「平日就知道大哥的架子大，沒想到宮裡的大人來了，架子還這麼大。」

「文德，」裴禮賢雙手攏袖站在前方，緩慢睜開眼睛，訓道，「閉嘴。」

裴文宣走到裴禮賢和裴禮文兩人面前，恭敬行禮：「二叔、三叔。」隨後又轉頭看向他許久沒見過的母親溫氏：「母親。」

溫氏朝他點了點頭，神色裡帶了些疲憊。

裴府眾人都到了之後，裴禮賢上前去，同拿著聖旨的太監道：「公公，裴府上下均已在此處，您請。」

那太監笑著點了頭，裴禮賢退下去，就聽太監鏗鏘有力的喊了聲：「跪——」

所有人集體跪下，太監宣讀起旨意來，內容先將裴文宣誇讚了一番，聽到這些個天花亂墜的誇讚之詞，所有人都悄悄看向裴文宣。

裴文宣神色平靜，等到接下來，讀到「太后躬聞之甚悅，茲特以指婚平樂公主」時，眾人恍然大悟，躲在遠處的奴僕紛紛睜大了眼，感覺有些懵了。

裴文宣從容接了旨意，那太監將他上下一打量，隨後道：「平樂公主慣來最得陛下寵愛，裴大人好福氣。」

「借公公吉言。」裴文宣行了禮，舉止端正謙和。

宣讀完聖旨後，宮裡人也就退了下去，送走宮裡人，裴文宣舉著聖旨轉過身來，抬頭看向裴禮賢。

裴禮賢雙手攏在袖間，神色平淡：「得了陛下賜婚，是你的福氣，日後好好侍奉公主，勿失了裴家的禮數。」

裴文宣：「……」

本來想行禮，但是聽這個話，他總覺得有那麼幾分不對勁，彷彿自己是新嫁娘一般……

裴禮賢說完這話，轉頭同眾人道：「散了吧。」

裴禮賢在家中慣來說一不二，所有人得了這話，也不敢多留，紛紛散開，只有裴文德，走之前還忍不住要來膈應裴文宣幾句：「大哥好福氣啊，日後就能靠公主吃飯了。」

「是啊。」裴文宣撣了撣衣袖，神色平淡道，「二弟嫉妒？」不等裴文德說話，裴文宣輕輕一笑，「可惜了，以二弟的品貌，怕是沒有娶公主的機會。這輩子除了靠爹，其他是靠不了了。」

「你！」

「文宣。」裴文德的火還沒發出來，溫氏就急急走了上來，她滿臉焦急，看了裴文德一眼。

裴文德見溫氏來了，也不好再和裴文宣吵下去，畢竟還是長輩，只能行了禮退了下去。等裴文德下去，溫氏拉了裴文宣的手，急道：「你隨我來。」說著，溫氏就拖著他去了自個兒院裡。

裴文宣知道溫氏要說什麼，心裡頗為無奈，但還是跟著溫氏進了她的院子，一進屋來，溫氏遣退了下人，便朝他急道：「賜婚這事你提前知道嗎？」

裴文宣從容找了個地方坐下來，他心裡清楚，就他前陣子又參加春宴又和李蓉一起查案，他和李蓉早早接觸這件事早就瞞不住，於是他坦然承認：「知道。」

「你知道，這麼大的事，你都不知會我一聲？」溫氏聽裴文宣出聲，頓時厲喝出聲來：「你心底還有我這個母親嗎？」

「我知會了母親，」裴文宣給自己倒了茶，平淡道，「您是能抗旨，還是能和陛下理論一下？」

溫氏愣了愣，過了一會兒後，她無力坐了下來，眼淚頓時滾了下來：「是娘不好，讓你受了委屈。若你父親還在，你必然也不會遇到這種事……娶公主這種事不好做，哪個公主是個脾氣好的？」

裴文宣聽著溫氏哭訴，他遲疑了片刻，終於還是道：「這事，我是願意的。」

溫氏有些不可思議抬頭，裴文宣想了想，抬眼看向溫氏，平和道：「娘，這姑娘，是我自個兒求來的。」

「你求來的？」溫氏滿臉震驚：「你好好的，求個公主進來做什麼？」

「公主不挺好嗎？」裴文宣笑起來，「公主也是普通姑娘啊，她人很好的，您見了就知道了。」

「你是吃什麼迷魂湯啊？」溫氏說著，又哭起來，「我知道你是安慰我，你打小就喜歡真真的，你脾氣和你爹一樣，哪兒是這麼容易喜歡上其他人的？」

「娘，」裴文宣哭笑不得，「妳日後可別胡說八道了。」

「你是我的兒，我的心頭肉，」溫氏哭得上氣接不上下氣，裴文宣忙去給她順著背，聽著她道，「你的心思我能不知道嗎？我攔不住你二叔去秦家胡說八道，也沒想到秦家那個秦臨聽你二叔一頓說，竟然就直接說他妹子不能進裴家這種窩，直接就來退婚了。都是我害了你，如今還得你來安慰我……」

「娘。」裴文宣扛不住溫氏這一頓哭，整兒人頭都大了，但他知道自己母親慣來是這個脾氣，只能好脾氣哄勸道，「她真的很好，我真的很喜歡她。我為了娶她可費了老大勁兒，您以後千萬別在她面前胡說八道。您要是真為我著想，真想讓我有一門好婚事，就求您以後別提秦真真，和公主好好相處，行不？」

溫氏聽著裴文宣這麼一通安撫，她半信半疑抬頭：「你不是唬我？」

「我能唬您嗎？」裴文宣嘆了口氣，「我是當真喜歡她。」

「那秦真真呢？」溫氏一臉茫然。

裴文宣抬手扶額：「我那時候腦子不清醒，我就那麼大點年紀，知道什麼喜歡不喜歡啊？」

「這……」溫氏遲疑了片刻，竟是被說動了，緩聲道，「這倒也是。」

裴文宣有些奇怪抬起頭來：「您覺得我不喜歡秦真真？」

「你那就是孩子氣。」溫氏神色溫和，「感情當是我同你父親那樣的，不見面會思念，見著面會心動，兩人在一起，就覺得時間過得很快，你爹就算和我只是隨便損上幾句，我都覺得有意思得很。」說著，溫氏臉上帶了幾分懷念。

裴文宣知道溫氏又想他爹了，他沉默著，溫氏也知自己不該在人前這麼沉溺於懷念過去，她緩了片刻，嘆了口氣道：「在廬州那些年，你從來沒因思念給真真遞過信，見她都規規矩矩，人前什麼樣，見她什麼樣，這哪兒能叫喜歡啊？」

「照您這樣說，」裴文宣笑起來，「我得找個自己喜歡損的，才是喜歡囉？」

「你會不會損她我不知道。」溫氏也笑起來，「但是，你在她面前，一定是與人前不一樣的。在那個人面前，你一輩子，都是小孩子。」

裴文宣愣了愣，片刻後，他忍不住道：「父親也這樣嗎？」

「是呀。」溫氏很喜歡說起裴禮之，聽裴文宣主動提起來，她眼神溫柔下來，「別看他在你面前嚴厲，他其實一直是個長不大的小孩子。你記得以前他總給你買玩具，買了都是給自己玩兒，我就說他，哪兒是給你買玩具啊？明明就是自己心癢。」

「是啊。」裴文宣陪著溫氏說話，「我記得呢。」

裴文宣陪著溫氏說起裴禮之，溫氏身體不好，同他說了一會兒之後，便有些疲憊，裴文宣見她累了，便侍奉她休息下來，而後出了門。

出門之後，他站在門口，童業跟在他身後，有些疑惑道：「公子，您想什麼呢？」

「我想，」裴文宣嘆了口氣，「還好殿下不愛哭。」

童業有些茫然：「啊？」

裴文宣低頭輕笑，提步離開。

方才和溫氏說話時，他一直在想李蓉。

他上一世總說李蓉太過剛硬，每次因為政見不和吵起來時，他都會想一個姑娘怎麼能強硬到這種程度。然而方才看著溫氏，他突然覺得，李蓉這樣很好。

任何人都不能躲在別人身後一輩子，有一天他得站出來，面對狂風暴雨，面對這殘忍的世間。

他的母親並不是個壞人，她柔軟、善良，他父親保護了他母親一輩子，讓她像金絲雀一般快樂度過前面大半生。可所有的禮物都有代價，他父親大概也從沒想過，自己有一天會走得這麼早。他把這個人保護得有多好，等他走了之後，這個人相應的，就有多柔弱。

他父親臨死前準備了許多人保護著他們母子，但他時候年不過十七，以守孝為名強行將他支開去了廬州，留他母親在裴府。他母親是個耳根子軟、容易讓步的人，總怕爭執，總是讓步，於是無論他父親留了再多的東西，等他三年後回來，都被他母親敗了個乾乾淨淨。

年少時他曾羨慕他的父母，他們和普通的世家中的夫妻不一樣，他們真的相愛，他們恩愛圓滿，他們教會裴文宣對一份感情的堅守和期盼。

他曾無數次幻想，如果自己有了妻子，他也要過上這樣的生活，他也要學著和父親一樣，傾其所有保護那個人、愛那個人。可當他看到他母親時，他突然覺得，太過疼愛一個女人，給予她全部，卻不教會她飛翔，那與折斷她的羽翼，又有何區別？

不過還好——

裴文宣想起李蓉，他心裡有幾分寬慰。

這個女人，你再怎麼寵，她都能扶搖直上九萬里，要擔心的只有一不小心，她或許便會到你看不到的地方，讓你仰望一生，再無法觸及。

裴文宣剛剛意識到這個想法，立刻覺得自己有幾分可笑。不過是今生湊活著過日子，過些年他們倆就要和離分開的，他就在這裡胡思亂想些什麼夫妻之道。

但怪得很，他一想這些，又覺得有些高興。

他步履輕快回了自己院子，就看見之前要錢的女僕有些忐忑站在他門口，他沉下臉來，盯著那女僕，猶豫了片刻後，他緩慢張口：「那輛馬車……」

「慢慢來！」那女僕立刻道，「駙馬……哦、不是，大公子，」女僕哭喪著臉，「奴才是來道歉的，奴才狗眼不識泰山，以後還希望大公子大人不記小人過。那馬車您慢慢還，什麼時候還都行！」

裴文宣被這個女僕逗笑了，他突然感受到了，什麼叫狐假虎威。

他無意和這些小鬼糾纏，揮了揮手道：「無事，下去吧。」

女僕趕忙跑開，裴文宣回了院子裡。他夜裡想了想之前暗網的關鍵人物，第二日便去了公主府，取了錢，找了人，一切井然有序開始建立起來。

等晚上他回府時，才到門口，就看見公主府詹事站在門口。

裴文宣愣了愣，趕緊下了馬車招呼對方：「盧大人，您怎的在這裡？」

「公主有信給你。」盧敏之將一封信交給裴文宣，「下官順路，就過來送個信。」

「您有心了。」裴文宣接過信，和盧敏之寒暄了片刻，盧敏之告辭離開之後，裴文宣拿著信，猶豫了片刻沒拆，回了屋中，將信放在了床頭。

等到了晚上，他處理完所有公務，躺在床上拆開信，就看見李蓉的字跡。

李蓉言簡意賅說了三件事。

第一是給了他兩張嫁衣的圖紙，讓他幫她參考。

第二是問他暗網建設的進度情況。

第三是給了他一張銀票，說讓他甩在那女奴臉上。

裴文宣躺在床上，看著李蓉的信，就想起李蓉挑眉說話的樣子，他忍不住笑出聲來。

他認真看了兩個嫁衣圖紙，勾選了其中一套，而後便將書信放在一邊，自己躺好睡下。

當天晚上他做了夢，他夢見李蓉穿著他選那套嫁衣在他面前旋身問他：「裴文宣，你覺得好不好看？」

他也不知道怎麼的，就忍不住想笑。

笑著從夢裡醒過來的時候，他靜靜躺了一會兒。

他才發現，這是他記憶中，漫長得早已無法計數的時間裡，頭一次，笑著從夢裡睡醒。

少年以後，再無美夢。

再回少年，才得佳人入夢。

第三十三章 柔妃

李蓉第二日就收到了裴文宣的回信，他勾出的嫁衣李蓉瞧了一眼，想了想後，抽了另一件嫁衣的圖紙遞給靜蘭：「和禮部說，要繡鳳凰那件。」

靜蘭愣了愣，不由得道：「裴公子不是選牡丹那件嗎？」

「其實兩件都可以，」李蓉一面淨手一面道，「我就是用個排除法。」得了這話，旁邊侍女都低頭笑起來，一行人玩鬧過後，李蓉算了時間，她母后應當起了，便照例去未央宮拜見。

一般情況下她每日都得去拜見皇后，只是這些時間她又是查案又是下獄，倒是許久沒有見她母親。她從旁邊拿了帕子擦乾淨手，便轉身領著人去了未央宮。

剛剛到未央宮門口，就聽未央宮裡女子陣陣笑聲，李蓉笑著進門去，就見後宮中的嬪妃幾乎都在，她母親上官玥正坐在高位上，同所有人一起笑著。

「眾位娘娘是說些什麼趣事，笑得這般開懷？」李蓉走進去，笑著詢問，隨後朝著座上皇后行禮道：「見過母后。」接著又轉頭朝著上方四位貴妃行了禮：「見過諸位娘娘。」

「原來是我們小平樂來了。」她剛起身，一個柔和的聲音就響了起來，李蓉抬眼看去，是柔妃笑意盈盈瞧著她，「快坐下吧。」

柔這個「柔」字取自於她的本名，她本名蕭柔，是普通人家出身，年少時早早進了宮，當了宮女，因為機敏，少時就在李明身邊伺候。據聞李明當年還是皇子時過得並不如意，蕭柔陪他在冷宮度過了少年歲月，以至於李明對蕭柔一直有著一種奇特的感情。後來李明還是太子時，蕭柔就被當時的皇后賜婚給了一位大臣，但嫁過去沒有多久，李明就成了皇帝，又過了些年歲，那個大臣因病亡故於家中，蕭柔先是剃度出家，後來在寺廟中與李明相遇，春風一度後回了宮中，從此榮寵於後宮數十年不衰。

有這樣的本事，容貌自然是不俗，如今她年近半百，卻仍舊保養得極好，風韻猶存，與旁邊小她足足七歲的皇后相比較起來，也毫不遜色。

她如今是四妃之首，輔佐皇后打理後宮，又善交際，李蓉進來，皇后沒說話，倒是她先開了口。

李蓉輕輕一笑，微微頷首表示謝意。

侍女在皇后左手下方最近處起了一個小桌，李蓉到小桌後坐下，剛一落座，就聽柔妃向皇后詢問道：「聽說平樂最近婚事定了，可是當真？」

「賜婚聖旨已經下了，是裴家嫡長子裴文宣。」上官玥平靜道。

「是裴禮之的兒子？」柔妃笑起來，「三、四年前我見過那孩子一面，生得倒的確俊得很。」柔妃轉過頭去，看向李蓉道，「平樂，聽聞妳是同他一起查的楊家？」

「娘娘，」李蓉溫和道，「尚未嫁娶，說這些不妥，換個話題吧。」

「平樂害羞了。」旁邊端妃打起了圓場，抬頭看向柔妃，「瞧柔姐姐把孩子羞的，又不是我們這些老東西，妳這樣問，姑娘誰搭理妳？」

柔妃舉起團扇輕笑，殿內頓時笑成一團。

李蓉舉著茶杯抿了幾口，但笑不語。

一干嬪妃笑鬧了一陣子，皇后便讓人先散了。

柔妃坐著沒動，等所有人離開了去，皇后轉頭看向柔妃道：「妳有話要說？」

「就是想讓平樂幫個忙。」柔妃笑著看向李蓉：「平樂以往便喜歡獨來獨往，和其他姐妹兄弟不甚親近，如今要嫁人了，最後這段時光，許多妹妹想和妳這位姐姐好好相處一陣子，聽聽姐姐的教導，所以我就想著，要不讓平樂每日抽一段時間，固定和宮中其他公主往來交流一番。」說著，柔妃轉頭看向皇后，「娘娘以為如何？」

皇后皺起眉頭，她心知柔妃來者不善，正要推拒，就聽李蓉道：「好啊。」

柔妃微微一愣，李蓉抬眼看向柔妃：「娘娘這是什麼表情，是覺得平樂不會答應？」

「怎會？」柔妃笑起來，「我知平樂雖然平日看似冷淡，其實心裡是有兄弟姐妹的。」

「娘娘這話說的，」李蓉金扇輕敲著手心，「好像我平日心裡就沒兄弟姐妹一樣，您這話可真是太埋汰我了。」

柔妃被李蓉一通懟，面上笑容都有些艱難了，只能轉頭看向皇后道：「妳看這孩子，就這麼兩個月沒見，伶牙俐齒這樣多。」

「我心裡一直掛念著諸位妹妹。」李蓉端起茶杯，語氣溫柔，「有許多東西，都想教一教她們，我看柔妃娘娘不如喊這些妹妹，我每日給諸位妹妹講學兩個時辰，如何？」

「講學？」柔妃愣了愣：「妳要講什麼？」

「太后娘娘慣來熱衷於佛法，我給諸位妹妹講講佛法，還有一些日常行為禮節，修心修禮，也免得犯了錯處。我前些時日聽說華樂她在院子裡打廢了一個婢女？」

華樂是柔妃的長女，慣來驕橫，柔妃聽到這話，臉色大變，立刻道：「有這種事？那妳當好好管教。」

「好。」李蓉笑了笑，「有娘娘這句話，平樂會好好做的。」

柔妃聽到這話，心裡突生幾分不安。

李蓉看了看天色，隨後道：「柔妃娘娘可是要留膳？」

這話便是趕客了，柔妃該說的話也說完了，起身道：「不了，妳是為著皇后娘娘來的，我可不打攪妳們二人母子情深。」柔妃說著，同皇后寒暄了幾句，便搖著扇子離開了去。

李蓉見皇后要起身，上前去扶起她，皇后由她攙扶著站起來，頗有些不滿道：「方才妳應下來做什麼？她明明就是不懷好意。」

「她既然不懷好意，還容得我拒絕不拒絕嗎？」

李蓉扶著皇后往院裡走去，緩和道：「我此刻不應，她又要找父皇吹枕邊風，說什麼培養姐妹感情，父皇慣來聽她的，明日怕旨意就下來了。」

「真是噁心。」皇后皺起眉頭，露出繼續厭惡。

李蓉輕笑：「所以咱們別把這狗男女放在心上，您是皇后，這天下最尊貴的女人，您就好好當皇后就好了。那女人要我去培養感情，我們就應下來，父皇還會覺得我明事理些。」

「她要是……」

「她不會親自出手。」李蓉同皇后一起走在園子裡，緩聲道，「這麼多年了，她的手段您還看不明白嗎？這一次讓我同幾位公主培養感情，實際是給幾位公主接觸我的機會，這其中有幾個是傻的，她不必出手，自然會有人出手。」

「妳都想明白了。」皇后聽著李蓉有理有據的分析，舒了口氣，「那妳需得應對好。」

「放心吧。」李蓉聲音平淡：「後宮裡的事，不就那麼點手段，您不必擔心。其實咱們應該高興一些。」

「有什麼高興？」皇后神情懨懨，「我是不覺得如今有什麼可高興的。」

「您要這麼想，如果我的婚姻沒有任何價值，柔妃也就不會想著法子來破壞。她如今來找我麻煩，那只能證明一件事。」

「什麼？」皇后轉頭詢問。

李蓉笑起來，「裴文宣怕是要升官了。」

皇后愣了愣，片刻後，皇后輕嘆了一聲：「你們這些年輕孩子，我是越看越看不懂了。你們把川兒送到西北去，前兩個月當真是嚇死我了，一面怕川兒在戰場上出事，一面怕西北的事他做不好，陛下藉著這個理由發落了他。我只能求你們舅舅幫忙，這一番折騰下來，上官家當真是元氣大傷，川兒半點功勞沒撈到，你們還高興得很。」皇后紅了眼眶，「我當真要懷疑那個裴文宣，到底是站哪邊的。」

「母后。」李蓉抬手攬住皇后的肩，寬慰著她，「妳別擔心啊。其實妳該想，妳都看不明白，那就更好了，這證明父皇更難看明白。上官家如今消耗一點不是壞事。母后，有一個很簡單的道理，」李蓉勸說道，「把刀刃藏起來，殺人的時候，才能一擊斃命。」

「那妳也得有刃啊。」

皇后有些著急，李蓉但笑不語，同皇后一起到了吃飯的地方，兩人一起坐下來。

皇后在銅盆中淨手，一面用水澆著手一面道：「這次妳舅舅幫忙，同我提了個要求。」

「嗯？」

「他要把雅兒送進宮來。」

聽到這話，李蓉淨手的動作頓住。

皇后從旁接過帕子，回頭看了她一眼：「雅兒妳還記得吧？妳們小時候見過。」

「哦，記得。」李蓉回過神來，忙道：「我記得她很早就回幽州了。」

「下個月就進京回來了，順道參加妳的婚禮。」皇后漫不經心閒聊著，「川兒不小了，我打算明年就給他選妃，如今開始物色一些好人選。太子妃肯定是雅兒，至於其他好人家，妳也幫忙看著。」

李蓉沒有說話，皇后取了筷子，吃著飯道：「娶了雅兒之後，我想再給他娶四位側妃，側妃人選，姑娘倒是不太重要，背景更重要些，妳幫忙看看，最好武將家中選兩個，川兒手裡沒兵權，始終是個軟肋。」皇后同李蓉一面閒聊，一面吃飯。

李蓉在皇后面前話少，多是皇后在說話，一頓飯吃完，皇后也有些累了，打算午憩，李蓉便告退了下去。

回去路上，她坐上轎輦，思索著皇后的話。

上一世李川的確是娶了上官雅，然後又娶了四位側妃，上官雅與她脾氣相近，年少就認識，後來因為上官雅去幽州才分開，等回來之後成為弟媳，但也不影響兩人的關係。

娶側妃這件事，對上官雅是沒多大影響的，她是個心智極堅的女人，平日看著高貴冷豔，熟悉後張口就是暴躁大姐，一切以家族為先，剩下的都是自個兒的愛好，喝酒、下棋、作畫，過得極為瀟灑。

李川不寵愛她時，李蓉還特意為她想過辦法，結果上官雅就看著內帳擺擺手：「別波及我的后位、給個面子就行，其他時候給我有多遠滾多遠，要不是他是皇帝，誰耐煩搭理他？」一句話把李蓉堵了回來，但李蓉也知上官雅絕對不是強顏歡笑，她那麼個名士性子的人，估計是真的見著李川就煩。

但是沒影響上官雅，不代表沒影響其他人，四個側妃鬥來鬥去，鬥到最後，死了兩個，出家一個，還有一個想得開些，和上官雅待在宮中養老半生。

這樣一算，上輩子，倒是誰都沒個好結局。

明知結果如此，還要循著軌跡讓一切重演嗎？

李蓉扇子輕敲著手心，靜靜思索著。

秦真真是決不可再入宮的，甚至至此之後，她與李川再不碰面最好。

而上官雅……

李蓉猶豫了片刻，一時竟也不知如何決定。

她深吸了一口氣，捲起簾子，同靜蘭吩咐道：「妳派去上官府，若上官雅小姐回來了，立刻讓人來報。」

「是。」

「還有，」李蓉想了想，「妳讓裴文宣給我寫一封信，大概意思就是委託送信的人將信交給我，拜託我去一個我和他都能見面的地方過去，說有東西要給我。之後讓他日日帶著那東西，隨時聽我傳召。」

「是。」靜蘭應聲下來。

李蓉吩咐完這一切後，便放下簾子，靠在簾子上休息。

裴文宣的信第二日透過公主府的人傳了過來，裴文宣的信有一大堆東西，李蓉看了一眼他按照她的要求寫的信，確認這廝已經領悟要點沒有差池之後，便將信放在了身上。

而後她打開了裴文宣的信，看見上面就三句話：

嫁衣如何決定？

可遇到棘手之事？

以及，殿下甚富。

李蓉看見這個「殿下甚富」，忍不住笑出來。她將信拿走，看了裴文宣給她的雜七雜八的其他東西，發現是他統計她的財產數目以及開銷預算。

李蓉一面看著清單，一面從靜蘭手中接過茶杯，靜蘭看著李蓉的笑容，不由得道：「殿下在看什麼？笑得這般高興？」

「裴大人還是很能幹的。」李蓉單手舉著杯子喝了口茶，隨後將茶杯放了下來，將裴文宣送過來的帳目丟入了用來燃紙的火盆。

洗漱過後，李蓉便得了消息，說柔妃已經訂好了幾位公主的教學地點，李蓉點了點頭，起身過去，發現柔妃定在了御花園的水榭之中。

「娘娘說了，夏日燥熱，在水榭涼爽，殿下在這裡同幾位公主講經，再好不過。」引路的太監道。

李蓉應了一聲，步入水榭，剛進去，就看見她那六位妹妹已經都到齊了。

這六位妹妹裡，兩位妹妹長樂和華樂都已經年過及笄，長樂是四貴妃之一的梅妃所出，身分高貴，頗受寵愛，慣來與李蓉不大對付；而華樂是柔妃的女兒，繼承了柔妃一貫笑面虎的姿態，私下裡卻是十分暴戾。剩下四個公主年紀都不到十五歲，看上去就是幾個孩子，同李蓉年紀差別太大，沒什麼交集。

李蓉進去之後，長樂轉頭看過來，頓時笑起來：「喲，姐姐來了。」

李蓉笑起來：「妳們倒來得早，坐下吧。」

李蓉坐在了首位上，幾個公主陸續坐下來後，長樂瞧著李蓉，笑著道：「聽說姐姐被指婚給了裴家嫡長子，姐姐慣來受寵，如今指婚之人必然也是天之驕子，身分非凡吧？」

李蓉沒說話，攤開面前書卷：「今日先誦《金剛經》吧。」

「怎麼，」長樂見李蓉不答話，高興起來，「姐姐可是有什麼不好說的？那裴公子是不是朝中大員？不過他也年輕，就算比不得蘇侍郎，也至少有個六品官當當吧？」

「長樂，」李蓉抬眼瞧她，溫和道，「今日講經，妳若不喜歡的話，姐姐還可以教其他的。」

「哦？」長樂挑眉，「姐姐還能教什麼？」

「靜蘭，去未央宮，將司正嬤嬤請來。」

靜蘭得了這話，領命下去。

長樂不明所以，接著道：「姐姐，妳就說說嘛。」

「長樂，」旁邊華樂趕緊勸道，「我聽說那裴文宣就是個八品小官，您可別戳姐姐的心窩了。」

李蓉不說話，氣定神閒喝著茶。

沒一會兒，一個老婦人手握著戒尺跟著靜蘭走了過來，進屋之後，朝著李蓉行了禮。

「殿下。」

「本宮受命教幾位公主當公主的規矩，本想講經，但今日看來幾位妹妹連基本的宮規都忘了，便讓司正嬤嬤再給各位教一遍吧。」

聽到這話，所有人臉色一白，李蓉轉頭看向幾個小一點的公主道：「長樂和華樂學就好，其他妹妹還小，便就罷了。」

「平樂妳敢！」長樂一拍桌子，抬手就指著李蓉。

李蓉輕輕一笑，氣定神閒喝著茶：「目無尊卑，一個公主拍什麼桌子？司正嬤嬤，妳看如何處置？」

「掌嘴打手。」

「掌嘴有失天家顏面，打手吧。」李蓉淡道。

旁邊人不敢動，長樂嘲諷一聲：「我倒要看看今日誰敢動我？」

「誰不敢動妳，本宮可要動誰了。」李蓉抬眼看向眾人，「本宮乃嫡長公主，受柔妃之名而來教導幾位公主，今日本宮是連個宮規都立不住了嗎？」說著，李蓉猛地站起身來，抬手指了長樂，怒道：「把她給我壓住！」

話音剛落，靜蘭、靜梅便衝了上去一把抓住長樂，旁邊長樂侍女想要衝上來，李蓉一眼橫掃過去，冷道：「妳們可想好了，犯上可是要杖斃的。」

幾個丫鬟嚇住，司正嬤嬤上前去，抬手毫不留情十個板子打到長樂手心。

長樂尖叫出聲，李蓉神色平靜如初，只道：「打完了就出去吧。我還要給其他妹妹講經。」

話音剛落，外面就傳來青年說話之聲，片刻後，青年一撩簾子，便都愣了。

李蓉抬眼望去，見到是一個俊美男子，他穿著黑色繡金色鳥雀的外套，裡面著了一件單衫，手中握著一把小扇，與蘇容卿有幾分相似的眉目間帶了蘇容卿沒有的猖狂。

他身後站著正同他說話的蘇容卿，捲簾之時，蘇容卿笑容未消，簾子被徐徐拉起，蘇容卿的目光便自然落到李蓉身上，說話之聲戛然而止，與李蓉靜靜相望。

一站一坐，兩相對視，旁邊黑衣男子最先反應過來，急急跪在地上，大聲道：「微臣蘇容華攜臣弟見過殿下！」

第三十四章　洛神

蘇容華一聲高呼，這才讓蘇容卿回神，蘇容卿抬起手來，恭敬從容跪下，朝李蓉見禮：「微臣蘇容卿，見過殿下。」

李蓉點了點頭，抬了手，旁邊靜蘭、靜梅便放開了長樂，司正嬤嬤也站到了一旁。

李蓉轉頭看向蘇氏兩位兄弟，疑惑道：「二位大人為何在此處？」

按理說外宮之人不得入內，怎麼這兩兄弟都在？

「回稟殿下，」蘇容華先開了口，模樣倒是恭敬得很，「微臣二人奉陛下之命，為肅殿下授學，每日午後便在此處上學，平日會早些過來，先候在此處。」

李蓉聽得這話倒也不奇怪，上一輩子蘇容華便是肅王的老師，也因著這層關係，肅王謀反時，他為肅王說了些話惹怒李川。只是她不知道，早些時候，蘇容卿竟然也當過肅王老師。

用蘇家人當李純的老師，其意義十分明顯，蕭柔身分普通，如果要讓肅王在朝堂上得到支持和皇后抗衡，必須要培植足夠的黨羽。如今李明將蕭平放到了西北，是給肅王養兵權，讓蘇家人當他的老師，則是為了爭取世家支持，五年前開科舉制，寒門湧入朝中，數量雖然不多，官位也十分低微，但假以時日，也當時朝中一股新生勢力，這些寒門自然對柔妃這樣相似出生的領頭人有好感，同樣的局面，他們會優先選擇柔妃。

為了給肅王鋪路，李明可謂費盡心機，而這樣大費周章鋪路的核心，大約是李明覺得……自己還能萬萬歲吧。

李蓉有些無奈，如果李明知道自己三年後就要死，或許就不這麼折騰了。但如果李明知道自己三年後要死，或許……也不會用這麼循序漸進的手段了。

李蓉心思微轉，面上只是對蘇容華和蘇容卿稍稍點頭，同旁邊太監道：「既是午後之時，兩位大人來早了，便先去其他地方休息吧。」

「是。」兩人應聲之後，便起身來，由旁邊人領著下去。

兩人一走，李蓉抬起頭來，見華樂臉色還有些慘白，長樂一見她看過來，立刻就要開口，李蓉直接道：「今個兒非要我掌妳的嘴才肯甘休？」

聽得這話，長樂僵住了，她知道今日李蓉是真會掌她的嘴的。

李蓉低頭看向佛經，淡道：「司正嬤嬤，我要給其他妹妹講經了。」

司正嬤嬤聽到這話，恭敬應聲，朝著長樂、華樂兩位公主做了個「請」的動作。

長樂一甩袖子，便朝著外面衝了出去。

李蓉轉過頭來，瞧著幾個明顯被嚇著的小公主道：「諸位妹妹，來，我們且先誦念一遍。」

兩個帶頭大姐都被收拾了，一干小公主嚇得戰戰兢兢，像菜地裡一堆小蘿蔔排好隊，趕緊低頭開始誦經。

孩子齊聲念經的聲音從水榭一路傳過去，伴隨著夏日蟲鳴鳥叫，李蓉小扇搧著清晨的微風，低頭翻看著佛經。

「如是我聞，一切有為法，如夢幻泡影……」

李蓉聽著誦念之聲，不經意抬起頭來，便見不遠處長亭中，蘇氏兄弟正對坐相談。

蘇容華坐得吊兒郎當，動作極多，笑起來拍打著膝蓋，沒有半點禮儀可言，倒的確是蘇家異類。而蘇容卿在他對面坐得端正，神色間帶著繼續從容，雖然舉止無可挑剔，卻也與平日有些不同。那是李蓉從未見過的放鬆姿態，哪怕遠遠看著，只能勾勒一個身影，都能感覺到那個人平和溫柔的態度。

李蓉靜靜瞧著，聽著佛經誦念之聲，一時竟有些恍惚，彷彿輪迴路上一場幻夢，一夢到了少年。

她有些收不回神，便乾脆閉上眼睛，假作仔細聽經，便是這時，外面便傳來了通報，低聲道：「殿下，陛下來了。」

李蓉聽到這話，忙起身來，領著幾個小公主出了水榭。

李明帶著裴文宣站在門口，李蓉見到裴文宣，頗有幾分詫異，先同李明行了禮，隨後道：「什麼風把父皇都吹來了？」

「正同裴愛卿在御花園裡閒逛，說點事。」李明抬手指了裴文宣一下，隨後看向水榭亭裡道，「聽得妳這兒書聲琅琅，便過來瞧瞧。」

「來多久了？」李蓉跟著李明一起往外走，吩咐了靜蘭守著幾個公主。

李明想了想：「沒多久，就妳發呆之前吧。」

聽這話，李蓉心裡一驚。她不知李明是不是看到了她看蘇容卿，但她面上未曾表現，只是笑道：「來這麼久，父皇也不知會一下。」

「平日這些孩子頑皮得很，」李明笑了笑，「妳今日倒是將她們治得服服帖帖的。」

「以前沒怎麼管，想著宮中都有教養嬤嬤，柔妃娘娘來請我管教她們，我本還想著不知道該管些什麼。」李蓉抬手將頭髮挽在耳後，舉止優雅，聲音溫和，「但今日見著了才明白，柔妃娘娘也是有苦衷啊。都是孩子的事，娘娘有時也管不了，倒不如我這個姐姐來，我應該早些來的。」

這一番話雖是體恤柔妃，但是聽在旁人耳裡，卻是在暗指柔妃管不好孩子。柔妃管教不嚴，自然讓人想到她的出身，李明沉默著不說話，似是思索。

李明暗中瞧了一眼跟在她身後的裴文宣，卻不知裴文宣是在想些什麼，神色飄忽，全然沒聽他們說話一樣。

李蓉陪著李明繞了兩圈，李明便吩咐她先離開，李蓉朝著李明行禮，便聽李明道：「平樂，妳走也不同裴大人多說兩句嗎？」

李蓉似是不好意思笑起來，她抿了抿唇，朝著裴文宣行禮道：「裴大人一路好走。」

裴文宣面色沉靜，朝著李蓉見禮。

李蓉不由得有些奇怪，這種時候裴文宣至少會朝她擠眉弄眼一番。

她心裡不由得有幾分擔心，猜想著是不是李明同裴文宣說了些什麼。

等下學之後，李蓉讓人送信去問白日裡的事，裴文宣只回了兩個字：「無事」，順帶還有一堆帳單。

李蓉看著裴文宣花錢的速度倒吸了一口涼氣，覺得無事才怪了。

她趕忙又回信過去，第二日裴文宣的信回來才稍微正常了一些，大約就是：「銀錢如流水，我心憂思」。

這的確是裴文宣操心了一輩子的事，李蓉放下心來，知道沒發生什麼自己不知道的朝政大事。

有了李蓉和李明說的一番話，不等長樂去找李明告狀，李明便先賜了李蓉一把戒尺，囑咐所有的公主好好聽長姐的話，於是長樂再不敢和李蓉置氣，每日老老實實學規矩、念經。

李蓉教著這些公主念經，數著日子也到了快成婚的時候，這些公主們在李蓉的教導下規規矩矩，抄完了十卷經書，李蓉收整了裝訂好送到了慈寧宮去。

太后本就是上官氏出身，與李蓉和皇后的關係不錯，只是這些年李明不喜歡她們總在一塊兒，太后便對外稱病，閉門修佛。

如今李蓉送了些經文過去給她，太后沒什麼動靜，但很快李明的賞賜倒是下來了，聽聞是太后本來身體有恙，得了經書便好了許多，李明聽聞之後，深感李蓉一片孝心，便嘉獎了李蓉。

但他賞賜的不止是李蓉，還特意嘉獎了華樂公主，說她經文抄得漂亮，太后極為喜歡，是她的誠意感動上天，才讓太后病情好轉。

李蓉在宮裡聽了這話，笑得停不下來，李明大概不知道的是，華樂的經書壓根兒不是自己抄的，只是聖旨下了，華樂只能硬著頭皮接，接完了開始在自個兒房間裡跪著苦求菩薩，保佑千萬別有人揭發她。

放年輕的時候，李蓉肯定是恨不得馬上就把這事捅出去的，但如今卻知道，這事捅出去華樂損了面子，但對她也沒什麼太大的好處，還不如留成一個把柄，適當的時候放出來搧柔妃的臉。

轉眼就到她最後一天去給幾位公主上課的時候，大清早起來之後，她早早來了水榭，不想水榭中竟是一個人都沒有。

李蓉轉過頭去，看向旁邊的靜蘭道：「妳確定今天是最後一日？」

靜蘭聽李蓉這麼問，立刻知道有問題，她隨後道：「傳消息是的秋鳳。」

「順著查吧。」李蓉抬頭看了一眼靜梅：「妳去通知裴大人，讓他去他之前寫的地方等我。再派個人去陛下那邊守著，看是誰去通報陛下，順道把秋鳳盯好了。」

靜梅得了吩咐，立刻退了下去，水榭裡就留下李蓉和靜蘭。

靜蘭有些忐忑道：「殿下，如今明知是陷阱，要不我們還是……」

「無妨。」李蓉笑了笑，「後宮這些公主手段不會是大事，但可以順道看看身邊人如何，總得有點事，才能看出人心不是？」
靜蘭微微一愣，片刻後她便領悟過來。
這世上鬥爭，大多不是輸在計謀多麼高明，而是在於身邊人。
靜蘭雖不知李蓉為何如此信任她，但李蓉開口，她也就陪著李蓉靜靜候著。
主僕兩人在水榭中吹了一會兒風，便聽身後傳來腳步聲，李蓉回過頭去，就看蘇容卿出現在了庭院。他見到李蓉，微微一愣，李蓉沒想到來的是蘇容卿，她以為按照長樂這些人的能耐，要誣陷她估計也是找個侍衛什麼的，沒想到竟然能把蘇容卿招來了？
李蓉輕輕一笑：「蘇大人如何來的？」
蘇容卿臉色大變，轉身就要走，便聽李蓉道：「蘇大人勿急，且先過來些，本宮給妳個東西。」
蘇容卿見李蓉神色沉穩，便上前去，恭敬道：「殿下。」
他這個動作背對亭子，李蓉抬手扶他起來，低聲道：「就說裴文宣托你來送信給我。」
蘇容卿神色微動，暗中收了李蓉的信，同時將一張紙條暗交給李蓉。
李蓉拿了紙條，在袖子下將她金扇側面的紋路挪開，把紙條放進了紋路之中，又重新恢復了樣子。
李蓉笑了笑，抬手往外面一指：「一道去見裴大人吧。」
蘇容卿應聲，跟著李蓉一起走出去，兩人才到水榭，就聽一聲大喝：「你們還想跑！」
李蓉抬起頭來，就看見長樂帶著李明一干人等氣勢洶洶朝著她衝了過來，李蓉故作詫異，上前拜見李明：「父皇……」

「姐姐，妳怎麼能這樣呢？」長樂激動開口：「妳馬上就要嫁給裴大人了，就算蘇大人好，妳也不能這麼私會……」

「慎言！」李蓉冷眼看向長樂：「妳堂堂公主，說什麼市井之言，前些時日學的規矩都忘了嗎？」

「妳還好意思和我說規矩？」長樂轉過頭去，看向李明，「父皇，您看看她……」

「平樂，」李明看著李蓉，皺起眉頭，「妳和蘇容卿在這裡做什麼？」

「父皇，」李蓉行了個禮，「蘇大人受人所托，向兒臣帶個口訊而已。」

「給妳帶口訊，為何不直接找妳宮中人代傳？」

李明頗為不滿，而李蓉正要開口，就見蘇容卿跪了下來，恭敬道：「陛下，這是微臣的過失。只因微臣平日下午在水榭講學，提前來了水榭，聽聞公主一般上午在水榭與其他公主玩耍，故而想偷個懶，親自將信交給公主。平日裡都有其他公主在……」

「蘇大人真是胡說。」長樂打斷他，「昨日柔妃娘娘就已讓所有人停學，讓姐姐好好備嫁，今日還有什麼課可上？」

「那他知道嗎？」李蓉直接看向長樂，嘲諷道，「莫非柔妃娘娘還特意去和蘇大人打聲招呼說我不來了？」

長樂哽了哽，隨後她又立刻反應過來：「那妳來做什麼？」

「怎麼，御花園來不得嗎？我思念平日與妹妹相處之誼，如今成婚在際，心感傷懷，特意過來走走，偶遇蘇大人，大庭廣眾，身帶侍女，閒聊幾句，也是罪過了？」

李蓉說得坦坦蕩蕩，一番話賭得長樂臉色白了又紅，紅了又白。長樂實在不能明白，李蓉和她明明勢如水火，是怎麼說得出這麼嘔人的話來的？

李蓉笑意盈盈看著長樂，隨後掃了一圈周遭：「不過我倒是很疑惑，我與蘇大人見面，怎麼諸位來得像抓人一樣？父皇是為何而來啊？」

李明聽到這話，看向長樂，長樂這才反應過來，急道：「我看見妳身邊的人給蘇容卿遞紙條邀他私會了！不信妳搜他的身！」

「搜身？」李蓉笑了，「蘇大人乃刑部侍郎，當朝大臣，妳竟然要他為這種事，當眾搜身？」

李蓉這一番提醒，讓李明臉色變了變，他開口道：「長樂，不得無禮。」

「可是……」

長樂急急要開口，旁邊蘇容卿先跪了下來：「陛下，今日微臣實乃受裴大人所托，送信於殿下，裴大人不能入內宮，故而才由微臣代給。微臣因一時偷懶，才造成如此誤會，公主名節為重，還請殿下當眾搜身，以證清白。」說著，蘇容卿將目光看向李蓉：「請殿下將裴大人的書信拿出來吧。」

李蓉嘆了口氣，欠身道：「牽連蘇大人了。」

「賊人作惡，」蘇容卿與李蓉之間規矩恭敬，神色坦蕩，只道，「不怪公主。」

長樂聽得這話，看向李明，急道：「父皇，他自己願意被搜的！」

李明用看傻子的眼神看了一眼長樂，終於道：「蘇愛卿願自證清白，福來，去吧。」

福來走上前去，當著眾人的面搜了蘇容卿的身。

李蓉將裴文宣的書信交上去。

所有人盯著這封書信，便是長樂也有些不可置信。此事最忌諱的，大約就是傳到裴文宣耳裡，哪怕公主千金之尊，但是成婚前與外男私會，其他人就算信是偶遇，裴文宣心裡怕也是有疙瘩。

但若裴文宣這信是真的，那這天下也沒人信蘇容卿和李蓉是私會，畢竟這天下也沒有哪個男子，能寬心到這個程度。

李明半信半疑接過信，掃了一眼，還沒看完，就見一個太監趕了過來，小聲道：「殿下，裴大人在外宮求見。」

裴文宣因為楊家案被提拔為監察御史，這個位置雖然品級不高，卻是一個有實權的職位，李明還特賜他金魚袋可在御前行走，如今算得上盛寵。

李蓉聽見裴文宣的名字，神色動了動。

長樂有些詫異，隨後就聽李明道：「帶進來吧。」

沒一會兒，裴文宣就跟著太監進來，他走到水榭附近，遠遠就看見蘇容卿和李蓉兩個人一跪一立，兩個人都是氣定神閒，往那裡一站，便似如一幅畫一般，與周遭格格不入。

裴文宣腳步微頓，一瞬之間，他彷彿是看到時光重來，很多年前極為熟悉的一幕湧上來。

這時李明轉過頭來，見裴文宣到了，喚道：「裴愛卿。」

裴文宣瞬間反應過來，疾步走上前來，朝著李明李蓉等人行禮之後，隨後起身來。

這時蘇容卿也搜身完畢，福來回頭同李明道：「回陛下，什麼都沒有。」

「不可能！」長樂急了，「我明明……」

「裴愛卿，」李明抬眼看向裴文宣，「你怎的來了？」

「稟告陛下，」裴文宣恭敬道，「今日我有些事想與殿下一談，故而請蘇大人幫我轉交書信給公主，約公主於宣文閣前一敘，微臣等待許久，都未見殿下前來，微臣猜想殿下怕是出了事，便趕著過來。」

李明抬頭看了一眼書信上裴文宣約定的地點，沉吟了片刻，轉頭看向長樂：「長樂，妳是在何時何處見到平樂的人給蘇侍郎帶信的？帶信之人妳可認識？」

「我……」長樂結巴了片刻。

李蓉溫和道，「是呀，妹妹，妳說出來，我們慢慢審，看是誰如此糊弄挑撥妹妹，來陷害姐姐？」

長樂僵住了。

謊撒得越多，越難圓謊。

長樂僵持半天後，瞬間又道：「可是，就算不是蘇公子，是裴公子，妳也不該這麼私相授受……」

「妳胡說八道些什麼！」李明聽不下去了。和蘇容卿私下交往，和與裴文宣私下交往，那完全不是一個性質的事。

訂婚之後相見雖然有些不妥，但也算不上大忌，而宣文閣也並非私會之所，裴文宣選這個地方倒也算不上失禮。而且蘇容卿並非李明要保的人，裴文宣可就不一樣，若裴文宣因為這種事影響了升遷，李明便不太樂意了。

加上李明也早就看出來，這事大約就是長樂一手策劃來陷害李蓉，深查下去誰都不好看，於是他也不做糾纏，當機立斷：「妳一介公主，聽小人讒言這樣誣告於妳長姐，簡直是胡鬧。妳年紀小就罷了，身邊都是些什麼人？把妳身邊人都送到浣衣局去，讓梅妃過來，」李明轉頭看向福來，「把長樂帶回去，禁足一月，讓梅妃好好教教她規矩！」

「不是，父皇……」長樂急急開口，李明冷眼看過去，長樂察覺李明的怒意，頓時也不敢再說什麼，退下去，小聲道，「是……」

李明煩躁揮了揮手，讓人將長樂帶了下去。

等長樂走後，李明看了三個年輕人一眼，抬手往裴文宣腦袋上一戳，頗有些恨鐵不成鋼道：「馬上就要成婚，你急什麼急！」

裴文宣忙跪下道：「陛下息怒，微臣也是楊氏舊案中還有一些細節存惑，想求證於公主……」

「細節？」李明看了看李蓉，又看了看裴文宣，最後道，「朕就且信了你，朕又不是什麼老古板，你們婚事已定，想見面又不是不可以，這麼光明正大過來，朕不同意嗎？」

李明說這話，便是給裴文宣一個臺階，裴文宣忙道：「是微臣狹隘，陛下寬厚之君，憫臣如父，是微臣不解聖意，還請陛下責罰。」

裴文宣一通馬屁拍得李明心中舒暢，李蓉雞皮疙瘩都要掉了。

李明擺了擺手，吩咐了人道：「行了，容卿同朕先走吧。這事讓蘇愛卿受罪，你們倆可得好好謝謝他。」

「那是自然，」裴文宣向蘇容卿行禮，「此番多謝蘇兄。」

蘇容卿神色平靜回禮，李明看了還站在原地的李蓉和裴文宣一眼，猶豫片刻後：「算了，你們想說話就說說，多帶些人，免得讓人說了閒話。」

「是。恭送父皇（陛下）。」裴文宣和李蓉一起行禮，李明揮了揮手，便帶著蘇容卿離開了去。

等一行人走後，裴文宣轉頭看向李蓉，他猶豫了片刻，終於道：「是隨便走走，還是水榭裡坐一坐？」

「水榭裡坐吧，也折騰累了。」李蓉神色疲憊。

裴文宣點頭，離她半丈距離，抬手道：「殿下請。」

李蓉隨著他的步子一起回了水榭，此刻已近午時，水榭中涼風徐徐，不知是風還是人，讓李蓉放鬆許多。

裴文宣讓人上了茶具，在李蓉對面為她烹茶。

裴文宣今日沒穿官服，只穿了一件藍綢繡白梅外衫，頭上用木簪半束髮冠。他本生得清正，這麼規矩往茶桌後一落座，垂著眼眸注視著手中茶具，神色沉靜，姿態優雅雍容，合著茶香和隱約升騰而起的白煙，便有了幾分如夢似幻的俊美仙氣。

李蓉撐著頭瞧著裴文宣，休息了片刻後才道：「裴大人如今看來正得盛寵，我父皇都願意這麼給你破規矩，我都有些嫉妒了。」

「蕭平順利坐上鎮北將軍的位置，剛打了勝仗。」裴文宣給李蓉分了茶，聲音平淡，「妳心悅於我，對我似是言聽計從，而我立場看似在太子，實則在陛下。給我面子可以麻痹太子，同時也能打磨我這把刀。」裴文宣吹著燙茶，「何樂而不為？」

「最重要還是裴大人拍馬屁的功夫，活了大半輩子，果然大有長進，怪不得川兒後來都和你親近些。」

裴文宣得了這話，頓住動作，片刻後，他淡道：「陛下親近我，並非因我說好話，只是我懂陛下，而且，陛下不知妳我關係，看在妳面子上罷對我好些罷了。」

李蓉聽裴文宣答得認真，突生幾分煩躁，她揮了揮手：「罷了、罷了，不說這麼正經，你今個兒怎麼了？」李蓉湊過去，端詳著道，「看著不高興的樣子。」

裴文宣動作僵了僵，片刻後，他抬頭笑了笑：「可能有些累吧，最近白天應付陛下，晚上還得去找以前的舊部，一個一個招攬過來，還得忙和妳的婚事。」

「婚事不是禮部忙嗎？你有什麼好忙？」

「當然還要忙的。」裴文宣溫和道，「宮裡會派人過來教授宮中的一些禮儀，還有照顧妳的一些吩咐，太醫也來了好幾次，雖然都學過也耗不了多少時間，但也是事啊。」

聽這話，李蓉用扇子遮住半張臉，低低笑出聲來：「駙馬不好當吧？」

裴文宣見李蓉笑得歡快，神色也軟了下來：「還好，有經驗。說說今天的事吧，」裴文宣低下頭去，「長樂找妳麻煩？」

「不入流的小手段，怕是柔妃拾掇的。本也懶得折騰，只是想清一下自個兒身邊的人，順便給長樂一個教訓。」

「蘇容卿怎麼來了？」裴文宣抿了口茶問道。

李蓉也有些奇怪：「你說得也是，我也奇怪，長樂說是看到我的人給他信，那肯定是有人偽裝成我給他信了。他那樣聰明謹慎的人，能看不出是一個圈套？這麼趕著上來做什麼？」

「信呢？」

「這兒。」李蓉張開扇子，有些得意，「想不到吧？」

「瞧瞧吧。」裴文宣揚了揚下巴，李蓉開了扇子上的機關，從裡面抽出一張紙條來。等抽出來後，見上面到的確是李蓉的筆跡，端端正正寫了一句：

相思不見，許期桃花。

後面另一句便是仿的字跡，有幾分潦草：

水榭相約，不得洛神。

——長公主（一）完

高寶書版集團
gobooks.com.tw

YE 005
長公主（一）

作　　者　墨書白
責任編輯　高如玫
封面設計　張新御
內頁排版　賴姵均
企　　劃　鍾惠鈞

發 行 人　朱凱蕾
出　　版　英屬維京群島商高寶國際有限公司台灣分公司
　　　　　Global Group Holdings, Ltd.
地　　址　台北市內湖區洲子街88號3樓
網　　址　gobooks.com.tw
電　　話　(02) 27992788
電　　郵　readers@gobooks.com.tw（讀者服務部）
傳　　真　出版部　(02) 27990909　行銷部 (02) 27993088
郵政劃撥　19394552
戶　　名　英屬維京群島商高寶國際有限公司台灣分公司
發　　行　英屬維京群島商高寶國際有限公司台灣分公司
初版日期　2022年3月

本著作物《長公主》，作者：墨書白
由北京晉江原創網絡科技有限公司授權出版。

晉江文學城
WWW.JJWXC.NET

國家圖書館出版品預行編目(CIP)資料

長公主（一）/墨書白著. -- 初版. -- 臺北市：英屬維京群島商高寶國際有限公司臺灣分公司, 2022.03
冊；　公分. --

ISBN 978-986-506-342-9（第1冊：平裝）. --
ISBN 978-986-506-343-6（第2冊：平裝）

857.7　　111000191

GOBOOKS
& SITAK
GROUP ©